School's out
Jetzt fängt das Leben an!

W0324301

Für Manon, Insa, Lena,
Janina, Lara und Marieke, von denen
ich mir Puzzleteile leihen durfte, um
eine neue Geschichte zusammenzusetzen.

Karolin Kolbe, 1993 in Kassel geboren, denkt sich Geschichten aus, seitdem sie Kassetten aufnehmen und Buntstifte halten kann. Mit der Grundschulzeit begann das Aufschreiben und lässt sie nun nicht mehr los. Nach ihrem Abitur zog sie für ein Freiwilliges Ökologisches Jahr nach Berlin, wo sie nun studiert. Die Autorin liebt interessante Menschen, gute Gespräche, spannende Bücher und Filme, bunte Farben, blühende Natur und die Sonne. www.karolin-kolbe.de

Weitere Titel von Karolin Kolbe:
17 Briefe oder der Tag, an dem ich verschwinden wollte

Mehr über unsere Bücher, Autoren und Illustratoren auf:
www.planet-girl-verlag.de

Kolbe, Karolin:
School's out – Jetzt fängt das Leben an!
ISBN 978 3 522 50464 5

Einbandgestaltung: formlabor unter Verwendung von Bildern von shutterstock.com (Donna Allard, Melissa King, Yulia Grigoryeva, Protasov AN, PHOTOCREO Michal Bednarek, Syda Productions, dachazworks, Nokuro, Kseniia Perminova, Mr Doomits, BNMK0819, THPStock)
Innentypografie: Kadja Gericke
Reproduktion: HKS-Artmedia GmbH, Leinfelden-Echterdingen
Druck und Bindung: CPI Books GmbH, Leck

FSC www.fsc.org MIX Papier aus verantwortungsvollen Quellen FSC® C083411

© 2015 Planet Girl
in der Thienemann-Esslinger Verlag GmbH, Stuttgart
Printed in Germany. Alle Rechte vorbehalten.
Dieses Werk wurde vermittelt durch die Agentur Brauer

KAROLIN
KOLBE

School's out

JETZT FÄNGT DAS LEBEN AN!

PLANET GIRL

Prolog

Der Sommer danach

Sie kamen alle nach Hause, weil es vorbei war. Sie wussten es seit einem Jahr: Heute, an diesem Sonntag im September, an diesem bedeutungsträchtigen einundzwanzigsten September sahen sie sich wieder.

Der Garten lag in der Sonne und die Vögel zwitscherten lauter als in den letzten Tagen. Vielleicht klang es auch nur so, weil sie sich nach zwölf Monaten zum ersten Mal wiedersehen würden. Vielleicht. Ein Klang von Sehnsucht, ein Klang von Vorfreude, aber wahrscheinlich war es auch nur Lottes romantische Ader, die sie das fühlen ließ. Rührselig, dachte sie ein wenig spöttisch.

Konzentriert balancierte sie eine große Platte mit Würstchen sauber separiert von Tofu und Grillkäse in den Garten. Der Wind strich ihr warm um die Beine und die Blätter des großen Kirschbaums rauschten und erinnerten sie an die Obstbäume von Groningen.

Der Tisch war gedeckt, die Servietten flatterten in der Sommerbrise und Lotte stellte schnell ein Glas darauf, ehe sie über die Wiese fliegen konnten. Die vier Stühle standen um den runden Gartentisch und Lotte hatte auf jeden Platz eine kleine Kirschwaffel gelegt, eine süße Begrüßung.

Die Erste, die kam, war Anni. Lotte brauchte einen Moment, ehe sie die braun gebrannte junge Frau am Gartentor als ihre Freundin erkannte. Wenn sie ehrlich war, war es auch eher das auffällige Blumenfahrrad, das daran keinen Zweifel ließ.

Anni winkte strahlend und stieß das schwere Holztor auf. Sie ließ ihr Fahrrad scheppernd auf die Wiese fallen und Lotte beeilte sich, die Grillplatte in der Mitte des Tisches abzustellen, ehe sich Anni in ihre Arme warf.

»Lottelottelotte!«, rief sie und drückte ihr einen Kuss auf die Wange.

Ein wenig überrascht schlang Lotte die Arme um sie und spürte ihre Rippen, ihre spitzen Schultern, Anni war dünn geworden über das Jahr.

Doch das konnte das Leuchten nicht trüben, das sie ausstrahlte, als sie Lotte anlachte und gleich noch mal in die Arme riss. Sie trug das blonde Haar kürzer und die malaysische Sonne hatte es stark aufgehellt, sodass der Kontrast zu ihrer nun so dunklen Haut noch stärker hervortrat.

Jetzt ließ Anni sie los und strich Lotte eine braune Locke aus dem sommersprossigen Gesicht. »Gott, ich bin so gespannt, was du erzählen wirst!« Dann entdeckte sie das von Lotte angerichtete Buffet hinter ihnen und rollte genussvoll mit den Augen. »Lotte, du bist ein Traum!«, rief sie dann und stahl sich ein großes Stück Mozzarella aus der Caprese. »Ein Jahr lang Reis und Gemüse …«, sie trat einen Schritt nach hinten und zog an dem locker sitzenden T-Shirt, sodass Lotte ihr knochiges Dekolleté noch besser sehen konnte, »... haben tatsächlich ihre Spuren hinterlassen!« Anni lachte vergnügt und bediente sich an den Käsespießchen.

»Hauptsache, es schmeckt dir!«, erwiderte Lotte, während Anni eine Weintraube hinterherschob.

»Und dann das Klima, und die viele Arbeit! Ich hab einiges nachzuholen, aber du sorgst ja gut für mich!«

Lotte nickte und lächelte. Anni, die eifrige Anni. Bereits jetzt, nach so wenigen Momenten, merkte sie, dass die Aufgaben in Malaysia ihr nichts hatten anhaben können. Anni hatte sich durchgebissen. Wie es schon immer gewesen war.

Die Nächste, die durch den Garten stapfte, war Clara mit einem großen Leinenbeutel in der Hand und einem bunten Tuch um den Kopf geschlungen.

Anni begrüßte auch sie überschwänglich und zupfte an ihrem Tuch. »Na, Berlin hat dich ja richtig alternativ gemacht.« Sie grinste. »Und ein Nasenpiercing hättest du dir vor einem Jahr selbst nicht zugetraut.«

Clara grinste zurück und stellte die Tüte ab. »Und Malaysia hat dich richtig braun gebrannt. Und blond und dünn werden lassen. Und noch aufgedrehter.« Sie ging zu Lotte und umarmte sie. »Und du, meine Bauersfrau«, meinte sie scherzhaft auf den Tisch deutend, »ich hoffe, du hast alles auch schön selbst gesät und geerntet, was du uns heute auftischst.«

Lotte deutete mit großer Geste auf die Tafel. »Natürlich! Tomaten von diesem Sommer, Äpfel im Obstsalat vom letzten Herbst, Salat vom Feld, Brot mit meinen eigenen Händen geknetet, nur bei Fleisch und Tofu muss ich passen, aber auch der Käse ist von uns.«

Clara nickte anerkennend und rückte den Schal um ihren Kopf zurecht. »Respekt«, meinte sie dann und klopfte Lotte ironisch auf die Schulter. »Ich bin stolz auf dich!« Sie ließ sich in ihrer weiten Leinenhose auf einem der Terrassenstühle nieder und schloss die Augen. »Herrlich«, sagte sie dann, »in Berlin regnet es grade.«

Lotte wunderte sich fast ein wenig über Clara. Als es letztes Jahr hieß, dass es tatsächlich Berlin werden würde, wusste sie nicht, ob die Hauptstadt nicht vielleicht doch *zu* groß für ihre Freundin war. Aber kaum war Clara im Garten angekommen, strahlte sie eine solche Ruhe aus, die Lotte ihr nie zugetraut hatte. Als hätte Berlin sie paradoxerweise ruhiger werden lassen, besonnener. Claras langes Haar war hinter dem Tuch zu einem Dutt geschlungen. Einige bunte Dreads lugten daraus hervor und sie war vollkommen ungeschminkt, wie auf fast allen Bildern, die sie ihnen über das Jahr geschickt hatte. Irgendwie war sie erwachsen geworden, die Gleiche wie vorher, aber doch ganz anders.

Lotte hatte allerdings wenig Zeit, weiter über Claras neue Reife zu grübeln, denn an der Tür klingelte es und sie lief rasch in die kleine Wohnung, um zu öffnen.

Als sie mit Marlene in den Garten kam, quietschte Anni laut auf. »Unsere Akademikerin!«, rief sie und sprang direkt zu ihr.

»Unsere Weltenbummlerin!«, entgegnete Marlene und strubbelte Anni durch die ungewohnt kurzen Haare.

»Und, doch noch Freunde gefunden?«, fragte Anni breit grinsend und Marlene rollte mit den Augen.

»Ach du Schande, war *das* ein Stress. Training hier, Lerngruppe da, Kunstkreis dort ... fremde Vorlesungen besuchen. Ich bin sogar Mitglied im Hundeverein! Und dabei hab ich gar keinen Hund! Aber was erzähl ich da, ihr habt es ja auf dem Blog gelesen!« Jetzt lachte sie laut und schüttelte den Kopf über ihre eigenen Bemühungen. »Aber ja, ich glaube, ein wenig gefruchtet hat es schon. Zumindest mit meiner Nachbarin im Studentenwohnheim koche ich jede Woche!«

»Auf euren Mini-Kochplatten im Wohnheim?!«, fragte Lotte mit leichtem Entsetzen in der Stimme. »Wenn ich mir deine Bilder so angucke, kannst ja nicht mal *du* dich da um deine eigene Achse drehen, wenn du nicht mit einem Fuß auf dem Bett und mit dem anderen schon im Papierkorb stehen willst.«

»Sagt diejenige, die grade mal ein Jahr außerhalb einer Zweizimmerwohnung gelebt hat«, konterte Marlene.

»Das gleiche ich mit einem Jahr riesigem Hof samt Feldern, Wiesen, Scheunen und Ställen locker aus!«

»Ach«, Clara öffnete die Augen und drehte an ihrem Nasenring, »Marlene ist doch klein. Da macht das nichts.«

Marlene warf ihr einen bösen Blick zu. »Danke«, meinte sie beleidigt, brach aber gleich wieder in Gelächter aus. »Endlich ist mal wieder jemand fies zu mir.«

Clara griff nach dem Beutel, den sie mitgebracht hatte. »Dann sei bitte nicht zu enttäuscht, wenn ich jetzt wieder nett bin, ich hab nämlich für uns alle echte Berliner Weisse samt Sirup mitgebracht.«

»Ich hasse Bier!«, rief Anni und rümpfte die Nase. »Das ist noch schlimmer als Wein!«

Lotte tätschelte ihr den Kopf. »Du kannst ja halb Sirup, halb Bier mischen«, meinte sie und Clara reichte ihr Himbeer- und Waldmeistersirup. »Ich dachte, so zum Anstoßen.«

Trotz Annis Protest wurden die Gläser gefüllt. Lotte betrachtete die drei, während sie sich zuprosteten. Sie spürte, dass viel passiert war. Dass sie sich alle verändert hatten und trotzdem noch dieselben vier Mädchen waren, die vor einem Jahr in alle Himmelsrichtungen ausgezogen waren. Die Monate waren nicht spurlos an ihnen vorübergegangen, an keiner von ihnen.

»Moment!«, rief Clara und stellte ihr Glas so heftig auf dem Tisch ab, dass ihr Getränk überschwappte. »Was haltet ihr von einem allerletzten Bild für unseren Blog?«

»Gute Idee!«, erwiderte Marlene und zückte ihr Handy. »Ich hab eine ganz gute Kamera.« Dicht drängten sie sich um Marlene, die versuchte, ihren Arm weit nach vorn zu strecken, um den größtmöglichen Abstand zu erreichen. »Und jetzt lachen!«

Das Gerät gab ein unnatürliches Klicken von sich und Marlene betrachtete den Bildschirm. Ihr Arm, überdimensioniert groß in der Mitte, verdeckte Annis halbes Gesicht. Von Clara waren nur die Haare zu sehen und

Lotte lugte mit einem geschlossenen Auge aus der oberen Ecke des Bildes in die Kamera.

»Wenigstens sind wir alle schlecht getroffen«, bemerkte Marlene schulterzuckend und steckte ihr Handy zurück in die Tasche. »Ich lade es heute Abend hoch.«

»Jetzt aber ran an die Gläser!«, forderte Clara und die vier griffen danach.

»Auf uns!«, rief Anni. »Und auf das nächste Jahr.«

Der Sommer davor

Anni

So fühlte er sich also an, der Anfang. Der Aufbruch. Das neue Leben.

Obwohl das Flugzeug schon hoch über den Himmel glitt, starrte Anni weiter aus dem winzigen Fenster. Zum einen, weil sie sich nicht imstande sah, den Kopf zu drehen, zum anderen, weil sie nicht wollte, dass ihr Sitznachbar, ein dicker Amerikaner mit Sesambagel in der Hand und ohne Haare auf dem Kopf, ihre Tränen bemerkte.

»Excuse me«, meinte er und pikste ihr mit seinem Wurstfinger in den Oberarm. Unwillig drehte Anni ihren blonden Kopf und wischte sich mit der flachen Hand über das feuchte Gesicht.

»I want to see the clouds!«

Mit ausgestrecktem Arm verlangte der Mann nach den weißen Wolken, die vor der Glasscheibe vorbeizogen und aus denen das Flugzeug jetzt in den strahlenden Sonnenschein auftauchte. Stocksteif lehnte sich Anni in ihren Sitz, um den Ausblick nicht zu versperren, und hielt ihr Buch, das sie seit dem Abflug auf dem Schoß liegen hatte, demonstrativ nah vor ihre Augen.

Lesen konnte sie jetzt sowieso noch nicht. Und der Flug nach Malaysia würde lang genug dauern, da konnte sie mehr als dieses eine Buch durchschmökern. Wenn sie den Kopf dafür hatte.

Irgendwo in der Maschine mussten die anderen beiden Mädchen sitzen, mit denen sie ein Jahr zusammenleben würde, aber sie hatte sie noch nicht gesehen. Oder einfach nicht erkannt, schließlich war sie ihnen lediglich ein Mal bei ihrem Vorbereitungsseminar begegnet. Silva war klein, fast drahtig gewesen und hatte den Kopf voll dichter schwarzer Locken. Rike hingegen schien das komplette Gegenteil zu sein: groß, kräftig und die roten Haare zu einem Bürstenschnitt gestutzt. *»Ich bin jemand, der anpacken kann«*, hatte sie erzählt, als sich die dreißig Freiwilligen, die mit der gleichen Organisation diesen Sommer in Malaysia ihr FSJ starteten, vorgestellt hatten. Anni glaubte ihr das aufs Wort.

»Salami oder Käse?«, riss sie eine Stimme aus den Gedanken und eine Stewardess mit beinahe unanständig kurzem Rock und genauso unanständig weißen Zähnen beugte sich zu ihr herüber, eine überschaubare Auswahl belegter Brötchen auf einem kleinen Rollwagen. Von solchen Röcken würde sich Anni im nächsten Jahr fernhalten müssen.

»Salami«, sagte sie. Keine Frage. Fleisch war ihr Gemüse.

Das Brötchen war weich und durch die großzügig verteilte Mayonnaise schon beinahe feucht. Die fettige Salami war an den Rändern bereits angetrocknet und das einsam wirkende Salatblatt lugte welk und traurig zwischen dem Weißbrot hervor. Anni bemühte sich, den Zustand ihres Snacks zu ignorieren und biss herzhaft hinein. Sie wusste schließlich nicht, von was sie sich im nächsten Jahr ernähren musste.

Der Dicke neben ihr konnte sich nicht entscheiden und griff kurzerhand nach beiden ihm dargebotenen Brötchen. Anni steckte sich den iPod in die Ohren, um seine schmatzenden Kaugeräusche nicht hören zu müssen.

Sie holte den Reiseführer aus ihrer Tasche, den ihr Lotte kurz vor der Abreise geschenkt hatte. Nett gemeint, wirklich, doch von dem touristischen Teil des Landes würde sie während der nächsten zwölf Monate vermutlich weniger mitkriegen.

Lotte war die Erste gewesen, der Anni erzählte, dass sie einen Platz in dem Freiwilligenprogramm ergattert hatte. Sie hatte sich mit ihr gefreut, denn sie wusste, dass es schon immer Annis Plan gewesen war, nach der Schule ins Ausland zu gehen.

»Ich dachte allerdings eher an Aupair oder an ein Austauschjahr«, hatte sie damals hinzugefügt und zugegeben, dass sie sich die Arbeit in einem Kinderheim in einer vollkommen anderen Kultur eigentlich selbst nicht zutraute.

»Aber wenn sich jemand dort durchbeißt, dann du!«

Leicht war es nicht gewesen. Bei den Auswahlseminaren gab es viele Bewerber und es waren nur wenige gewesen, die tatsächlich zu einem persönlichen Gespräch eingeladen worden waren. Gespräche, Diskussionen, Vorstellungsrunden: Sie hatte sich gefühlt wie in einer verschärften Abiturprüfung. Aber letztlich hatte sie überzeugt. Sonst säße sie jetzt nicht hier.

Ein Bild im Reiseführer fesselte sie besonders. Das Foto zeigte einen muslimischen Tempel. In der nächsten Zeit standen viele Feiertage an und sie hoffte sehr darauf, die arbeitsfreie Zeit für Reisen zu nutzen. Und wenn Silva und Rike keine Lust darauf hatten, konnte Anni den neuen Kontinent auch für sich allein entdecken. Zumindest hoffte sie das.

Völlig verschlafen riss sie ein sanftes Rütteln an ihrer Schulter aus dem Schlaf.

»Was?!«, keuchte sie und der Amerikaner starrte sie böse an. Dann biss er in ein Snickers.

Anni blickte aus dem Fenster. Draußen war Nacht und trotzdem war der Landeplatz, auf dem sich ihre Maschine befand, taghell.

»Welcome to Bangkok«, sagte die uniformierte Asiatin lächelnd und reichte ihr ein Erfrischungstuch.

Bangkok.

Anni schluckte. Sie hatte tatsächlich lange geschlafen. Der Zwischenstopp hier würde einige Stunden dauern. Einige Stunden, in denen sie warten würde: mit Gepäck, mit vielen Gedanken, mit Müdigkeit und vielleicht mit Silva und Rike, wenn sie die beiden fand. Dann war doch noch Zeit sich kennenzulernen, ehe sie für ein Jahr in eine gemeinsame Wohnung zogen.

Schlaftrunken erhob sich Anni aus ihrem Sitz und griff nach dem Rucksack, den sie zu ihren Füßen verstaut hatte. Der schmale Gang war bereits voll von Menschen, obwohl die Flugzeugtüren noch nicht geöffnet waren. Asiaten,

Amerikaner, Europäer: Anni konnte in dem Stimmengewirr kaum ausmachen, welche Sprachen von links und rechts an ihr Ohr drangen. Ob Bahasa dabei war? Das würde sie mit den anderen Freiwilligen während des Jahres in einem Sprachkurs lernen.

Endlich setzte sich die Reihe in Bewegung wie eine träge Raupe und schob sich gemächlich Richtung Ausgang. Der dicke Amerikaner brauchte einen Moment länger als die meisten Reisenden, sodass Anni zu den Letzten gehörte, die das klimatisierte Flugzeug verließen, noch einen Müsliriegel in die Hand gedrückt bekamen und durch die Gangway ihren Fuß zum ersten Mal auf fast asiatischen Boden setzten. Wenn sie auch hinter der Glasscheibe nicht mehr sah als einen riesigen Flughafen, der an jedem anderen Ort der Welt hätte sein können.

Aus dem offenen Schlitz zwischen Flugzeug und Gangway strömte ihr heiße, schwüle Luft entgegen, die ihr einen Moment den Atem raubte. Mit einem ungewohnten Klima würde sie nächstes Jahr auch leben müssen.

Sie folgte den anderen Fluggästen durch den Glasgang und versuchte, in der Masse einen rothaarigen und einen dunklen Haarschopf auszumachen, doch das schien in dem Gewühl aus Menschen und Taschen unmöglich.

Der Gang spuckte sie hinaus in die Weite des Flughafens. Thailändische Schriftzeichen, englische Wörter, *Welcome to Bangkok*, Sicherheitsleute, das Geräusch rollender Koffer auf glattem Boden. Obwohl Anni Flughäfen zur Genüge kannte, denn der neue Mann ihrer Mutter hatte nicht nur viel Geld, sondern auch eine große Reiselust, fühlte es sich doch ganz anders an. Sie war hier allein, lief mit ihrem Rucksack auf dem Rücken den Schildern nach.

Nein, nicht allein. Selbstständig.

Die Gedanken in ihrem Kopf kreisten. Hoffentlich würde mit dem Gepäck alles klappen, hoffentlich kam die Anschlussmaschine auch wirklich, hoffentlich fand sie die anderen vorher, damit es nicht so eine seltsame Situation war, wenn sie dann das Schlafzimmer miteinander teilten.

Ihr amerikanischer Sitznachbar schnaufte an ihr vorbei und Anni war überrascht, wie schnell er sich bewegen konnte. Eigentlich drängelte er mehr. Sie wollte ihrem Ärger schon Luft machen, als sie wenige Meter vor sich ein großes Mädchen mit kurzem rotem Haar entdeckte.

»Hey«, rief sie und beschleunigte ihre Schritte, ehe Rike von einer riesigen Gruppe Asiaten verschluckt wurde.

Marlene

»Ich will nicht, dass du gehst!«

Marlene klammerte sich noch etwas enger an Christian und schmiegte ihr Gesicht in sein Sweatshirt.

Christian strich ihr eine Träne von der Wange und drückte ihr einen Kuss auf den fast schwarzen Scheitel. »So weit ist es doch gar nicht!«, meinte er dann. »Frankfurt und Kassel, das sind mit dem Zug knappe zwei Stunden.«

»Kannst du nicht noch bleiben? Wenigstens kurz?«

Christian schüttelte bedauernd den Kopf. »Meine Mitfahrgelegenheit fährt doch pünktlich um sieben.«

Marlene nickte. »Okay«, murmelte sie dann und das gähnende Loch in ihrem Inneren war so viel größer als bei dem Abschied von ihrer Familie. Die hatte sie in den letzten Wochen sowieso kaum gesehen, denn sie war vier Wochen mit Christian durch Amerika gereist. Vier Wochen von Stadt zu Stadt, von Hostel zu Hostel, jetzt war sie braun gebrannt, hatte fünf Kilo zugenommen und strotzte eigentlich vor Energie, um noch eine Ewigkeit gemeinsam weiterzuziehen.

Doch das Geld machte ihr da leider einen Strich durch die Rechnung. Sie hatte zwar lange in der Konditorei gearbeitet und zwischen Limettensahnetorte und Baumkuchenspitzen das Geld für die Reise verdient, aber nicht nur der Flug und die Übernachtungen hatten viel gekostet. Marlene hatte sich vorher nicht vorstellen können, wie viel Geld sie für die Verpflegung ausgeben musste.

»Marlene, ich muss jetzt wirklich los«, sagte Christian sanft. »Ich will noch das Bad streichen und die Wohnung fertig machen. Wenn das Studium dann angefangen hat, werde ich dazu sicher nicht so bald kommen.« Er nahm ihre Hände in seine und küsste sie.

Und dann verschwand er, winkte und schloss die Tür hinter sich.

Marlene blieb zurück, unfähig, sich zu rühren. Sie wollte ihm nachlaufen, wollte ihn wenigstens rausbringen, doch ihre Beine schienen schwer und schlaff und erst nach einer Minute konnte sie aufstehen, lehnte sich aus dem Fenster und blickte dem Auto nach, das gerade um die Ecke bog.

Ein leichter Anflug von Panik überfiel sie. Sie begann schnell zu atmen und hatte das Gefühl, keine Luft mehr zu bekommen. Sie taumelte in die Waschecke des winzigen Zimmers und trank das Leitungswasser direkt aus dem Hahn. Dann wischte sie sich den Mund mit dem Ärmel ihres T-Shirts ab und warf sich aufs Bett.

Das Weinen, ein regelrecht lautes Schluchzen, tat gut und Marlene blieb liegen, bis ihr Kissen so nass war, dass sie sich selbst ekelte.

Sie setzte sich auf und blickte sich um. Die meisten Kartons waren bereits ausgepackt, die wenigen Bücher standen in dem Regal und der kleine Fernseher, den Christian ihr überlassen hatte, drängte sich neben dem Schreibtisch auf einer winzigen Kommode. Das ganze Zimmer war vielleicht gerade mal drei Schritte breit und vier Schritte lang, aber immerhin hatte sie ein eigenes Bad mit Dusche und Toilette, natürlich ohne Fenster. Und günstig war es auf jeden Fall.

Marlene stand auf und schlurfte zu der einzelnen Herdplatte der spartanischen Küchentheke. Einen Wasserkocher hatte sie nicht, also erwärmte sie das Wasser im Topf, auch wenn es heute viel zu heiß für den Tee war, den sie sich damit aufgoss. Baldrian. Sollte ja beruhigend wirken.

Dann schrieb sie eine SMS an Clara und noch eine und noch eine, schließlich war sie die Einzige, die auf dem Handy noch erreichbar war. Aber Clara antwortete nicht. Wieso auch. Die suchte entweder nach WGs in Berlin oder unternahm irgendetwas mit Freunden.

Ich werde nie Freunde finden, nie!, dachte Marlene und verschluckte sich an ihrem Tee.

Frustriert griff sie in das Gefrierfach, das zu ihrem Minikühlschrank gehörte, und öffnete eine riesige Packung Schokoladeneis. Und die aß sie auf, bis ihr schlecht war und sie sich am liebsten nur noch im Bett verkriechen wollte.

Was hält dich auf?, überlegte sie zynisch und schälte sich erst wieder aus den Kissen, als es draußen bereits dunkel war und sie von dem Liter Eis brechen musste.

Am nächsten Morgen wachte sie früh auf. Ihrem Magen ging es etwas besser und sie schaltete vom Bett aus den Fernseher an. Das Bild war schlecht, der Ton rauschte, aber irgendwie schaffte Marlene es, bis zum Mittag liegen zu blieben und nostalgisch alte Kinderserien und kitschige Soaps zu gucken.

Gegen zwölf klopfte es. Sie erhob sich schwerfällig und bewältigte die wenigen Schritte zur Tür. Sie öffnete.

Vor ihr stand ein Junge, ein weites T-Shirt auf den schmalen Schultern und einen Karton mit Pizza in der Hand. »Hi«, sagte er lächelnd und blickte hinter sie ins Zimmer. Marlene wäre am liebsten im Boden versunken. Sie trug noch immer ihren Schlafanzug, ausgerechnet den mit den Bommeln an der Hose, hatte fettiges Haar und die Mundwinkel waren vermutlich noch immer schokoladenbraun von ihrer Eisorgie am Vorabend.

»Hi …?«, fragte sie mehr, als dass sie seinen Gruß erwiderte.

Er neigte den Kopf in Richtung des Pizzakartons.

»Ich wohne hier seit gestern, Erstsemester. Ich wollte eigentlich zu Marina, sie fängt jetzt auch an zu studieren. Wohnt sie nicht in diesem Zimmer?« Er guckte auf das Nummernschild neben der Tür.

»Marina?« Marlene kam sich mehr als überfordert vor.

»Na ja«, meinte ihr Gegenüber, »also, ich kenne mich noch nicht so gut hier aus, weder in der Stadt noch in dem Wohnheim. Und Marina ist ja auch ganz neu, wir kennen uns erst seit dem Umzug gestern. Aber ich bin doch im dritten Stock, oder?«

Marlene guckte ihn ausdruckslos an, eine schwarze Haarsträhne hing leblos vor ihrem von der amerikanischen Sonne noch immer braun gebrannten Gesicht.

»Im zweiten«, murmelte sie und er lächelte entschuldigend.

»Oh, sorry«, meinte er, »dann muss ich wohl noch eine Treppe höher.« Er wandte sich zum Gehen, drehte sich dann doch noch mal um.

»Willst du ein Stück Pizza?«

Marlene starrte ihn an. Pizza?

»Ähm, ich … ja?«

»Okay.« Grinsend öffnete er den Karton und reichte ihr ein fettiges Stück des bereits geschnittenen Teiges. »Guten Appetit«, rief er, winkte und lief den Flur entlang davon.

Marlene schloss langsam die Tür, in der Hand das einzelne Stück Pizza. Langsam und von ihr unbemerkt, zogen sich Käsefäden Richtung Boden und tropften auf den grauen Teppichboden. Sie lehnte sich an die Küchentheke und biss hinein. Die Pizza war lauwarm, aber eigentlich ganz lecker und Marlene merkte, dass sie nun doch Hunger bekam. Sie überlegte, sich auch eine Pizza zu holen, eine Calzone vielleicht. Aber dann musste sie ihr Zimmer verlassen. Und so, wie sie jetzt gerade aussah, wollte sie nun wirklich von niemandem gesehen werden!

Also doch Nudeln. Die hatte sie noch da.

Während sie Wasser aufsetzte, dachte sie an Christian. Klar, Kassel und Frankfurt waren nicht sehr weit voneinander entfernt. Aber natürlich würde der Kontakt im Vergleich zur Oberstufenzeit, als sie sich täglich gesehen hatten, oder zu den vier Wochen in Amerika, lachhaft gering sein. Sie schrieb ihm eine SMS und ließ deswegen das Wasser überkochen. Na klasse.

Marlene warf ein paar Handvoll Nudeln ins Salzwasser und wenige Minuten später hatte sie einen dampfenden Teller vor sich auf dem Schreibtisch stehen. Soße hatte sie keine da. Dann mussten Butter und Salz reichen.

Sie blickte aufs Handy. Weder Clara noch Christian hatten geantwortet.

Ich werde nie neue Freunde finden, sagte sich Marlene erneut bitter und dachte an den Jungen mit der Pizza, der direkt an seinem ersten Tag jemanden im Studentenheim besuchen konnte, ohne dass sie sich vorher kannten.

Aber so war sie nicht. Und das wusste sie. Anni war so. Anni traf überall Menschen, mit denen sie sich unterhielt, und hatte keinerlei Hemmungen, Leute anzusprechen und mit fast Fremden etwas zu unternehmen. Einen Schritt wie Malaysia hätte Marlene sich selbst niemals getraut!

Sie spülte ihren Teller ab und stellte ihn zum Abtropfen auf das Plastikgitter. Und jetzt?

Aus ihrer Clique war sie die Einzige gewesen, die sich nach der Schule keine Auszeit nahm, sondern direkt mit dem Studium begann.

»Mit sieben eingeschult und dann auch noch einmal sitzen geblieben … da bin ich doch eh zu alt, um mir noch eine Verzögerung zu erlauben«, hatte sie immer gesagt, auch wenn ihre Freundinnen vehement widersprochen hatten. Aber Marlene war es ganz recht so. Ein Studium bot Sicherheit und Struktur. Und ins Ausland hätte sie nie gehen können! Die Entfernung von zwei Stunden zwischen Christian und ihr empfand sie schon als zu viel. Alles andere hätte irgendwie doch eine Grenze überschritten, auch wenn Anni regelmäßig mit den Augen gerollt und gemeint hatte, sie sei doch noch nicht verheiratet und solle jetzt ihr Studentenleben genießen.

Genug Bücher für die Uni hatte sie auf jeden Fall schon. Sie griff nach einigen Broschüren über Elektrotechnik. Ihr Vater hatte gemeint, damit hätte sie später als eine von wenigen Frauen sicher gute Berufschancen. Und eine andere und bessere Idee hatte sie selbst auch nicht gehabt. Also war sie nun für Elektrotechnik eingeschrieben. Physik und Mathe hatte sie schon immer ganz gut gekonnt, auf jeden Fall besser als Englisch oder Französisch, deswegen war sie nach einer Weile ebenfalls sehr überzeugt von diesem Studienfach gewesen. Kunst hatte ihr auch immer Spaß gemacht, aber daraus konnte sie ja keinen Beruf machen.

Nach wenigen Minuten hatte sie keine Lust mehr, in den Broschüren zu blättern und klickte sich ein wenig durchs Internet. Sie fotografierte die leere Packung Eis im Mülleimer und stellte das Foto auf den Freundinnen-Blog.

Erster Anflug von Einsamkeit. Ich vermisse euch!, kommentierte sie das traurige Bild und kam sich unglaublich mitleiderregend vor.

Um etwas Neutrales beizutragen, lud sie auch noch ein Bild des Wohnheimzimmers hoch.

Ihr Handy vibrierte. Endlich eine SMS von Christian! Sie sprang auf und öffnete die Nachricht. Doch es war Clara. Ohne es zu wollen, war Marlene enttäuscht. Wieso meldete sich Christian nicht? Der hatte bestimmt auch schon wieder haufenweise Leute kennengelernt.

Ärgerlich setzte sich Marlene auf den Schreibtisch und blickte aus dem Fenster. Direkt unter ihr waren einige Bänke aufgestellt, auf denen eine Handvoll Studenten saßen. Einige rauchten, andere unterhielten sich angeregt und lachten.

Der fremde Junge von vorhin kam zu ihnen rüber, neben ihm lief ein Mädchen mit roten Haaren und breiten Hüften. Sie gesellten sich zu den anderen und Marlene konnte hören, wie sie sich einander vorstellten.

Nie, nie, nie werde ich Freunde finden …

Mit dieser Überzeugung und in einer deprimierten Stimmung verbrachte sie den ganzen Tag im Zimmer. Und den nächsten auch. Bis auf wenige SMS von Christian, Clara und ihrem Bruder hörte, sah und sprach sie niemanden.

Es passierte mitten in der Nacht. Marlene wachte auf und starrte zur dunklen Zimmerdecke hinauf.

So kann es nicht weitergehen, dachte sie und schlug die Bettdecke zurück. Als Erstes stieg sie aus dem Bett und betätigte den Lichtschalter. Das Licht stach hell in ihre Augen, als sie ins Bad taumelte. Fluchend trat sie auf eine halb verzehrte Packung Pralinen und die Nugatfüllung verteilte sich auf ihrem Teppich. Egal.

Die Dusche tat gut, eiskalt und belebend. Sie zog sich an, obwohl die Uhr gerade mal ein Uhr nachts zeigte, aber sie hatte zu viel Zeit in den letzten Tagen im Schlafanzug verbracht, als dass sie es jetzt noch ertragen würde. Es befremdete sie fast, sich nur für sich selbst schön zu machen. Schließlich hatte sie nicht vor, rauszugehen, doch es fühlte sich für den Moment gut an. Hauptsache, kein Schlafanzug mehr!

Sie wählte das zarte Sommerkleid, das Christian so gerne mochte, und schminkte sich.

Dann fuhr sie ihren Laptop hoch. Sie konnte nicht ewig allein in ihrem Zimmer versauern, bis die erste Vorlesung beginnen würde. Christian war in Frankfurt, sie würden sich erst am Wochenende wiedersehen. Und ihre Freundinnen waren jetzt nun einmal ein Jahr lang unterwegs. Dann musste sie wohl doch in den sauren Apfel beißen und neue Leute kennenlernen.

Nach wenigen Stunden hatte sie eine Liste mit Vereinen, Veranstaltungen und Gruppen zusammengestellt, zu denen sie gehen würde.

Gleich morgen sollte es losgehen!

Lotte

»Du meinst es also ernst?«

Lotte schwieg, sie blickte kurz auf, sah in den leidvollen Gesichtsausdruck ihrer Mutter und schaute schnell wieder auf ihre abgeknabberten Fingernägel.

Sie nickte knapp. »Ja.«

»Und du hast dir das auch gut überlegt?« Kühle Finger strichen über ihren Handrücken, doch Lotte hatte Angst, dass ihre Mutter plötzlich ihr Handgelenk umfassen könnte, sie nicht mehr loslassen wollte.

Instinktiv zog sie die Hand unter den kleinen Küchentisch. Die Uhr tickte laut.

Zeitbombe, dachte Lotte und fröstelte, obwohl draußen die Sonne schien. Der große Garten, den sie sich mit den unzähligen Parteien des Mehrfamilienhauses teilten, war bereits in warmes Abendlicht gehüllt.

»Es ist einfach so praktisch!«, fing Lotte jetzt an zu reden und sie spürte, wie ihre Wangen vor Erregung fleckig wurden. »Wenn ich tatsächlich Agrarwissenschaften studieren will, dann *brauche* ich ein Vorpraktikum!«

»Kannst du denn nicht irgendwo anders hingehen?«

»Aber da habe ich den Platz sicher, ohne Ewigkeiten nach einem Hof zu suchen, der mich nimmt!«

»Wie sieht es denn mit der Familie Seeger aus, die auf dem Markt immer ihre eigenen Produkte verkaufen? Dann könntest du sogar hier wohnen bleiben!«

»Aber die haben doch fast nur Mastferkel und machen ausschließlich Wurst. Ich bin Vegetarierin!«

»Meinst du, das ist überhaupt gut für dich? Mit den neuen Kindern?«

»Mama, ihr seid jetzt seit fast fünfzehn Jahren getrennt und die Kinder sind grade mal drei und fünf.«

»Und wieso in Holland? Du magst doch noch nicht einmal die Sprache besonders!«

»Immerhin spreche ich sie einigermaßen gut, vielleicht lerne ich sie in diesem Jahr endlich mal richtig.«

»Aber wieso denn ein ganzes Jahr? Du brauchst für das Studium nur drei Monate in einem Betrieb!«

»Ja …« Jetzt fiel Lotte nicht mehr ein, was sich noch zu erwidern lohnte. Die Wahrheit wohl eher nicht. Dass sie ihren Vater vermisste, auch wenn die Zeit, als er noch bei ihnen gelebt hatte, schon so lange her war. Und dass sie Abstand brauchte. Von der Zweizimmerwohnung. Dem Geruch in der kleinen Wohnküche. Dem Blick aus dem Fenster auf den Garten, der ihnen gehörte und doch auch wieder nicht. Und von ihrer Mutter. Fünfzehn Jahre zu zweit waren lang genug.

»Ich …« Sie wollte etwas sagen, das plausibel klang. Logisch. Rational. Durchdacht, so wie Lotte eben war.

»Ist schon gut!« Ihre Mutter winkte ab und stand auf.

Sie ging zum Brotkasten und nahm ein Roggenbrot heraus, immer die gleiche Sorte.

»Die Niederländer haben keine Brotkultur«, meinte sie zur Küchenplatte gewandt und begann, fingerdicke Scheiben mit krummen Kanten zu schneiden. »Dort gibt es nur Weißbrot und gefärbtes weiches Brot aus der Tüte.«

Sie sah ihre Tochter nicht an. Es war ein Monolog oder allenfalls ein Gespräch zwischen ihr und dem Laib in ihren Händen.

»Möchtest du Käse oder Quark und Gurke?«

»Käse«, murmelte Lotte aus Gewohnheit und starrte ihre Mutter an. Wie absurd. Ein Jahr lang im Ausland. Käse und Gurke.

Sie atmete tief ein und fuhr sich nervös durch das lockige Haar, der gleiche braune Schopf, den auch ihr Vater hatte. Sie versuchte sich die Worte in ihrem Kopf zu überlegen, doch dann platzten sie einfach heraus, zu laut und zu groß für die Küche.

»Karin, hast du Angst, dass du einsam bist, wenn ich zu Papa ziehe?«

Ihre Mutter hielt inne und ließ die Gurke sinken. Als sie sich umdrehte, hatte sie Tränen in den Augen. »Ich hab einfach so Angst, dass zwischen uns alles anders wird. Es …«, sie schniefte und vergrub nun das Gesicht in den Händen, »… es fühlt sich an wie Verrat.«

Lotte durchfuhr ein Stich. War es Wut oder Trauer, Angst oder Ärger? Sie wusste es nicht. Viel zu durcheinander war sie von dem, was seit Tagen in der Luft lag und von niemandem ausgesprochen wurde.

»Ich …«, murmelte sie und griff geistesgegenwärtig nach ihrem Handy, »… ich muss los.«

Am Abend würde ein liebevoll hergerichteter Teller mit Käsebroten auf sie warten. Liebevoll und noch vorwurfsvoller.

Verrat.

Das Wort wog schwer, als Lotte sich hinters Haus setzte und ihr Handy zückte. Hauptsache, ihre Mutter kam jetzt nicht raus, sie wollte nicht gesehen werden. Sie drückte auf Wahlwiederholung und es dauerte nicht lange, ehe Clara abnahm. Auf ihre Telefonierbereitschaft konnte sie sich fast immer verlassen.

»Lotte?«, tönte die Stimme ihrer Freundin gut gelaunt am anderen Ende der Leitung. »Was ist los?«

»Also …« Lotte begann an ihrem Daumennagel zu kauen. Ein Kloß stieg in ihrem Hals auf, groß und schmerzhaft. Sie lehnte den Kopf gegen die Hauswand und spürte den weißen Putz, der sich in ihren Nacken bohrte.

»Ich weiß einfach nicht so richtig, ob das alles eine gute Idee ist.«

Eine Träne lief ihre Wange hinab und Lotte war froh, dass Clara sie durchs Telefon nicht sehen konnte. Das Zwitschern der Vögel klang fast ironisch in ihren Ohren und sie suchte mit den Augen den blauen Himmel nach ihnen ab.

»Was meinst du?«

Lotte wartete einen Moment, um sicherzugehen, dass

ihre Stimme fest klang. Von Weitem sah sie einen Nachbarn in Gummistiefeln durch den Garten kommen. Schnell sprang sie auf und schlenderte hinüber zu der Trauerweide am anderen Ende des Grundstücks, um ihr Gesicht abwenden zu können.

»Ich kann meine Mutter nicht allein lassen.«

»Was?!« Das Entsetzen in Claras Stimme war sogar durch die schlechte Verbindung zu hören. »Ich hoffe, du redest nicht von deinem Jahr auf dem Bauernhof!«

Lotte nickte, ehe ihr einfiel, dass Clara sie nicht sehen konnte.

»Doch …« Jetzt brach ihre Stimme trotz aller Bemühungen weg.

»Och, Lotte, meine liebe, liebe Lotte …«

Lotte ließ sich am Stamm der Trauerweide nieder und versteckte sich hinter den langen Ästen.

»Lass dich bloß nicht verunsichern, von niemandem, hörst du? Nicht von deiner Mutter und nicht von dir! Wenn du zu deinem Vater willst, dann muss deine Mutter das akzeptieren. Du bist fast zwanzig Jahre alt. Du weißt, ich mag Karin sehr gern, aber spätestens jetzt ist der Moment für sie gekommen, sich endgültig einen neuen Freund zu suchen.«

Lotte musste bei diesen Worten ein wenig lächeln und zog die Nase hoch. Sie hörte, dass es bei Clara am anderen Ende der Leitung etwas unruhig wurde.

»Außerdem willst du doch Bauer studieren. Und für Bauer brauchst du dieses Hofpraktikum, oder?!«

»Es heißt Agrarwissenschaften«, entgegnete Lotte, doch

Claras Art eine getroffene Entscheidung nicht mehr infrage zu stellen, tat ihr gut.

»Na, sag ich doch«, rief Clara und es raschelte einen Moment. »Du, Lotte, ich bin grade beim Arzt. Will noch ein paar Impfungen erneuern, dann muss ich mich in Berlin nicht darum kümmern. Und eine WG muss ich auch bald finden!«

»Alles klar, dann lass dich nicht aufhalten.«

»Ich sowieso nicht. Nie!«

Lotte drehte sich eine Locke um den Finger. »Und danke.« Sie legte auf. Sie wusste schon, wieso sie Clara angerufen hatte.

Als sie den Schlüssel in die Wohnungstür steckte, hörte sie, wie drinnen ihre Mutter aufsprang und zur Tür lief. Lotte konnte ein Augenrollen gerade noch unterdrücken, als ihre Mutter auch schon rief: »Du bist ja schnell wieder da! Die Käsebrote stehen in der Küche!«

»Danke, Mama«, meinte Lotte nur, ohne sich den Teller zu holen und verschwand gleich in ihr Zimmer.

»Hast du keinen Hunger?«, rief Karin durch die geschlossene Tür und klopfte vorsichtig an. Die Wohnung war so klein, dass sie sich dafür lediglich ein Stück nach links drehen musste, ohne sich vom Platz zu bewegen.

»Ich muss erst anfangen zu packen. Dann komme ich.«

Lotte stellte sich mitten in den kleinen Raum und sah sich um. Wirklich viel hatte sie nicht. Die Kommode mit der Kleidung, einige Bücher, der uralte Laptop. Die meisten Dinge würde sie wohl auf einem Bauernhof zwischen

Hühnern, Hofladen und Gemüsegarten nicht brauchen. Sie zog den staubigen Koffer unter ihrem Bett hervor und wühlte einen Moment lang in einer Kiste neben dem Bett.

Da!

Klein und nicht mehr ganz aktuell, aber bestimmt sehr sinnvoll, landete das alte Wörterbuch als Erstes im Koffer.

Deutsch – Niederländisch, Niederländisch – Deutsch.

Clara

Noch eine Absage. Clara hatte aufgehört zu zählen, die wievielte es war. Wieder eine E-Mail, dass es *leider* nicht geklappt hatte, dass sie sich *ganz knapp* für eine andere Mitbewohnerin entschieden hatten, dass sie natürlich *sehr* nett gewesen und die Entscheidung *sehr* schwer gefallen war und dass sie hofften, dass sie *bald* eine andere Wohnmöglichkeit finden würde.

»Danke«, murmelte Clara und streckte dem Computer die Zunge raus. Sie hatte keine Lust mehr, weiterzusuchen und klickte eher aus Langeweile auf den Freundinnen-Blog, den sie direkt unter ihren Favoriten gespeichert hatte. Wenn es so klappte, wie die vier es sich vorstellten, würde diese Seite sie während des nächsten Jahres begleiten.

Überrascht sah sie, dass Marlene am Morgen ein Bild von ihrem Zimmer gepostet hatte. Es war klein, aber zumindest nicht vollgestellt. Und ein trauriger Kommentar mit einer leeren Eispackung erschien ebenfalls darunter. Als Clara den Kommentar las, lachte sie und googelte ein abgrundtief hässliches Bild von zwei weinenden Clowns mit Geigen in der Hand, das sie unter Marlenes Eintrag einfügte.

Perfektes Stimmungsbild, schrieb sie und setzte einen Smiley dahinter. Dann schloss sie das Internetfenster. Sie brauchte jetzt etwas Motivierendes und kramte in ihrer überfüllten Schreibtischschublade. Da war er, der Brief.

Wir freuen uns, dir ein Freiwilliges Soziales Jahr in der Upcyclingwerkstatt anbieten zu können.

Tatsächlich war genau *das* ihre Wunscheinsatzstelle gewesen. Nicht weil es Berlin war, im Gegenteil. Berlin war toll, keine Frage, jedes Mal, wenn Clara ihre Cousine dort besuchte, war sie fasziniert und eingenommen von der pulsierenden Stadt, aber selbst dort wohnen? Nie hätte sie sich zugetraut, direkt das Jahr nach der Schule in einer Stadt zu verbringen, die so viel größer war als Marburg. Es war tatsächlich die Stelle gewesen, die sie unbedingt haben wollte, während sie von so vielen Leuten gehört hatte, die, egal was sie dort machen würden, in die Metropole wollten.

Na ja, jetzt war es jedenfalls Berlin. Und im Leben hätte Clara nicht gedacht, dass das Finden eines Zimmers sich so schwierig gestalten würde. Aber offenbar war Berlin, was WG-Suchende anging, mehr als gesättigt.

»In jeder anderen Stadt ist das leichter«, murmelte Clara frustriert. Sie beschloss, eine Runde spazieren zu gehen, um den Kopf frei zu bekommen.

Das Wetter war die letzten Tage schön gewesen, manchmal fast schon zu heiß, aber alles war besser als der regnerische Frühling, der hinter ihnen lag. Im Flur griff sie nach ihrer Jacke und verließ das Haus. Sie musste nur wenige Meter durch die Altstadt gehen, dann war sie auch schon an der Lahn und konnte direkt am Wasser entlanglaufen.

Sie holte den iPod aus ihrer Tasche und stellte die Musik auf Zufallswiedergabe. Kraftklub, *Ich will nicht nach Berlin.*

Na super, dachte sie und stöhnte. Schnell drückte sie ein Lied weiter und das zarte Klaviergeklimper irgendeiner Filmmusik säuselte sanft in ihr Ohr. Sie steckte die Hände in die Hosentaschen und reckte ihr Gesicht der Sonne entgegen. Das Wasser neben ihr glitzerte, doch das leise Plätschern konnte sie wegen der Stöpsel nicht hören.

Clara mochte es, durch die Welt zu gehen und dabei den eigenen Soundtrack zu hören. Sie kam sich dann immer selbst vor wie im Film, und die Welt erschien ihr dadurch oft so viel spannender und trotzdem fern. Wie ein Film eben. Die Musik machte sie emotional und melancholisch. Jetzt war die Zeit endgültig um. Dreizehn Jahre Schule, fast zwanzig Lebensjahre und eine komplette Kindheit in der Obhut der Familie.

Aber sie freute sich. Enorm sogar. Endlich etwas Neues erleben, neue Aufgaben, eine neue Stadt und hoffentlich neue Leute.

Ein Radfahrer fuhr dicht an ihr vorbei und sie wich zurück. Mit den Stöpseln in den Ohren musste sie wirklich besser aufpassen! Sie schaltete die Musik jetzt doch aus und setzte sich auf eine am Ufer stehende Bank. Eine Gruppe Blinder mit einem Betreuer kam vorbei und Clara hörte, wie sie sich über die warme Sonne unterhielten, ohne sie selbst zu sehen.

Clara zückte ihr Handy. Keine SMS und keine Nachricht. Von wem auch? Lotte bewältigte heute ihr Jahresgepäck für die Niederlande, Marlene bereitete sich auf ihr Studium vor und Anni musste sich jetzt schon hoch in den Wolken auf dem Weg in eine völlig andere Welt befinden. Sie würde sich daran gewöhnen müssen, dass ihr Handy nun schwieg.

Und sie selbst hatte nur noch eine Woche Zeit, um eine WG zu finden. Der Gedanke drehte ihr schon wieder den Magen um. Das war das Gute bei den Freiwilligendiensten im Ausland. Für die Unterkunft wurde gesorgt. Anni lebte während des nächsten Jahres mit den anderen Freiwilligen in einer kleinen Wohnung, die im Vergleich zu den einheimischen wahrscheinlich immer noch mehr als luxuriös war. Und Marlene hatte nach ewigem Hin und Her doch noch einen Platz im Studentenwohnheim ergattert.

Der Gedanke an das Wohnproblem raubte Clara jegliche Entspannung, sodass sie beschloss, zurück nach Hause an den PC zu gehen und nach weiteren WG-Zimmern zu suchen. Im Notfall könnte sie einige Tage bei ihrer Cousine unterkommen, um sich vor Ort umzuschauen. Aber sicher nicht länger als ein paar Tage!

Clara kehrte um und lief den Weg zurück. Nach einigen Metern entschied sie sich doch wieder für Musik.

Mit einem gewissen Risiko muss der Mensch einfach leben, dachte sie trotzig und drehte den iPod noch lauter.

Anni

Anni blickte auf die Uhr. In einer Stunde würde sie das Flugzeug nach Kuala Lumpur nehmen können. Müde lehnte sie sich an ihren Rucksack, den sie auf den kühlen Boden der Wartehalle gestellt hatte. Sie fühlte sich übermüdet und klebrig von dem zehnstündigen Flug, dem langen Warten, der klimatisierten Luft und wollte eigentlich nur noch heiß duschen und in ein weiches Bett fallen. Am liebsten in *ihr* Bett.

Ihr blondes Haar hatte sie zu einem wirren Zopf hochgebunden, doch es war zu kurz, sodass sich immer wieder einzelne Strähnen in ihr Gesicht verirrten.

Jemand legte ihr eine Hand auf den Arm und Anni zuckte zusammen.

»Oh, Entschuldigung«, sagte das Mädchen ihr gegenüber und die deutschen Worte klangen schon nach wenigen Stunden am Flughafen fremd. Schwarze Locken kringelten sich um ein schmales Gesicht und eine große Brille saß etwas zu weit vorn auf der Nase. Silva.

»Hallo!«, antwortete Anni schnell und richtete sich mühsam auf. »Ich habe die ganze Zeit nach euch Ausschau gehalten.«

Das stimmte nicht ganz. Nach wenigen Minuten, in denen sie durch die Halle geschlendert war, hatte sie keine Lust mehr gehabt zu suchen und sich auf den Boden gesetzt, wo sie seitdem kauerte. Und gelegentlich eindöste.

»Ja, Rike und ich sitzen da vorne bei den Bänken.« Silva deutete hinter sich und Anni blickte fassungslos auf die Metallsitze wenige Meter weiter, auf denen die beiden die ganze Zeit beinahe neben ihr gesessen haben mussten. Sie schlug sich mit dem Reiseführer gegen die Stirn.

»Alles klar«, murmelte sie und griff nach ihrem Rucksack.

Sie schlenderten hinüber zu Rike, die gerade den Müsliriegel aus dem Flugzeug auspackte und herzhaft hineinbiss.

»Hallo, Anni«, meinte sie mit vollem Mund und spuckte einzelne Müslikrümel in ihre Richtung.

Silva und Anni setzten sich auf die beiden freien Sitze neben Rike. Dann schwiegen sie.

»Und wie war der Flug?«

Etwas Besseres war ihr nicht eingefallen. Und das, obwohl Anni sonst häufig mehr redete, als gut für sie war.

»Lang«, antwortete Silva.

»Eng«, schmatzte Rike.

Schweigen.

»Ich habe von meiner Mutter eine riesige Reiseapotheke bekommen«, sprudelte Silva dann los. »Ich habe alles: Mückenspray, Verbände, Schmerztabletten, Malarianotfalltabletten, Tampons und natürlich drei Mal die Pille danach.«

Na, das wird ja was, dachte Anni und nickte höflich.

»Ihr könnt gern alles mitbenutzen.«

Rike knüllte das Riegelpapier zusammen und warf es hinter sich in den Spalt zwischen ihrer und der nächsten Sitzreihe.

»Also, ich hab von meiner Mutter nur verschiedene CDs mit Blasmusik bekommen. Weil sie meinte, bestimmt gibt es in Malaysia unsere heimische Blasmusik nicht.«

Das bezweifelte Anni nicht.

Und trotzdem hatte sie keine Lust, sich jetzt über die Geschenke der Eltern auszutauschen. Sie hatte ein Reisetagebuch bekommen und das schien ihr genau das Richtige zu sein.

Vielleicht war dies eine gute Gelegenheit, es einzuweihen. Und sich nicht weiter unterhalten zu müssen.

Marlene

Das Treffen, zu dem Marlene ging, war ausgerechnet das sinnloseste. Aber leider auch das mit dem frühesten Termin.

Als Marlene in ihrem wehenden Sommerkleid durch die Straßen ging und sich die warme Sonne auf die Haut scheinen ließ, merkte sie, wie sehr sie frische Luft gebraucht hatte. Der Park, in dem das Treffen stattfand, war zum Glück nicht sehr weit von ihrem Wohnheim entfernt und so fand sie ihn ohne Probleme, obwohl sie sonst zu den Menschen gehörte, die sich schnell verliefen.

Sie betrat den Park durch ein großes Tor und blickte sich suchend auf der grünen Wiese neben einem kleinen angelegten See um. Hier sollte der Treffpunkt sein, hatte das Mädchen, mit dem sie am frühen Morgen telefoniert hatte, gesagt. Ein paar Rentner schoben ihre Rollatoren über den staubigen Weg und eine Gruppe Jugendlicher in Fußballtrikots joggte vorbei. Marlene sah auf die Uhr. Es war kurz vor drei, sie war pünktlich.

Plötzlich ließ sie ein Bellen herumfahren und sie sah einen hellen Hund mit hängender Zunge auf sich zugaloppieren. Instinktiv trat sie einen Schritt zurück, doch das Tier stellte ihr die Pfoten auf die Schultern und leckte ihr übers Gesicht.

Hinter dem Hund rannte ein Mädchen mit dünnem Pferdeschwanz. Sie keuchte ein wenig und schien schon eine Weile zu hetzen. Sie lief zu dem Hund und riss ihn am Halsband zurück.

»Aus!«, bellte sie, dem Hund nicht ganz unähnlich, und musterte Marlene freudestrahlend, die sich das Kleid auf den Schultern wieder geradezog.

»Marlene?«, fragte die Rotgesichtige und hielt ihr eine feiste Hand entgegen.

Marlene nickte und ergriff sie.

»Ich bin Tanja, wir haben telefoniert.« Sie stieß ihren Hund mit der Turnschuhspitze in die Seite. »Und das ist

Kolja. Tut mir leid, normalerweise macht er das nur bei Leuten, die er kennt und mag.« Ihr dickliches Gesicht verzog sich zu einem Grinsen und Marlene erwiderte es zögerlich. »Er scheint zu spüren, dass du Hunde genauso liebst wie ich.«

Marlene nickte wieder nur knapp und brachte keinen Ton heraus.

Tanja schaute sich um und ihr verschwitzter Pferdeschwanz peitschte ihr in den breiten Nacken. »Wo ist eigentlich dein Hund?«

Das war das Problem. Marlene hatte keinen Hund, noch nicht einmal in Marburg. Und eigentlich mochte sie Hunde auch nicht besonders gern. Seit sie klein war, hatte sie Angst vor ihnen.

»Der ist …«, sie überlegte, »… noch bei meiner Familie in Marburg. Er ist krank, deshalb konnte ich ihn noch nicht holen.« Sie nickte bekräftigend. Das war eine gute Begründung. »Aber ich wollte den Verein auf jeden Fall schon mal kennenlernen.«

Tanja tätschelte besorgt die Flanke ihres Golden Retrievers. »Krank? Oh nein! Was hat er denn?«

Marlene spielte an der Schleife ihres Kleides. »Er … ähm … er hat … Schnupfen.«

Tanja sah sie ernst an.

Schnupfen, dachte Marlene und schlug sich innerlich gegen die Stirn. *Ausgerechnet Schnupfen! Wie blöd kann man eigentlich sein!*

Doch Tanja nickte ganz überzeugt. »Ja, so ein Hundeschnupfen kann manchmal wirklich fies sein. Kolja hatte das letztes Jahr auch und später sogar noch eine Bandscheiben-OP. War ein hartes Jahr für uns. Aber jetzt ist er wieder ganz fit!«

Und wie um seine Vitalität zu demonstrieren rannte Kolja im Kreis um die beiden herum.

»Wann kommen denn die anderen?«, fragte Marlene vorsichtig. Schließlich nahm sie an diesem Hundetreffen nur Teil, um möglichst schnell Kontakte zu knüpfen. Die Studentenmannschaft des Hockeyklubs traf sich erstmalig in drei Tagen und so lange hielt sie es allein nicht mehr aus.

»Die anderen?«, verdutzt blickte Tanja sie an. »Oh«, sie lachte laut. »Ich gründe den Klub erst dieses Semester. Hab ich noch gar nicht erzählt, dass Kolja und ich momentan die einzigen Mitglieder sind?«

Am Abend stolperte Marlene erschöpft in ihr Zimmer. Tanja war begeistert davon gewesen, dass bereits zum ersten Treffen jemand erschienen war, obwohl sie seit einigen Semestern versuchte, den Verein zu gründen. Aber offenbar hatten in Kassel die wenigsten Studenten einen Hund.

Marlenes Anwesenheit hatte ihr solch einen Optimismus verliehen, dass Tanja beschloss, in der nächsten Woche täglich ein Treffen des Studentischen Hundevereins anzusetzen, um allen Interessenten die Möglichkeit zu geben, teilzunehmen, ehe die Vorlesungen begannen.

Marlene hatte höflich bei allem genickt und war mit Tanja und Kolja erst durch den Park und dann noch stundenlang durch Wald und Wiesen spaziert, sodass sie jetzt dankbar für ihr einsames kleines Zimmer war.

Immerhin war ich heute sozial, dachte sie und postete direkt das Bild, das sie vorhin von Kolja gemacht hatte: ein springender Hund mit hängender Zunge und wehendem Fell. Darunter schrieb sie: **Ich habe jetzt einen Hund. Zumindest offiziell.**

Nachdem sie geduscht hatte, warf sie einen Blick in den Kühlschrank. Eine Packung Schinkenwürfel, ein paar Nudeln … wieso hatte sie keine Eier gekauft?

Jetzt ärgerte sie sich über ihre Faulheit am Vormittag, obwohl der *Lidl* nur ein paar Straßen weiter war. Sie überlegte, schaltete den Fernseher an, *Das perfekte Dinner* lief und schnell drückte sie auch schon wieder den roten Knopf. Sie hatte Hunger.

Ein Blick in den Spiegel sagte ihr, dass sie heute ganz okay aussah. Das Haar war noch nass, aber immerhin hatte sie keine Ränder unter den Augen oder große Pickel auf der Stirn.

Sie trat in den Flur und klopfte zögernd an die Tür ihr gegenüber. Es passierte nichts, sie klopfte noch einmal.

Schwungvoll wurde die Tür nach innen gezogen und ein Mädchen, das irgendwie asiatisch aussah, blickte sie an.

»Ja?«, fragte sie nicht unfreundlich und Marlene vernahm leise Klaviermusik in ihrem Zimmer.

»Ich …« Sie zögerte. »Kannst du mir ein Ei leihen?«

Die Asiatin nickte. »Klar«, meinte sie, lief kurz ins Zimmer und kam mit einem kleinen weißen Ei zurück, das sie Marlene reichte.

»Danke, das ist nett«, beeilte die sich zu sagen. »Morgen gehe ich einkaufen, dann bring ich dir ein neues.«

Das Mädchen winkte ab. »Kein Problem«, meinte sie freundlich. »Melde dich, wenn du noch etwas brauchst.«

Als Marlene einen Moment später Nudeln mit Schinken anbriet und das Ei darübergab, war sie selbst verwundert, wie einfach es sein konnte, netten Menschen zu begegnen.

Der Hundeverein beanspruchte ihre nächsten drei Tage vollends. Es kamen noch zwei Studenten und ein weiteres Mädchen dazu, die sich freuten, mit ihren Tieren nicht mehr allein spazieren gehen zu müssen und bedauerten Marlene für ihren verschnupften Hund in Marburg.

»Wenn meine Tiffy mal ein paar Tage nicht an meiner Seite ist«, flötete Lydia, eine zierliche Blonde, »dann werde ich immer ganz depressiv!«

Mark und Johann nickten ernst und Tanja freute sich über die große Hundeliebe innerhalb ihres Vereins. Voller Hingabe drehten sich die Gespräche um Tierfutter, Zecken und Hundedecken und wenn Marlene angesprochen wurde, gab sie meist etwas Vages von sich, doch das fiel nicht weiter auf.

Nachdem Tanja ihre *besten Freunde*, wie sie die anderen bereits nannte, zum Grillen in ihren Vorgarten eingeladen hatte und es bei Krautsalat und Würstchen um Darmviren und Durchfallerkrankungen ihrer Lieblinge ging, beschloss Marlene, den Hundeverein am nächsten Tag zu schwänzen und stattdessen beim Hockey vorbeizuschauen.

Als Marlene am nächsten Vormittag auf den Hockeyplatz gerannt kam, war sie zu spät. Bestimmt zehn Minuten, doch anscheinend war das nicht ungewöhnlich, denn nach und nach trudelten noch einige Studentinnen mit Pferdeschwanz und Sporttasche ein, sodass Marlene froh war, verschwitzt und rot im Gesicht wenigstens nicht auch noch die Letzte zu sein. Heute hatte ihr Orientierungssinn sie mal wieder im Stich gelassen.

Als sie Christian am Abend von den Hundeeskapaden erzählt hatte, konnte er sich vor Lachen kaum noch einkriegen, und obwohl es Marlene mit ihrer Kontaktsuche ernst war, fiel sie mit ein.

Das Gute war, dass sie auch gestern – im wahrsten Sinne des Wortes – hundemüde ins Bett gefallen und deswegen am Morgen frisch und ausgeschlafen zum Hockeyplatz geradelt war. Oder auch am Hockeyplatz vorbei, eine Runde ums Sportstadion herum und schließlich durch eine Seitenstraße wieder zurück.

Die anderen musterten sie neugierig und stellten sich der Reihe nach vor, aber Marlene konnte sich keinen einzigen Namen merken. Bis auf Sooree. Ihre Nachbarin im Studentenwohnheim. Als sie Marlene erkannte, kam sie gleich auf sie zu. Siedend heiß fiel Marlene das Ei ein.

»Du bekommst noch ein Ei von mir!«, rief sie und alle blickten herüber.

Sooree lachte. »Ich hab doch gesagt, das geht in Ordnung. Bist du neu in Kassel?«

Marlene nickte, während sich die anderen Mädchen plaudernd auf dem weichen Gras niederließen und sich über die Sommerurlaube austauschten.

»Ich fange jetzt mit Elektrotechnik an.«

Sooree pfiff durch die Zähne. »Mutig!«, bemerkte sie und Marlene war sich nicht ganz sicher, ob das gut oder schlecht war. Doch Sooree lachte und meinte beruhigend: »Mein Freund studiert auch Elektrotechnik und wenn du Mathe und Physik verstehst, dann wirst du damit klarkommen.«

Dann ließ sie sich zu den anderen aufs Gras fallen und klopfte neben sich. »Setz dich zu uns!«, rief sie und Marlene trat zögernd näher.

»Kommt noch jemand?«, rief ein athletisch aussehendes Mädchen mit dunkler Haut und dem Kopf voller schwarzer Locken.

»Wenn niemand Neues mehr kommt, dann nicht«, antwortete irgendjemand.

»Alles klar«, rief jetzt das lockige Mädchen. »Also, für die, die mich noch nicht kennen, mein Name ist Winnie und ich bin Kapitänin und Trainerin der Mannschaft. Heute wollen wir nur die neue Saison besprechen und uns einfach ein wenig einspielen, aber wenn das Training wieder anfängt, erwarte ich natürlich Pünktlichkeit.«

Alle nickten und Marlene entdeckte ein Mädchen am Rand, das genauso hilflos wie sie schien.

Winnie wandte sich an Marlene und das schüchterne

Mädchen. »Ihr wollt euch heute das Lacrosse-Training mal ansehen?«, fragte sie.

Marlene blickte irritiert. »Lacrosse?« Das kannte sie nur aus dem Fernsehen. »Ich dachte, Hockey.«

»Das Lacrosse-Team gehört zum Hockeyverein«, erklärte Winnie. »Hast du trotzdem Interesse?«

Erst jetzt bemerkte Marlene die anderen Sticks mit den Netzen, die die Mädchen überall am Feldrand hatten liegen lassen.

»Ähm«, murmelte sie und Sooree stieß sie freundschaftlich an. »Ja, klar.«

Auch die andere Studentin, erstes Semester Germanistik, wollte ins Team. Sie hatte in der Schulzeit bereits ein Jahr in Kanada verbracht, sodass sie die Sportart kannte, und wie sich beim Warmspielen herausstellte, auch schon sehr gut beherrschte.

Als Marlene den Stick zum ersten Mal in der Hand hielt, hatte sie das Gefühl, mit einem Kescher einen Ball zu schleudern. Zum Glück sagte Sooree nichts zu den vielen verschossenen Bällen, als sie in Zweierteams Pässe übten, und hob anerkennend den Daumen, wenn Marlene ihre Bälle mit dem Netz fangen konnte.

Später spielten sie noch in zwei Mannschaften gegeneinander und Marlene war froh, dass sie sich im Hintergrund halten konnte, während Winnie die meisten Tore in ihrer Mannschaft schoss. Auch die andere neue Spielerin flitzte viel vor dem gegnerischen Tor herum und machte den einen oder anderen Punkt.

Als es Mittag wurde, beschloss Winnie, das Training zu

beenden, da die Sonne unangenehm heiß auf ihre Köpfe schien.

Während alle langsam vom Feld schlenderten, lief Marlene zu ihrem Fahrrad und öffnete das Schloss. Sie musste unbedingt etwas für ihre Kondition tun, wenn sie hier mithalten wollte! Und obwohl Marlene keine Sportliebhaberin war: Das Lacrosse-Training hatte ihr ganz gut gefallen.

»Marlene«, rief Sooree ihr vom Rasenrand aus zu, während sie ihren eigenen Stick in der Sporttasche verstaute. »Wir gehen noch ein Eis essen. Kommst du mit?«

Marlene zögerte. Was, wenn sie nichts zu sagen hatte? Wenn die anderen sich prächtig verstanden und sie selbst nur daneben saß.

Egal, beschloss sie. Sie drehte sich zu Sooree um und lächelte. »Klar«, rief sie zurück und schob ihr Fahrrad zu den anderen hinüber. Sie waren eine Gruppe von etwa zehn Mädchen, denn alle kamen mit.

»Auf geht's!«, rief Winnie und Marlene lief mit ihrem Rad neben Sooree in Richtung Innenstadt.

Lotte

Und dann war es so weit. Es war das erste Mal, dass sie länger als drei Wochen allein, ohne ihre Mutter, ohne ihre Freundinnen unterwegs war. Der Wind des einfahrenden

Zuges wehte ihr ins Gesicht. Die Hitze stand auf den Gleisen und Lotte war froh, endlich einsteigen zu können.

Anni hatte aus dem fernen Asien eine SMS geschrieben, Marlene kurz angerufen und Clara hatte vorgeschlagen, sie zum Bahnhof zu bringen. Lotte hatte dankend abgelehnt. Der Abschied von ihrer Mutter würde tränenreich genug werden.

»Ich werde dich so vermissen, meine Kleine«, rief Karin dem Lärm des ICEs entgegen und strich ihrer Tochter über den Rücken. Lotte beugte sich zu ihr hinunter und legte den Arm um sie. Manchmal lachten die Leute, wenn sie die kleine Karin mit der großen Lotte sahen. *Holländische Gene*, antwortete sie dann meistens nur knapp und das genügte den Leuten. Groß und dünn – wie ihr Vater.

»Ich dich auch«, erwiderte Lotte und biss sich auf die Lippe, um nicht anzufangen zu weinen. Wenn es nötig war, konnte sie das gut und gern während der stundenlangen Zugfahrt tun. »Mama, ich muss los«, sagte sie dann und griff nach dem Koffer. Mehr nahm sie nicht mit. Ein Jahr.

Ihre Mutter klammerte sich an Lottes blumigem Sommerkleid fest.

»Karin!«

Jetzt ließ sie doch los und wischte sich mit dem Handrücken über die roten Augen. »Die Wohnung wird so leer sein ohne dich«, sagte sie und brach gleich darauf wieder in ein Schluchzen aus.

Ein letztes Mal drückte Lotte ihr einen Kuss aufs

schnittlauchglatte Haar, als auch schon der Pfiff des Schaffners ertönte.

Schnell nahm sie die wenigen Stufen und drehte sich um. Sie winkte ihrer Mutter zu, während sich die Zugtüren schlossen, winkte durch die kleine Fensterluke und winkte auch noch, als der Zug schon lange den Bahnhof verlassen hatte.

Dann erst begannen ihre Schultern zu beben und ein Schwall Tränen brach aus ihr heraus. Sie ließ ihren Koffer stehen und verschwand in der schmutzigen Zugtoilette. Erst nach einer Weile verließ sie ihr Versteck, nahm ihren Koffer und begann, die zweite Klasse nach einem freien Platz zu durchsuchen. Jetzt, wo die Tränen raus waren, fühlte sie sich ein wenig, als würde sie schweben. Die Leute starrten sie an. Ein großes Mädchen mit rot geschwollenen Augen.

Lotte versuchte ein Lächeln und setzte sich. Sie zückte ihr Smartphone und betrachtete Marlenes Post auf dem Blog. Ein Hund?! Stirnrunzelnd starrte sie das Bild an. Was hatte das nun wieder zu bedeuten?

Die Fahrt verging deutlich schneller, als Lotte es vermutet hatte. Vornehmlich lag das wohl daran, dass sie die meiste Zeit schlief. Sie hatte fast die ganze Nacht wach gelegen und die Gedanken in ihrem Kopf hin und her gewälzt, sodass sie das gleichmäßige Rattern des Zuges jetzt angenehm einlullte und sie an die Scheibe gelehnt einnickte.

Als sie die Augen wieder aufschlug, war die Sonne über den flachen Wiesen deutlich gesunken. Das warme Licht überraschte Lotte und sie blickte auf die Uhr an ihrem Handgelenk. Schon sieben Uhr, bald war sie da!

Das Ziehen im Magen, das sie die Nacht über wach gehalten hatte, breitete sich jetzt wieder ein wenig aus.

Sosehr sie sich freute, ihren Vater zu sehen, so beklommen war sie auch jedes Mal, wenn sie ihm nach langer Zeit begegnete. Manchmal sah sie ihn das ganze Jahr über nicht. Als sie zu klein gewesen war, um alleine Zug zu fahren, auch mal zwei oder drei Jahre nicht. Dann besuchte er sie, ihre Eltern waren höflich zueinander, bekamen sich aber nie länger als zehn Minuten, in denen ihr Vater an der Tür der kleinen Wohnung klingelte und wartete, bis Lotte sich angezogen hatte, zu Gesicht. Er sah dann auf den Fußabtreter, ihre Mutter schlang die Arme um den Körper und sie wechselten steif einige Worte. Meistens auf Deutsch, auch wenn der niederländische Akzent ihres Vaters schärfer hervortrat, seit er zurück auf den Hof seiner Eltern gezogen war. Lotte hatte früh gelernt, sich beim Anziehen zu beeilen.

Und dann unternahmen sie etwas. Ein langes Wochenende im Harz, ein paar Tage Nordsee. Papa war Urlaub. Bis sie ihn erstmals auf dem Bauernhof besucht hatte. Sie war elf, ihre Großeltern bereits verstorben und ihr Vater hatte eine neue Frau an seiner Seite – und eine Menge Arbeit auf dem Hof, seit er sich allein um die Felder, die wenigen Kühe, die Hühner und die Schweine kümmerte. Coosje übernahm den Gemüsegarten und den Hofladen samt kleinem Café. Und anstelle von Urlaub half Lotte in ihren Ferien mit.

Jetzt rollte der Zug gemächlich auf Groningen zu. Lotte konnte einige der hohen Kirchtürme sehen. Sie hatte die Stadt immer gern gemocht, auch wenn sie meist nur kurz auf der Durchreise hier gewesen war, ehe ihr Vater sie abholte und sie weiterfuhren, noch eine Stunde aufs Land, wo sein Hof neben weiten Feldern und Weideplätzen etwas einsam lag.

Sie begann sich zu recken und zog die Schuhe an, die sie in einem Anfall von Gemütlichkeit ausgezogen hatte.

Hoffentlich kam er allein. Sie mochte Coosje gern. Sie mochte auch die beiden Kinder Roos und Luuk, aber erst mal wollte sie eine Stunde mit ihm allein sein. Sich begrüßen. Die ersten Worte Niederländisch mit ihm reden. Manchmal lachten ihre kleinen Geschwister sie für ihre lustige Aussprache und ihre Fehler aus. Lotte lachte dann mit.

Bis sie fünf war, hatte ihr Vater nur Niederländisch mit ihr gesprochen. Sie verstand fast alles, war im Sprechen aber aus der Übung.

Der Zug wurde langsamer und begann, in die Bahnhofshalle des alten Gemäuers einzurollen. Jetzt fing ihr Herz doch an zu klopfen.

Hoffentlich kam er allein!

Vorsichtig hievte sie ihren Koffer von der Gepäckablage. Inzwischen war sie eine der letzten Reisenden und obwohl sie geschlafen hatte, war sie zum Umfallen müde.

Lotte schob sich durch den engen Gang zur Tür, den Koffer, der nun irgendwie schwerer schien als noch in Marburg, schleifte sie hinter sich her.

Jetzt stand der Zug. Nervös schüttelte sie die braunen Locken. Sie hatte ihn seit letztem Sommer nicht mehr gesehen.

Ein Mann stand vor ihr und drängte sich dick und schnaufend als Erster aus der engen Tür. Dann kam Lotte.

Vorsichtig, um nicht auf den schmalen Stufen zu stolpern, kletterte sie aus dem Zug. Die Luft auf dem Bahnhof war noch heißer als in Deutschland.

Der schönste Bahnhof der Niederlande, hatte ihr Vater stolz gesagt, als sie ihn vor neun Jahren erstmalig besucht hatte. Das stimmte wohl. Das alte rote Gebäude war innen mit Säulen und einer verzierten Decke kunstvoll gestaltet und dem kleinen Marburger Bahnhof mehr als überlegen. Die Worte hatten damals ein wenig wehgetan, denn sie konnte spüren, wie sehr er seine Heimat liebte. Auch ohne seine damals einzige Tochter.

Doch jetzt hatte Lotte keinen Blick für die Architektur. Ihre Augen glitten suchend über die wenigen Wartenden. Wo war er denn?!

Sie ging ein paar Schritte Richtung Ausgang, sah auf die Anzeigetafel und zur Information, wo sie sich auch schon getroffen hatten. Der Bahnsteig hatte sich inzwischen geleert und sie war die Letzte, die noch wartete. Sie verließ das Gleis und stellte sich unter die große Bahnhofsuhr.

Manchmal verspätete er sich, wenn auf dem Hof besonders viel zu tun war. Das kam schon mal vor. Lotte versuchte sich zu beruhigen. Vergessen hatte er sie sicher nicht! Nicht an dem Tag, an dem sie für ein ganzes Jahr in sein Leben treten würde.

In sein Leben und das von Coosje und den Kindern.

Doch er kam nicht.

Die Zeit verging, die Leute strömten in den Bahnhof hinein und wieder hinaus, das schnelle Niederländisch klang ungewohnt in ihren Ohren und wieder hatte Lotte Angst, ein ganzes Jahr lang niemanden verstehen zu können.

Unsinn, dachte sie und setzte sich müde auf ihren Koffer.

Er kam nicht.

Sie wartete eine halbe Stunde. Eine Stunde. Mehrmals hatte sie auf dem Hof angerufen, doch es hob niemand ab und das Handy war aus.

Bei ihrer Mutter wollte sie sich jetzt nicht melden, die würde sich nur Sorgen machen und konnte ihr nicht helfen. Marlene versuchte sicher den ganzen Tag, sich in das Uniumfeld einzufinden und Anni und Clara hatten im Moment selbst genug zu organisieren. Was sollten die schon ausrichten?

Nach fast anderthalb Stunden stürzte ein Mann in die Bahnhofshalle. Verschwitzt und abgehetzt lief er erst an ihr vorbei und sie vernahm den Geruch von frischem Heu und Kuhmist.

Er drehte sich im Kreis und blickte panisch auf die große Bahnhofsuhr. Da entdeckte er sie.

Es war Bert, der Knecht auf dem Hof ihres Vaters.

Die Autofahrt verlief schweigend. Bert hatte Lottes Koffer auf den Rücksitz gehoben, sie waren eingestiegen und hatten bis auf die Begrüßung und einige Sätze über die Fahrt in stockendem Niederländisch nichts mehr gesagt. Lotte hatte das Gefühl, Bert konnte ihre Enttäuschung fühlen und sie war froh, dass er sie in Ruhe ließ.

Als sie nach einer Stunde auf den Hof fuhren, war es fast halb zehn und der Abend zog sich bereits dämmrig über den Himmel.

Die Hühner waren zu dieser Zeit in ihren Verschlag gesperrt, eine Katze lief träge über die staubige Einfahrt und anstelle der Auslagen des Hofladens standen nur leere Körbe und Regale neben den Terrassenstühlen des Cafés.

Alles weggeräumt, der Tag war beendet.

Der Hof wirkte etwas heruntergekommener als in ihrer Erinnerung aus dem letzten Sommer. Vielleicht hatte es auch etwas mit ihrer Enttäuschung zu tun, aber was ihr sofort auffiel, war der strenge Geruch, die vielen Fliegen und die großen Spinnennetze, die an den dicken Hausbalken klebten und die sie sogar aus der Entfernung ausmachen konnte. Und das war der Ort, an dem sie ein Jahr lang arbeiten würde. Zum Glück hatte sie all ihre gute Kleidung zu Hause in der Kommode gelassen.

Bert parkte das Auto neben dem großen Traktor und lief vor Lotte her zu dem großen Bauernhaus. Coosje hatte Geranien gepflanzt, die rosa und kräftig über den Balkon des Fachwerkgebäudes hingen. Auf dem roten Dachgiebel stand ein Hahn aus Ton, der war neu.

Lotte betrachtete ihre großen Füße in den Ledersandalen. Zum Glück nahm Bert ihren Koffer, den hatte sie jetzt wirklich nicht mehr tragen wollen.

Sie versuchte, ihre Zweifel zu verbannen, Zweifel, die Fäden in ihrem Kopf spannen, die sie nicht mehr losließen, und sie versuchte sich Claras Worte ins Gedächtnis zu rufen.

Deine Entscheidung, ganz allein deine Entscheidung. Und deine Konsequenzen.

Bert drückte die eiserne Türklinke der schweren Haustür auf und ließ sie zuerst eintreten. Er stellte ihren Koffer vor den Treppenaufgang und schaltete das Licht ein. An den Wänden hingen Erntegeräte, die bestimmt schon hundert Jahre alt waren, und ein leicht vertrockneter Strauß Sonnenblumen stand in einem Kübel in der Ecke. Der ganze Flur war voller Schuhe, Stiefel und Holzpantinen und Lotte stolperte über ein Paar winzige Clocks. Das mussten die von Roos sein.

Laut klopfte Bert an die Holztür, hinter der sich die eigentliche Wohnung der Familie befand. Sofort wurde die Tür aufgerissen und Coosje schloss ihre Stieftochter stürmisch in die Arme. Ihr blonder Dutt saß schräg auf dem Kopf und ihre dralle Gestalt war in eine karierte Küchenschürze gehüllt.

»Lotte, wir freuen uns so, dass du da bist!«, rief sie und Lotte war froh, dass sie die Worte ohne Probleme verstand.

Bert trat dezent zurück, winkte und lief die Treppe hinauf in den ersten Stock, wo er sein eigenes Zimmer hatte.

Coosje schloss die Tür und führte Lotte in das gemütliche Wohnzimmer.

Ihr Vater saß neben dem Sofa und streichelte seiner

kleinen Tochter, die darauf lag, den Lockenkopf. Die Ähnlichkeit zwischen Roos und Lotte war nicht zu übersehen.

»Lotte«, sagte er lächelnd und stand auf. Er war unrasiert und seine Schläfen waren ein wenig grauer geworden seit dem letzten Sommer, doch sein Lachen war genauso warm, wie sie es in Erinnerung hatte.

Er umarmte sie und legte ihr die Hände auf die Schultern. »Ich freue mich so sehr, dass du das Jahr bei uns verbringen willst.«

Lotte nickte und wollte nichts erwidern. Zu groß war ihre Angst, dass ihr zugeschnürter Hals sie am Sprechen hindern würde.

Ihr Vater sah besorgt auf die Uhr. »Du musstest lange warten, oder?« Er fuhr sich durchs Haar, eine Angewohnheit, die er mit seiner ältesten Tochter teilte.

Coosje stieß ihren Mann vorwurfsvoll in die Seite. »Natürlich musste sie lange warten!«, sagte sie tadelnd und wandte sich entschuldigend an Lotte: »Heute ging bei uns alles drunter und drüber: Erst war der Traktor kaputt, dann ist im Hofladen ein Regal voll mit Kartoffeln zusammengebrochen und als Jan losfahren wollte, um dich zu holen, ist Roos in eine Scherbe getreten und hat sich den ganzen Fuß aufgeschnitten. Bis die Wunde einigermaßen versorgt war und wir daran gedacht haben, stattdessen Bert loszuschicken, war es dann plötzlich schon viel zu spät.« Sie band sich die Schürze von den Hüften und legte sie neben das Sofa.

Das Chaos des Bauernhauses überraschte Lotte jedes Mal aufs Neue.

Die verletzte Roos kauerte auf dem alten Sofa zwischen Geschirr, Gummistiefeln, Stroh und Schulbüchern. Sie winkte Lotte heftig heran. »Guck mal!« Weit riss sie ihren Mund auf und zeigte auf eine Zahnlücke, wo vorher ein kleiner Schneidezahn gewesen war.

Lotte strubbelte ihr durch die Locken. »Du bist ja jetzt auch schon ein Schulkind!«, meinte sie und betrachtete ihren Fuß. »Tut's denn sehr weh?«

Roos nickte und konzentrierte sich auf einen leidenden Gesichtsausdruck. »Luuk schläft schon«, sagte sie dann. »Der ist klein, der musste schon ins Bett. Ich noch nicht!«

»Lotte, du hast doch sicher noch nichts gegessen«, unterbrach Coosje sie und lotste das Mädchen zum Esstisch. Besteck und Teller lagen bereits auf der Holzplatte. Ohne ihre Antwort abzuwarten, schaufelte Coosje ihr eine große Portion Eintopf auf den Teller, die Schüssel stand noch auf dem Tisch.

»Ich habe zu deinen Ehren extra Stamppot gekocht, mit Gemüse und Kartoffeln aus eigener Ernte! Für dich vegetarisch, ohne Rookworst«, sagte sie. »Aber irgendwann wurde es so spät für die Kinder, da haben wir einfach schon gegessen.«

»Macht doch nichts«, murmelte Lotte und schob sich eine erste Gabel des kalten Gerichts in den Mund. »Mmhh, sehr lecker!«

Ihr Vater kam zu ihr und setzte sich schweigend neben sie.

Als Lotte ihren Teller geleert hatte und dankend eine weitere Portion ablehnte, sprang Jan auf. »Ich bring dich in dein Zimmer! Das Bett ist gemacht, den Koffer hat Bert sicher schon hochgetragen.«

Geschäftig lief er zur Wohnungstür und hielt sie Lotte auf, er wollte ihr wohl in den dunklen nach Holz duftenden Flur folgen.

»Jan«, sagte Lotte und berührte ihn kurz am Arm. »Ich weiß, wo mein Zimmer ist.«

Clara

Am nächsten Morgen ging plötzlich alles ganz schnell.

Clara wachte von dem Vibrieren ihres Handys auf und las schlaftrunken die SMS.

»Danke für deine Anfrage. Ehrlich gesagt wollen wir uns schon sehr schnell für eine neue Mitbewohnerin entscheiden, deshalb wäre es gut, wenn du die nächsten Tage bei uns vorbeischaust. Bist du gerade in Berlin?«

Claras Herzschlag beschleunigte sich, als sie den Namen unter der Nachricht las. Diese WG hatte sie innerlich schon ausgeschlossen, denn die wenigsten Leute schrieben ihr überhaupt zurück, und selbst dann waren es meistens Absagen. Sie strich sich das Haar aus dem Gesicht und überflog noch einmal die Anzeige im Internet.

Ein Jahr Zwischenmiete, 270 € warm, im zentralen Wedding in netter 4er-WG.

Es wäre perfekt!

Sofort schrieb sie zurück und die Antwort kam prompt: »Wann kommst du?«

Jetzt musste Clara doch aufstehen und den Computer anschalten. Sie zog die Rollos nach oben und sprang in das Kleid, das sie am Abend unordentlich auf den Boden geworfen hatte. Dann suchte sie nach einer Mitfahrgelegenheit. Morgen vielleicht oder übermorgen?

Sie klickte sich durch sämtliche Internetseiten, aber von Marburg aus fuhren einfach zu wenig Leute unter der Woche nach Berlin.

Sie wollte schon aufgeben und sich frustriert ein überteuertes Zugticket buchen, als sie ein einziges passendes Angebot fand.

Heute.

In einer halben Stunde am Marburger Bahnhof.

Nachdem sie den Fahrer glücklicherweise noch erreicht hatte und auch von der Berlinerin die Bestätigung bekam, dass sie heute gerne vorbeischauen konnte, sprang Clara nur kurz unter die Dusche, packte Handy, Portemonnaie und ein Buch in ihre Tasche und griff in der Küche nach einem Brötchen, das sie auf dem Weg zum Bahnhof verspeiste.

Es sah auch heute wieder nach einem warmen Tag aus und sie bemerkte, dass sie vollkommen vergessen hatte, eine Jacke einzustecken.

Egal, dachte Clara und ärgerte sich mehr darüber, dass ihr iPod zu Hause auf dem Schreibtisch lag. Viel mehr hoffte sie, dass ihre Mitfahrgelegenheit wirklich kam. Und sie nicht, wie schon so manches Mal, am Bahnhof versetzte.

Als sie auf dem Parkplatz eintraf, sah sie sich suchend um. Ein gelber Twingo, ein auffälliges Auto, das ihr eigentlich sofort ins Auge stechen musste. Sie blickte auf die Uhr. Mist, sie war zu spät! Gerade mal fünf Minuten, aber wer weiß, ob er nicht ohne sie gefahren war.

Sie setzte sich auf den Bordstein und versuchte, den Fahrer zu erreichen. Er nahm nicht ab. Na toll. Neben ihr trocknete ein Hundehaufen in der Sonne.

Genervt schaute Clara aufs Handy und begann eine SMS nach Berlin zu tippen, zögerte aber noch, sie abzuschicken. Sie wusste, die WG-Plätze waren rar und wenn sie jetzt absagte, warteten ungefähr zwanzig andere darauf, sich das Zimmer anzuschauen. Die ungesendete SMS ließ sie offen und wartete noch ein paar Minuten. Es war ja nicht kalt.

Nach einem weiteren erfolglosen Anruf und fast zwanzig Minuten nach der vereinbarten Zeit beschloss Clara schlecht gelaunt, wieder nach Hause zu gehen. Als sie aufstand und sich den Staub vom Hintern klopfte, schreckte sie ein lautes Hupen auf.

Der gelbe Twingo mit Berliner Kennzeichen stand direkt neben ihr und ein türkisch aussehender Fahrer mit weißen Zähnen und Goldkettchen lehnte sich aus dem Fenster.

»Du willst nach Berlin?«

Clara nickte erleichtert. »Oh ja!«

»Dann steig ein.«

Anni

Das Wasser prasselte heiß auf ihre Schultern und perlte über ihre müden Arme und Beine. Anni hielt das Gesicht in den Duschstrahl und fing mit der Zunge die Tropfen auf. Jetzt, wo sie der warme Duschnebel einhüllte und sie das Gefühl hatte, den Schmutz der Reise von ihrer klebrigen Haut spülen zu können, stellte sich auch das euphorische Gefühl wieder ein, das sie in den letzten Stunden so vermisst hatte.

Sie war hier. Sie war wirklich hier. In Kuala Lumpur, der Hauptstadt Malaysias. Der Anschlussflug hatte zwar Verspätung gehabt, aber glücklicherweise war sie ja nicht allein gewesen. Nachdem sie mit den hier ansässigen Leuten ihrer Organisation telefoniert hatten, waren sie am Flughafen abgeholt und in das einfache, aber saubere Hotel gebracht worden. Unkompliziert. Das hatte sie so nicht erwartet.

Anni stellte das Wasser ab und griff nach einem der dicken weißen Handtücher. Sie wickelte es um ihren sauberen Körper und betrachtete sich im Spiegel. Das blonde Haar war vom Wasser dunkel gefärbt und klebte an ihrem Hals. Ihre Haut war bis auf wenige Sommersprossen blass und ihre großen wasserblauen Augen gaben ihrem Gesicht immer etwas Kindliches, weswegen Anni oftmals jünger geschätzt wurde, als sie tatsächlich war. Man sah ihr auf den ersten Blick an, dass sie nicht von hier war, und das würde wohl auch ein ganzes Jahr lang so bleiben. Ein Jahr voller neugieriger Blicke und einer Sonderrolle. Das hatte sie schon auf den Vorbereitungsseminaren gelernt. Aber jetzt, seitdem sie hier war, wusste sie, dass es ganz sicher stimmte.

Sie rubbelte sich trocken und stieg in die weite Leinenhose, die früher mal Clara gehört hatte. Dazu ein T-Shirt, das ihre Schultern bedeckte. An gewisse Regeln würde sie sich hier halten müssen.

Anni schloss die Tür auf und betrat das Hotelzimmer.

Lang ausgestreckt lag Silva auf dem Bett und blätterte in einer Zeitschrift, die sie am Flughafen geschenkt bekommen hatte.

»Ich verstehe kein Wort«, beschwerte sie sich und wedelte mit dem Heft in Annis Richtung. »Mein Englisch ist wirklich nicht überlebenstauglich.«

Anni legte ihre schmutzige Wäsche in den Wäschesack und ließ sich auf dem anderen Bett nieder. Die Matratze war hart, aber wenigstens nicht durchgelegen. »Wollen wir los?«, fragte sie und deutete auf ihre Armbanduhr. Die war noch auf deutsche Zeit gestellt und Anni drehte an dem kleinen Rädchen sechs Stunden in die Zukunft. Der Gedanke war interessant. Hatte sie dadurch tatsächlich sechs Stunden Lebenszeit verloren? Spätestens wenn sie in einem Jahr zurück nach Deutschland flog, glich sich der Verlust wieder aus. Wie ein Pfand.

»Ja, ich glaube, wir müssen los«, stöhnte Silva und rekelte sich. Ihr Rock war bis zu ihren Oberschenkeln hochgerutscht, und als sie sich erhob, zupfte sie ihn zurecht. Er reichte trotzdem nur bis knapp über ihre Knie.

»Willst du dich nicht noch umziehen?«, fragte Anni und bemühte sich um einen freundlichen Tonfall.

Silva griff nach einem Spaghetti-Top und tauschte ihr fleckiges T-Shirt, das mit Tomatensoße vom Flugzeugmenü besprenkelt war. Sie runzelte die Stirn und blickte Anni über ihre Brillengläser hinweg genervt an. »Bist du meine Mutter?!«

In der Hotellobby hatten sich die anderen schon versammelt. Lediglich zwei Jungs kamen hinter Anni und Silva die Treppe heruntergehastet, sodass sie gleichzeitig mit ihnen ankamen.

Die kleine Gruppe unterhielt sich bereits angeregt und tauschte sich über ihre Projekte aus. Insgesamt waren sie zu acht: Anni, Silva, Rike, zwei weitere Mädchen und drei Jungen. Alle in Malaysia, aber alle an unterschiedlichen Arbeitsstellen.

Ihre malaysische Begleitung war bereits da und zählte durch. Ihre Aussprache hatte einen beinahe amerikanischen Akzent und man hörte, dass sie wegen der Freiwilligenorganisation viel Englisch sprach.

Anni stellte sich zu einem Mädchen mit malaysischem Wörterbuch in der Hand, die eine ähnliche Hose trug wie sie selbst. Silva folgte ihr.

Siti, wie sich die asiatische Begleiterin vorstellte, arbeitete seit drei Jahren in dem Programm mit.

»Und zur Begrüßung«, sagte sie und hob einen Beutel hinter ihrem Rücken hervor, »habe ich eine ganz besondere Spezialität für euch. Die wortgenaue Übersetzung lautet *Stinkfrucht*, aber viele Einheimische essen sie sehr gerne. Probiert mal!«

Sie reichte die grünen und etwas stacheligen Früchte herum. Anni betrachtete sie und schnupperte an der Schale. Der Geruch war tatsächlich gewöhnungsbedürftig. Die Gruppe sah zu, wie Siti ihre Frucht aufbrach und das gelbe Fleisch darin aß. Anni tat es ihr nach. Die Konsistenz war weich und sie beschloss nach dem ersten Bissen, dass Stinkfrüchte nicht zu ihrem Lieblingsobst zählten.

Silva neben ihr rümpfte die Nase, sodass ihr die Brille noch weiter nach vorne rutschte. »Das esse ich nicht«, tönte sie und reichte Siti die grüne Frucht zurück.

Anni bemerkte, dass sie nicht die Einzige war, die Silva irritiert anblickte. »Probier doch einfach mal«, meinte sie, aber Silva schüttelte verständnislos den Kopf.

»Soll ich mich vergiften?!«

Eine Sekunde machte sich peinliches Schweigen breit, dann steckte Siti die Frucht kommentarlos in die Tasche zurück und setzte ein breites Lächeln auf. »Morgen, bevor es losgeht, werden wir ein letztes Abschlussseminar haben. Aber jetzt gehen wir erst mal alle zusammen essen!«

An diesem Abend aß Anni bei einem Inder zum ersten Mal mit der Hand von einem Bananenblatt.

Das Foto von diesem Gericht würde ihr erster Blog-Eintrag werden, wenn sie später im Hotel mit dem Handy das WLAN nutzen konnte. Sie nahm einen Reisklumpen mit viel Soße und vermischte beides mit den Fingern. Als sie das Essen in den Mund steckte, verbrannte sie sich fast die Zunge an den scharfen Gewürzen.

Clara

Während der Autobahnfahrt nach Berlin hörten sie türkische Musik und Furkan, der Fahrer, sang laut und schräg mit. Auf dem Beifahrersitz saß bereits ein dralles blondes Mädchen, sodass Clara sich neben eine Reisetasche auf den Rücksitz quetschen musste. Sie unterhielt sich anfangs mit dem Mädchen, doch nachdem die allgemeinen Floskeln erschöpft waren, schwiegen sie, während Furkan unbeirrt weiterträllerte.

Siedend heiß fiel Clara ein, dass sie weder ihrer Familie Bescheid gegeben noch sich eine Rückfahrt gesucht hatte.

Sofort schrieb sie eine SMS an ihre Mutter und versuchte dann mit ihrem Handy ins Internet zu gelangen. Doch das Netz war zu schlecht, sodass sie beschloss, den Rückweg später zu organisieren.

Sie kamen gut durch, Furkan fuhr schnell, aber nicht zu schnell, und als nach fast fünf Stunden die ersten Häuser von Berlin zu sehen waren, blickte Clara wie gebannt auf die Hochhäuser, die Straßen, die Kleingärten. Hier würde sie bald wohnen!

Na gut, nicht genau hier, nicht so vorstädtisch, aber in Berlin.

Furkan ließ sie wenig später am Hauptbahnhof aussteigen. Sie drückte ihm das Geld in die Hand und bedankte sich, während er bereits anfuhr, um den Taxis Platz zu machen, auf deren Plätzen er hielt.

Es war deutlich heißer als in Marburg und die Steine

des Platzes reflektierten die Wärme zusätzlich von unten, sodass Clara froh war, als sie in das riesenhafte Glasgebäude eintrat. Eine Gruppe Japaner lief im Stechschritt an ihr vorbei und drängte sich vor auf die Rolltreppe, die sie zu den S-Bahn-Gleisen führte. Zum Glück kannte sie sich in Berlin ein wenig aus, seit sie ihre Cousine einige Male allein besucht hatte. Die S-Bahnen fuhren alle paar Minuten und während sie Richtung Friedrichstraße fuhr, las sie den Streckenplan an der Decke, um herauszufinden, wie sie in den Wedding kommen konnte. Es dauerte einen Moment, ehe sie sich mit den verschiedenen Farben der Linien vertraut gemacht hatte, aber dann sah sie, dass sie nur ein Mal umsteigen musste.

Ein Obdachloser lief durch den Wagen und blieb hier und da stehen. »Haste mal 'nen Euro für 'n janz kleinet Mittagessen?«, fragte er Clara. Aus Verlegenheit kramte sie in ihrer Hosentasche, wo sie noch fünfzig Cent fand, die sie dem Mann in die schmutzige Hand drückte. Er bedankte sich mit einem zahnlosen Lächeln und an der nächsten Haltestelle stieg er aus.

Clara folgte ihm und suchte die U6 Richtung Wedding. Auf dem Weg kam sie an einem unterirdischen türkischen Imbiss vorbei und kaufte sich einen Döner, den sie auf der kurzen U-Bahnfahrt in den Wedding aß.

Nervös sah sie sich währenddessen um. Hauptsache, es stiegen keine Kontrolleure ein, die konnte sie jetzt gar nicht gebrauchen. In der Eile und in einem Anflug von Geiz hatte sie sich kein Ticket gekauft, doch die kurze Fahrt verlief ohne Kontrolle, und als sie ausstieg, war sie sofort angenehm überrascht von den vielen unterschiedlichen Menschen, die sich auf dem Leopoldplatz tummelten. Irgendwo schlug eine Kirchturmuhr, das Geräusch schien aber irgendwie nicht richtig zu passen bei all den Dönerläden und türkischen Supermärkten. Aber es gefiel Clara. Sehr gut sogar.

Es war ein komisches Gefühl gewesen, im Auto zu sitzen und durch die Straßen von Berlin zu fahren. Ein bisschen wie in Schaufenster zu blicken. Die verschiedenen Stadtteile, Eindrücke, Häuser, Märkte, Parks, Restaurants, Menschen, Haarfarben, das alles hatte sie mehr fasziniert, als sie es vorher für möglich gehalten hatte. Klar, Berlin war schön, sie hatte die Stadt schon immer gemocht, aber mit dem Gedanken, dem Wissen, die nächsten Monate tatsächlich *hier* zu verbringen, hier zu leben und das nicht nur als Wochenendtouristin, das hatte ihren Blick geschärft.

Beim Aussteigen hatte sie die Schaufensterperspektive verlassen und war eingetaucht in die Stadt. Obwohl noch viele Sorgen sie quälten, wegen des Wohnens und des Umzugs, wuchs ihre Vorfreude auf die Stadt und das endlich selbstständige Leben. Wurde immer größer.

Clara zückte ihr Handy und stellte sich ein wenig an den Rand, um die vorbeigehenden Menschen, die große Familie mit Kinderwagen und das Paar mit dem Hund nicht zu stören und gab den Straßennamen in ihr Navi ein.

Ihr Akku war fast leer. »Mist«, murmelte Clara und hoffte, dass sie die GPS-Funktion bald wieder deaktivieren konnte, denn die verbrauchte mehr Energie, als sie zum Finden einer neuen Mitfahrgelegenheit *und* der WG noch hatte.

Das rote Fähnchen markierte ihr Ziel, das nur wenige Straßen vom Leopoldplatz entfernt lag. Jetzt war sie doch froh, keine Jacke mitgenommen zu haben, denn schon nach wenigen Metern spürte sie, wie sich auf ihrer Stirn Schweiß bildete und ihr Sommerkleid feucht an ihrem Rücken klebte.

Den Blick auf den Bildschirm gerichtet, stieß sie fast mit einem Jungen zusammen, der gerade noch ausweichen konnte und ihr irgendetwas in einer Sprache hinterherrief, die sie nicht verstand. Orientierung gehörte einfach nicht zu Claras Talenten und sie war dankbar über die kürzlich getätigte Investition in ein Smartphone, denn ohne wäre sie in den fremden Städten, die sie in den letzten Wochen für Freiwilligendienst-Bewerbungen bereisen musste, wohl nie zurechtgekommen.

Wenige Minuten später erreichte sie das Haus, in dem sie sich vorstellen wollte.

Es war gelb und sah ein wenig schmutzig aus. Kleine Eisenbalkone ragten hoch bis in den fünften Stock und eine dicke Frau im Blumenkleid schnippte eine Zigarette über das Geländer. Rasch wich Clara aus. Einige Bäume, die an der Straße standen, boten Schatten und sie beschloss, die Stunde, die ihr bis zu dem vereinbarten Treffen noch blieb, in dem kleinen Café zu verbringen, das sie eben an einer Straßenecke erspäht hatte. Zu früh wollte sie nicht sein und vor dem Haus herumlungern und womöglich einem potenziellen WG-Mitglied begegnen, das erschien ihr wenig erstrebenswert.

Sie drehte sich noch einmal um und lief die Straße zurück. Als sie an einem kleinen Spielplatz mit Rutsche und zwei Tischtennisplatten stehen blieb und einen Moment zusah, wie eine Gruppe Kinder spielte, dauerte es nicht lange, bis ein Mädchen auf sie zukam.

»Kübra hört auf, willst du mitspielen?«, fragte sie und reichte Clara erwartungsvoll einen Tischtennisschläger.

»Ähm«, meinte Clara ein wenig perplex. »Ja … wenn euch sonst jemand fehlt.« Sie stellte ihre Tasche in den Staub und trat unsicher an die Platte mit den drei Kindern, während ein Mädchen sich winkend verabschiedete.

»Für den Rundlauf brauchen wir vier Leute«, fügte das erste Mädchen erklärend hinzu und grinste Clara mit einer breiten Zahnlücke an.

Clara nickte und lächelte zurück. Ihr lief der Schweiß schon jetzt in den Kniekehlen zusammen, denn der Spielplatz lag vollkommen ungeschützt in der prallen Sonne.

Ein Junge machte den ersten Aufschlag. Prompt verpasste Clara den Ball, doch beim nächsten Mal war sie aufmerksamer, und erst zehn Minuten, bevor sie zurück zu der WG gehen musste, legte sie den Schläger beiseite.

»Ich muss los«, rief sie und packte ihre Tasche. Clara hatte jetzt sogar noch bessere Laune und obwohl sie sich ein wenig ärgerte, so verschwitzt zu sein, war sie froh, die Stunde lang etwas Sinnvolles getan zu haben. Trotzdem ging sie auch noch kurz in das kleine Café, kaufte sich ein kühles Wasser, das sie sofort trank, und versuchte ihr Gesicht in der kleinen Damentoilette zu kühlen. Sie strich sich mit den Händen das braune Haar glatt und tupfte sich mit etwas Klopapier die Achseln trocken. Besser würde es jetzt einfach nicht gehen.

Ein Blick auf die Uhr ließ sie zusammenfahren und sie verließ das Café fluchtartig. Bis zu dem gelben Haus brauchte sie eine knappe Minute und als sie außer Atem klingelte, begann ihr Herz doch wieder zu klopfen.

»Ja?«, erklang es undeutlich durch den Lautsprecher, und als Clara erklärte, warum sie da war, wurde sofort der Türöffner betätigt.

Im Hausflur war es kühl und das Holzgeländer erinnerte sie mit seinem lackierten Handlauf an das im Haus ihrer Cousine, die in einem Altbau in Kreuzberg wohnte.

Weit nach oben musste sie nicht, denn die WG lag direkt im zweiten Stock. Sofort sprangen ihr die selbst gemalten Namensschilder, die an der Wand klebten, ins Auge.

Oben angekommen klopfte sie vorsichtig an der angelehnten Tür. Von drinnen ertönte gleich ein Rufen: »Sorry, ich such mir grad noch ein Handtuch.«

Und dann kam ein Mädchen um die Flurecke gesaust, ein Handtuch um den Kopf gewickelt und ein orangefarbenes Hängerkleid auf den feuchten Schultern. Sie hielt Clara ihre Hand hin und lachte sie an. »Komm rein, willst du was trinken? Die anderen sind auch gleich zu Hause, die wissen ja, dass du heute vorbeikommst. Aber setz dich erst mal in die Küche, die Schuhe kannst du hier einfach hinschmeißen. Dann zeig ich dir das Zimmer.«

Sie griff die von der langen Rede überrumpelte Clara an den Schultern und führte sie durch die verwinkelte Wohnung an den offenen Zimmertüren vorbei ins Herzstück der WG.

Als Clara am Abend im Zug saß, eine Mitfahrgelegenheit hatte sie nicht mehr gefunden, war sie müde, aber zufrieden.

Das Treffen war wirklich nett gewesen. Als die anderen, zwei Jungen, sich zu ihnen in die Küche gesetzt hatten, pürierten sie erst mal Smoothies aus frischem Obst. Dann folgte das Gespräch: Wie sie zusammenlebten, was Clara im nächsten Jahr machte, was die drei anderen studierten, woher sie ursprünglich kamen, welche Fernsehserien sie mochten, wie es sie alle nach Berlin verschlagen hatte, und ab und zu nippte Clara an ihrem Erdbeer-Smoothie.

Als zwei von ihnen zur Uni mussten, war Clara es recht gewesen, wieder gehen zu können. Schließlich musste sie noch nach einer Möglichkeit suchen, abends nach Marburg zu fahren.

Sie würden sich melden, hatten die drei beim Verabschieden gesagt. Zwei Kandidaten hatten sie schon getroffen und eine weitere Bewerberin kam am nächsten Tag zum »WG-Casting«, ein Wort, das Clara neu war, ein wenig überraschend und schockierend. Aber sehr treffend für die WG-Situation in Berlin.

Der dunkle Himmel zog am Zugfenster vorbei und Clara vermisste ihren iPod, denn zum Lesen war sie zu müde. Und über den Preis der spontanen Bahnfahrt wollte sie nicht nachdenken, denn im Moment war sie noch bestens gelaunt. Spontane Berlinfahrten taten einfach gut!

Ihr Handy zeigte noch drei Prozent Akku, aber das war jetzt egal. Sie nutzte die letzte Energie, um ein Foto von sich im Zug zu machen und auf dem Blog zu posten.

Berlinluft geschnuppert. Jetzt heißt es warten. Und noch sehr viel mehr Luft atmen.

Dann verdunkelte sich der Bildschirm und ihr müdes und doch aufgeregtes Gesicht spiegelte sich in der blanken Fläche des Smartphones.

Anni

Der Tag, an dem Anni zum ersten Mal ihr neues Heim betrat, blieb ihr lange in Erinnerung.

Die Wohnung, die sie sich zu dritt teilen würden, war kleiner als erwartet, doch das war kein Problem. Anni war mit drei Geschwistern aufgewachsen und als sie klein gewesen war, hatte sie sich mit ihrem Zwillingsbruder ein Zimmer geteilt, später dann mit ihrer großen Schwester.

Das, was wirklich problematisch schien, waren zwei Dinge: Zum einen funktionierte das Gas in der Küche nicht. Anni hatte zwar momentan nicht das Bedürfnis, in der schwülen Hitze etwas Heißes zu essen, aber kochen würden sie früher oder später doch müssen. Das andere, viel akutere Problem war, dass es nur zwei Betten gab.

Siti führte sie durch die kleine Wohnküche, das Bad und die beiden Schlafzimmer, gab ihnen eine kurze Einweisung, wie sie die Türen auf- und abschließen konnten und wie theoretisch das Gas in der Küche funktionieren sollte.

»Spätestens morgen oder übermorgen habt ihr eine Gasflasche«, versprach sie, lächelte breit und verschwand mit wehendem Kleid.

»Tja …«, meinte Rike gedehnt und ließ sich auf einem der Terrassenstühle nieder, die in der Küche um den blanken Holztisch standen und den Anni in Deutschland als spießig bezeichnet hätte. Hier passte er hin. Weil kein Möbelstück mit einem anderen zusammenzugehören schien. »Sieht so aus, als müssten wir uns wegen der Betten aufteilen.«

Silva rümpfte die Nase, fuhr mit dem Finger über eine klebrige Stuhllehne und ließ sich dann auf ihre Reisetasche fallen.

»Kann ich ein Einzelbett haben? Ich hab Schlafstörungen.«

Anni senkte den Blick, damit Silva nicht sehen konnte, wie sie die Augen verdrehte. Rike holte einen zerfledderten Collegeblock aus ihrer Tasche und zückte einen Kugelschreiber.

»Bestimmt«, meinte sie dann und begann, eine Tabelle auf dem Kästchenpapier zu zeichnen. »Ist alles eine Frage der Organisation.«

»Organisation?« Misstrauisch beäugte Silva die drei Spalten, die Rike jetzt aufmalte. »Was hat das mit Organisation zu tun? Wir sind drei erwachsene Menschen und haben zwei mittelmäßige Betten. Das erfordert keine gute Organisation, das ist ein unlösbares Desaster.«

»Jetzt halt mal die Luft an und lass dich ein *bisschen* auf die Situation ein«, fuhr Rike sie scharf an und knallte den Kugelschreiber auf den Block.

Sie wischte sich mit dem Handrücken einige Schweißperlen von der Stirn, ihr kurzes rotes Haar klebte ihr am Kopf.

Silva zuckte zusammen. Anni war froh, dass Rike ausgesprochen hatte, was sie selbst dachte. Sonst hätte sie es gleich gesagt.

»Also, Organisation war das Stichwort«, warf Anni rasch ein, um den heiklen Moment zu überbrücken.

»Genau«, wandte sich Rike wieder ihrem Block zu. »Wir teilen am besten die Wochen ein, in denen jede von uns das Einzelzimmer mit dem Bett hat. Zumindest, bis wir hier irgendwo eine Matratze oder etwas Ähnliches aufgetrieben haben.«

Anni nickte. »Klingt vernünftig«, meinte sie und suchte in ihrem Rucksack nach dem Müsliriegel. Ganz unten fand sie ihn, ein wenig warm und zermatscht, doch als sie das Silberpapier von den Körnern zog, war er bis auf etwas klebrige Schokolade unversehrt. »Dann kann Silva eben als Erste in das Zimmer«, meinte sie mit vollen Backen und lief hinüber zum Kühlschrank. Immerhin hatten sie einen.

Silva stöhnte. »Was heißt denn jetzt als Erste?«, fragte sie. »Ich habe doch gesagt, ich habe Schlafstörungen.

Ich *muss* allein schlafen. *Immer.*« Sie zupfte ihren kurzen Rock über die Oberschenkel.

»Meine Güte«, entfuhr es Rike, »hast du nicht zugehört?! Wir teilen das mit dem Bett ein. Und das Erste, was wir tun werden, ist, uns irgendwo eine Matte zu besorgen, damit Madame zufrieden ist.«

»Ich brauche eben mein eigenes Bett«, maulte Silva und Anni konnte hören, wie ihre Stimme brüchig wurde.

»Hast du ja auch. Diese Woche.« Rike kritzelte bei Silva ein Kreuz unter ihren Namen und schrieb das heutige Datum daneben.

»Und ihr?«

Rike ließ einen Moment verstreichen. »Na, wir teilen uns das Bett. Was sonst?«

Anni hatte die letzten Sätze nicht mitbekommen. Gebannt starrte sie auf den Boden, auf dem sich ein schwarzes Tier langsam über die schmutzigen Fliesen schob. Ihre Hand ruhte noch immer am Griff des geöffneten Kühlschranks, als sie sagte: »Leute, ich glaube, wir haben noch ein *ganz* anderes Problem.«

Nachdem die drei die kleinen Hinterlassenschaften der Vorjahresfreiwilligen gefunden hatten – verschimmelte Spaghetti im Kühlschrank, eine riesige Ladung Müll und alte Verpackungen in einem der Küchenschränke sowie vier Kakerlaken auf den Küchenfliesen –, brach Silva in lautes Geheul aus und Rike schlug mit der flachen Hand auf den Tisch, damit die nicht aus Versehen auf Silvas Wange landete.

»Das ist doch nur der Anfang«, versuchte Anni Silva zu beruhigen und strich ihr über die Schulter. »Wenn wir erst mal aufgeräumt haben, machen wir es uns richtig gemütlich.«

Rike schnaubte.

Bisher hatte Anni den beiden anderen vor allem zugehört, doch jetzt begann sie fieberhaft, nach Putzzeug zu suchen. Schmutz konnte sie nicht schrecken, nicht mehr, seitdem sie regelmäßig miterlebt hatte, wenn ihr Bruder bei ihnen zu Hause die ein oder andere Party veranstaltet hatte, solange die Eltern über Nacht weg waren.

Hinter der Tür im Bad wurde sie fündig. Ein Mob, ein Besen, zwei Lappen, ein Eimer mit fehlendem Henkel und eine halbe Flasche Fliesenreiniger.

Na bitte.

Sie schleppte alles in die Küche und ließ Wasser in den Eimer laufen. Dann kippte sie einen Großteil des Reinigers hinein und sah zu, wie sich die weißen Blasen ihren Weg aus dem Eimer suchten und als Seifenblasen durch den Raum schwebten.

»Musik an!«, verlangte sie und Rike fummelte an ihrem Handy herum, ehe sie *It's Raining Men* anschaltete. Der Titel passte nicht wirklich und das Handy schepperte kläglich, doch Anni tauchte den Mob in das Seifenwasser und wirbelte damit über den klebrigen Boden, während sie groteske Tanzschritte machte und laut in den Wischerstiel sang. Nach einer Weile begann Silva zu kichern und hob kreischend die Füße, als Anni mit dem Mob um ihre Tasche herumfuhr.

Rike ließ nicht lange auf sich warten und griff nach einem Lappen, mit dem sie den Tisch und die Stühle abwischte. Irgendwann fiel sie eine Oktave tiefer in den Gesang mit ein, sodass sie zu zweit beinahe die Handymusik übertönten.

Überrascht sah Anni hinüber. Der wütende Gesichtsausdruck war aus Rikes Gesicht verschwunden und mit ihren schwerfälligen Bewegungen schwang sie den Lappen.

Nur Silva blieb sitzen. Ihr kurzes Kichern war verebbt, aber sie weinte auch nicht mehr.

Wenigstens das.

Marlene

Todmüde ließ Marlene sich auf ihre Matratze fallen. Am liebsten würde sie direkt schlafen, aber ihr leerer Magen hielt sie davon ab, sich in voller Montur ins Bett zu legen und bis zum nächsten Morgen nicht mehr aufzustehen.

Ihr kleines Zimmer versank im Chaos und als sie begann, zwischen schmutziger Wäsche und alten Verpackungen nach der letzten Dose Ravioli zu wühlen, blieb sie trotz der Gewissheit, dass sie neulich eine gekauft hatte, erfolglos. Sie fuhr kurz ihren Laptop hoch und las Claras Post über ihre Berlinfahrt. Offenbar hatte sie endlich eine WG gefunden. Ein erleichtertes Gefühl durchströmte ihre Brust. Sie klappte den Rechner zu, stopfte ihn in eine Tasche und hielt sich den Bauch. Wo waren nur diese blöden Ravioli?

Marlene fluchte und kickte ein Buch und einen Haufen Wäsche unters Bett. Irgendwo musste diese Dose doch sein!

Der Magen schmerzte und nach einigen Minuten fiel ihr ein, dass sie die Ravioli bereits vorgestern gegessen hatte.

Mist!

Dann musste sie wohl wieder zu Sooree! Sie ordnete ihr Haar notdürftig und blickte auf ihr Handy. Christian hatte ihr während der Vorlesung geschrieben, aber sie konnte jetzt nicht antworten. Sie zog sich eine Strickjacke über, denn obwohl es draußen warm war, fror sie momentan abends häufig. Das musste an der Müdigkeit liegen. Seit zwei Wochen besuchte sie die Vorlesungen für Elektrotechnik, und als anfangs nur Organisatorisches besprochen wurde, hatte das auch alles noch viel Spaß gemacht. Marlene war zwei Mal in der Woche zum Lacrosse-Training gegangen und auch am Hundeklub hatte sie weiterhin teilgenommen, zu groß war die Panik, die zart aufkeimenden Kontakte, die sie in den letzten Tagen geknüpft hatte, wieder zu verlieren.

Aber als die Vorlesungen dann tatsächlich begonnen hatten, war ihr schnell klar geworden, dass sie sehr viel würde tun müssen, um nicht vollends überfordert zu bleiben.

Grundlagen der Elektrotechnik, Diskrete Schaltungstechnik, Elektrische Messtechnik, Mechanik und Wellenphänomene. Die Worte schwirrten ihr auch jetzt noch durch den Kopf und sie klopfte sich sanft gegen die Schläfe, um sie zu vertreiben, doch es half nichts.

Erst mal etwas essen!

Sie lehnte die Tür ihres Zimmers an und klopfte gegenüber bei Sooree. Die öffnete auch sofort mit nassen Haaren und einem Handtuch um die Schultern.

»Hast du etwas zu essen?«, fragte Marlene, ohne sie zu begrüßen, und schnupperte. In Soorees Zimmer roch es nach frisch gebratenem Gemüse und irgendetwas Fleischigem.

Sooree sah sie erst einen Moment verdutzt an, dann lachte sie über Marlenes in die Luft gehaltene Nase.

»Komm rein«, sagte sie und schloss die Tür hinter Marlene, die sich nicht lange bitten ließ. Unglaublich, dass sie sich vor zwei Wochen kaum getraut hatte, Sooree nach einem Ei zu fragen!

Sooree rubbelte sich noch einmal durch die Haare und schmiss ihr Handtuch in das winzige Bad.

»Ich habe eh zu viel gekocht«, meinte sie und holte zwei Klappstühle aus Plastik neben ihrem Regal hervor, die sie an ihr Schreibpult stellte. Dann trat sie zum Herd und rührte mit einem Kochlöffel in ihrem Wok.

»Hüngerchen oder großer Hunger?«, fragte sie und Marlenes knurrender Magen ersparte ihr eine Antwort. Sooree füllte großzügig Reis auf einen Teller und verteilte duftendes Gemüse mit Hähnchenfleisch darauf, das sie Marlene vorsetzte. Dann füllte sie sich selbst eine kleine Müslischüssel und griff nach Stäbchen, während sie Marlene eine Gabel in die Hand drückte. »Guten Appetit«, meinte sie und Marlene begann, ihre Portion zu verschlingen. Sie war sich sicher, noch nie so gut gegessen zu haben.

»Danke!«, sagte Marlene, als sie fertig war und sich über den Bauch rieb. »Morgen lade ich dich ein!«

Sooree lachte und nickte. »Ich nehm dich beim Wort!«, meinte sie und tat sich noch etwas Reis auf, den sie geschickt mit den Stäbchen zum Mund führte.

»Was ist denn los, bist du wieder nicht zum Einkaufen gekommen?«

Marlene nickte. »Ich hab es vergessen. Heute Morgen war ich an der Uni, später beim Lacrosse mit euch und dann beim Hundetreffen.«

Sooree räumte das Geschirr ab und stellte es in die Spüle. »Du scheinst ja wirklich viel zu tun zu haben«, bemerkte sie nur und ließ warmes Wasser über die Teller laufen.

»Ja«, gab Marlene zu und seufzte. »Und Elektrotechnik ist wirklich schwieriger, als ich dachte.«

»Ach komm«, entgegnete Sooree. »Lass dich nicht nach zwei Wochen schon entmutigen! Mein Freund hat damals auch gedacht, er würde das nie schaffen, und jetzt macht er sogar seinen Master!«

Nicht ganz überzeugt blickte Marlene auf ihr Handy. Christian hatte ihr wieder geschrieben. Er vermisste sie.

Ein warmes Gefühl durchfloss ihren Bauch und sie lächelte versonnen.

»Nette SMS?«, fragte Sooree grinsend und kämmte ihr nun beinahe trockenes pechschwarzes Haar.

»Ja …«, erwiderte Marlene gedankenverloren und hielt ihr Handy hoch. »Ich glaube, ich ruf ihn mal an.«

Sooree nickte und pikte sie mit dem Finger in die Seite. »Alles klar. Aber morgen Abend wird das Handy weggepackt und ich werde fürstlich bekocht!«

Das Wort *fürstlich* beschrieb nicht ganz das Essen, das Marlene am nächsten Abend mit viel Mühe zubereitete, aber sie war nie eine gute Köchin gewesen. Für Pizzateig zum Selbstbelegen und einen frischen Salat reichten ihre Kenntnisse dann aber doch.

Nachdem sie zu zweit eine Flasche Wein geleert hatten und mit roten Wangen auf Marlenes Bett krochen, denn eine bessere Sitzgelegenheit gab es in dem Studentenzimmer nicht, redeten sie erst über das Studium, dann über ihre Familien und letztlich über ihre Freunde und die Vor- und Nachteile von Fernbeziehungen.

»Es ist ja nicht so, dass ich ohne ihn keine Freunde habe«, begann Marlene und bemerkte selbst, dass sie ein wenig lallte. »Aber er hat so viele Freunde mehr! Und bestimmt findet er da noch viel mehr Freunde. Und Freundinnen. Hunderttausend.« Sie griff nach der fast leeren Flasche und trank den letzten Schluck, ohne ihn noch extra ins Glas zu schenken.

»So darfst du das nicht sehen«, erwiderte Sooree ebenfalls etwas undeutlich und sah sie aus tiefen Augen an.

»Als ich mich von Mike getrennt habe, weil ich dachte, eine Fernbeziehung schaffe ich nicht, da habe ich hier auch ganz viele Jungs kennengelernt. Nette Jungs. Aber keiner war wie Mike.«

Sie betrachtete verdutzt die Glasflasche in Marlenes Hand. »Schon alle?«, fragte sie, fuhr dann aber übergangslos fort: »Jedenfalls hätte ich hier auch ganz viele Freunde haben können. Aber ich wollte nicht. Ich wollte ihn.«

Sie streichelte Marlene ein wenig unsanft über den dunklen Schopf. »Und so geht es deinem Christian mit dir.«

Jetzt nickte Marlene überzeugt und musste aufstoßen. Aus Soorees Mund und durch den leichten Nebel des Alkohols klangen die Worte logisch. Klug. Und machten damit ihre Sorgen und Überlegungen der letzten Tage hinfällig.

»Stimmt«, sagte sie nur. »Er hat zwar wenig Zeit, trifft sich mit vielen Leuten und bestimmt sehr vielen netten, intelligenten, hübschen Studentinnen, aber er hat mir gestern zwei SMS geschrieben.« Erst bei diesen Worten ging Marlene auf, wie traurig sie das eigentlich fand. Früher hatten sie sich jeden Tag gesehen. Jetzt war sie dankbar für zwei SMS.

»Siehst du!«, sagte Sooree und tätschelte ihre Schulter. »Mike hätte ja auch hierherziehen können. Aber er wollte bei seinen Brüdern bleiben. Seine Mutter ist doch so krank.«

Marlene nickte verständnisvoll, obwohl sie bisher weder von den Brüdern noch von der Mutter etwas gehört hatte. Ihre Gedanken verweilten noch immer bei Christian und den zwei SMS. Was er wohl machte? Sie tippte eine Nachricht und sah selbst, dass sie die Tasten nicht recht traf. Es war keine gute Idee, ihm *jetzt* zu schreiben.

»Genau«, sagte sie und wusste nicht, worauf sie eigentlich antwortete. Dann heulte sie urplötzlich los. »Es ist alles so traurig«, schluchzte sie und lehnte ihr Gesicht an Soorees Schulter.

»Ja, irgendwie schon«, entgegnete Sooree und begann nun auch leise zu wimmern.

»Und Lotte und Anni und Clara sind auch weg.«

»Ja.«

»Ist das nicht traurig?«

»Ja.«

»Sie sind so nett und toll, ich vermisse sie!«

»Wen?«

»Meine Freundinnen.«

»Ach so. Jetzt haben wir doch uns, oder?«

Das war der Abend, an dem sie beschlossen, sich das gegenseitige Bekochen jeden Montagabend als Ritual zu erhalten.

Als Marlene mit Kopfschmerzen und ungeduscht am nächsten Morgen gezwungenermaßen ihr Zimmer verließ, um zur Vorlesung zu gehen, begegnete sie Sooree, die ebenfalls mit viel Mühe ihre Tür abschloss.

Sooree grinste matt. »Nächste Woche bin ich dran«, sagte sie und gähnte ausgiebig.

»Ja, aber nächste Woche gibt's weniger Wein!«

»Okay. Ich kaufe Sekt.«

Lotte

Jeder Morgen auf dem Hof begann früh. Zu früh, fand Lotte. Sie hörte ihren kleinen Halbbruder Luuk gegen sechs Uhr bereits unten in der Wohnung herumrennen und vor Freude quietschen, denn offenbar wurde er von jemandem mit schwererem Schritt durch die Wohnung gejagt. Bestimmt von Jan, ihrem Vater. Und seinem Vater.

Sie streckte sich und drehte sich zur anderen Seite. Mit geöffneten Augen starrte sie in ihr Zimmer. Groß war es nicht, aber das in der Marburger Wohnung war nicht größer gewesen. Ein alter Schrank stand in der Ecke, ihr Koffer davor. Sie hatte noch keine Lust gehabt, ihre Sachen hineinzuräumen. So endgültig.

Das kleine Dachfenster über dem Schreibtisch war mit einem Tuch verhangen, doch das Licht strahlte trotzdem hindurch und hätte Lotte vermutlich eh bald geweckt. Ihr Bett war hart. Eine Strohmatratze, für die Jan sich schon immer entschuldigt hatte, wenn sie in den Ferien gekommen war und in der Dachkammer geschlafen hatte. Er hatte versprochen, bald eine neue zu kaufen.

Lotte setzte sich jetzt auf und gähnte ausgiebig. Sie war müde, aber an Schlaf war nicht mehr zu denken. Dass das Leben hier einen anderen Rhythmus hatte, daran würde sie sich gewöhnen müssen.

Sie tappte über den groben Holzboden zum Schreibtisch und packte ihren Laptop aus.

Zum Glück gab es wenigstens überall im Haus Internet, sodass sie nur ein Kabel einstöpseln musste, um online gehen zu können.

Ein typischer Tag, dachte Lotte, während der PC hochfuhr. Durchaus ein Ereignis, das sich lohnte, auf den Blog gestellt zu werden.

Das mit dem Blog war Annis Idee gewesen. Sie hatte sich die Blog-Seiten ihrer Teamer angesehen, die ihre Vorbereitungsseminare für Malaysia betreut hatten und vor wenigen Jahren selbst dort gewesen waren.

»Hey, das ist doch eine super Idee!«, hatte sie nach dem ersten Seminar gemeint und gleich eifrig die Seite erstellt.

Vier-Mädchen-ein-Jahr.de hatte Anni sie genannt.

»Immer, wenn etwas Spannendes, Schönes oder Trauriges passiert, dann schreiben wir es auf den Blog, damit die anderen es sehen können«, war der Vorschlag und sie hatten direkt ein Gruppenbild gemacht, als allerersten Eintrag. Dann hatte Anni hinzugefügt: »Zumindest solange ich tatsächlich Internet haben werde.«

Jetzt war es Lotte, die das Gruppenbild betrachtete. Ihre Freundinnen hatten schon die ersten Beiträge gepostet und sie scrollte nach unten.

Dann aktivierte Lotte die Kamera des Laptops und stellte sich selbst ein wenig zur Seite. Sie richtete das Gerät so aus, dass sie den kleinen Raum samt der spärlichen Möbel und dem Leiteraufgang fotografieren konnte. Sie drückte die Leertaste.

Das Bild hatte keine gute Qualität, zeigte aber alles, was die Dachkammer bot.

Mein neues Reich. Ein Jahr Dach. Schrieb Lotte darunter. Die weißen Wände wirkten auf dem Blog-Foto bis auf die wenigen Fachwerkbalken noch leerer. Lotte machte einen Absatz und fügte hinzu: **Vorschläge für Wandbilder?**

Clara

Es war spät, als Clara die Haustür aufschloss. Deshalb überraschte es sie, dass im Flur noch Licht brannte.

Hoffentlich haben sie nicht extra wegen mir gewartet, dachte sie leicht angenervt. Sie schlüpfte aus den Schuhen und rieb sich die Arme, in der Dunkelheit war es doch frisch gewesen.

Leise öffnete sie die Tür zum Wohnzimmer und spürte sofort die schlechte Stimmung, die in der Luft hing. Am liebsten hätte sie direkt auf dem Absatz kehrtgemacht, einen Kakao in der Küche zubereitet und sich in ihr Bett gelegt.

Doch nun ließ sich die Tür nicht mehr so einfach schließen und sie trat ein.

Ihre Schwester saß mit missmutigem Gesicht in eine Sofaecke gequetscht. Das fettige Haar, das in der Farbe Claras Haaren so ähnlich war, hatte sie unordentlich hinter die Ohren gestrichen.

In der anderen Ecke hockte ihre Mutter, ihr Vater im Sessel daneben legte beruhigend eine Hand auf ihr Knie.

»Hallo?«, sagte Clara und winkte zaghaft in die Runde. Ihre Fingerkuppen konnten die Spannung fast fühlen. Der Anblick ihrer Familie drückte ihre positive Stimmung und sie ärgerte sich, wie schnell der Umschwung kam.

»Clara, Schatz, wie war's?«, fragte ihr Vater und sah flüchtig zu ihr herüber, doch er erwartete keine Antwort und sah Paula, ihre Schwester, wieder an.

Ihre Mutter nahm sie mit einem Nicken zur Kenntnis.

»Also, ich fand es wirklich nett«, begann Clara zögernd und ließ sich auf dem Hocker nieder, ganz vorne auf der Kante und jederzeit bereit, in ihr Zimmer zu verschwinden. »Die WG sah echt gut aus und die Leute waren super.«

»Was? Oh, sehr schön«, entgegnete ihr Vater zerstreut, ohne den Blick zu heben.

Einige schweigsame Sekunden füllten die Lücke zwischen ihnen und Clara beschloss, zu gehen.

Paula schniefte und zog ihr Knie unters Kinn. »Ich mache das nicht noch mal«, sagte sie stur und wischte sich über das tränennasse Gesicht.

»Natürlich machst du das noch mal«, sagte ihre Mutter und richtete sich auf. »Du lässt dich doch dadurch nicht unterkriegen. Jetzt erst recht! Wir zahlen bestimmt nicht seit zwei Jahren das Schulgeld, damit du die Ausbildung einfach abbrichst!«

»Ich hab aber keinen Bock mehr!«, erwiderte Paula heftig und umschlang ihre angezogenen Beine noch fester.

»Okay«, sagte Clara gedehnt. »Ich gehe dann mal.« Doch niemand beachtete sie, als sie den Raum verließ, sich einen Kakao machte und die Treppe nach oben in ihr Zimmer ging.

Ein guter Grund mehr auszuziehen kristallisierte sich bereits seit einigen Wochen heraus: Der ständige Stress zwischen ihren Eltern und ihrer älteren Schwester Paula war allgegenwärtig und bestimmte die Gespräche und die Stimmung im Haus.

Nachdem Paula vor zwei Jahren knapp durchs Abi gefallen war und auch in der Ausbildung zur Physiotherapeutin offenbar eine weitere Zwischenprüfung nicht bestanden hatte, lief nicht nur Paula mit missmutigem Gesicht durch die Welt, auch ihre Eltern hatten vollkommen andere Vorstellungen davon, was ihre ältere Tochter mit ihrem Leben anfangen sollte: die Ausbildung beenden, ausziehen, Geld verdienen, den Führerschein anfangen.

Dinge, die für Clara nie ein Problem gewesen waren und weswegen sie nicht selten ein schlechtes Gewissen hatte, dass sie, Clara, als die Jüngere teilweise mehr Glück hatte und mehr offensichtliche Erfolge vorweisen konnte. Das klang arrogant. Aber ihr fiel keine bessere Formulierung ein. Und während sie selbst ihr Abi geschrieben hatte, waren die Missverständnisse zwischen Paula, die sich am liebsten mit Liebesromanen in ihrem Bett verkroch, und ihren bodenständigen Eltern immer größer geworden.

Jetzt hörte Clara, wie unter ihr jemand gegen die Wand schlug und sie dachte darüber nach, ob Paula oder ihrer Mutter nun die Hand schmerzte.

Die leicht federnden Schritte, die jetzt die Treppe hinaufschnellten, waren eindeutig Paulas. Sie knallte die Tür ihres Zimmers zu und wenige Sekunden später tönte laute Musik durch die Wand.

Clara stöhnte. Obwohl sie müde war, konnte sie ihre Schwester jetzt nicht alleine lassen. Sie raffte sich wieder auf, trank einen kleinen Schluck Kakao, der ihr die Zungenspitze verbrannte, und lief hinüber zu Paula.

Sie trat leise ein, doch die dröhnende Musik schien Paula zu betäuben, sodass sie zusammenzuckte, als Clara sie sanft am Rücken berührte.

Paula vergrub das Gesicht im Kissen und ließ sich einen Moment lang von Clara streicheln, doch dann rollte sie sich zur Seite, drückte kurz die Hand ihrer Schwester und versteckte den Kopf unter ihrer Decke. Für Clara das Signal zu gehen.

Es tat ihr weh, ihre Schwester so hilflos zu sehen. Und obwohl sie sich schlecht dabei fühlte und den Gedanken am liebsten verdrängt hätte, zählte sie die Tage, bis sie der trüben Stimmung zu Hause endlich entfliehen konnte.

Und der Tag kam.

Anni

Viel Zeit, über ihre doch eher mittelmäßige Wohnsituation nachzudenken, hatten Anni, Rike und Silva zum Glück nicht. Und Anni war froh darum. Ihre eigene Begeisterung, sich das Bett mit der großen und sicher doppelt so schweren Rike zu teilen, hielt sich in Grenzen. Obendrein schwitzte und schnarchte die auch noch, aber sie alle hatten vorher gewusst, dass sie in diesem Jahr nicht viel Komfort erwarten konnten. Auch Silva, obwohl sie bei jeder Unannehmlichkeit wieder überrascht und entsetzt war.

Anni betrat am nächsten Morgen als Erste die Küche und suchte im Küchenschrank nach einer halbwegs brauchbaren Schüssel ohne Sprung. Am Abend zuvor waren sie essen gegangen und da sie momentan weder Gas hatten noch andere Ideen, wie sie kochen sollten, würde das in den nächsten Tagen wohl öfter passieren. Hoffentlich reichte das Geld dafür.

Sie fand ganz hinten im Schrank eine blaue Tonschale und füllte sie mit ein paar Händen voll Haferflocken. Die anderen Freiwilligen hatten ihnen noch zwei Liter H-Milch hinterlassen, was zumindest das heutige Frühstück sicherte. Sie mussten trotzdem unbedingt einkaufen!

Anni begann zu summen und schüttete eine große Menge Kakaopulver in die Schale. Anders würde sie das Frühstück nicht herunterbekommen. Ihr weites Kleid klebte schon jetzt wieder an ihren nackten Schultern und sie band sich das Haar zu einem Pferdeschwanz zusammen. Sie würde heute noch viel schwitzen.

Mit der Schüssel in der Hand ließ sie sich auf einem der Plastikstühle nieder und löffelte den Brei in sich hinein. Sie blickte sich um. Die Wände waren weiß und kahl und der Vorhang vor den Fenstern schien von den ehemaligen Bewohnern improvisiert, jedenfalls war das schmutzige Stück Stoff fest an den Fensterrahmen getackert. Daneben drängten sich die Küchenzeile, der kleine Kühlschrank und ein einzelnes Regal, in dem die H-Milch und eine einsame Packung Nudeln stand. Ansonsten gab es noch ein abgewetztes Sofa und einen dicken Sessel in der Ecke. Besonders einladend wirkte das alles nicht.

Anni trank den Rest Milch direkt aus der Schale und wischte sich über den Mund. Sie stand auf und sah aus dem Fenster. Das Grundstück war mit einem Gitterzaun umgeben. Als die drei am vorigen Abend nach dem Essen heimgekehrt waren, hatte das Schloss bereits Probleme gemacht und Rike konnte den Schlüssel nur mit großer Kraftanstrengung aus dem Rost drehen. Hauptsache, sie würden in nächster Zeit in ihre Wohnung kommen. Und wieder hinaus.

Sie stand auf und spülte ihr Geschirr mit klarem Wasser ab, als Rike den Raum betrat.

»Morgen«, murmelte sie und rieb sich das verquollene Gesicht. »Gibt's Kaffee?«

»Nein, aber Milch.«

Rike grunzte nur und ließ sich auf den Sessel plumpsen.

»Madame pennt noch«, meinte sie, »ich habe gerade nachgesehen und sie schläft wie ein Stein. Da soll sie mir noch einmal was von Schlafstörungen erzählen!«

Anni schob sich einen Stuhl neben Rikes Sessel und setzte sich.

»Dann müssen wir sie wecken.«

»Nein, müssen wir nicht. Ich frage mich, wie sie es geschafft hat, bei den Auswahlseminaren durchzukommen.«

Obwohl Anni dasselbe dachte, wiegte sie den Kopf hin und her.

»Ich glaube, das ist nur der Anfang. Wir müssen uns einfach alle zusammenraufen, es bringt nichts, wenn wir uns gegenseitig das Leben schwer machen.«

Rike blickte sie aus kleinen Augen irritiert an. »Hier macht uns nur eine das Leben schwer.«

Jetzt spürte Anni, wie ihre Wangen rot wurden, und das lag nicht an der Hitze, die bereits so früh durch die Küche waberte. Wie sollte diese Konstellation ein ganzes Jahr lang funktionieren?!

»Vor allem müssen wir aufhören, so übereinander zu reden. Lästern führt schlussendlich *immer* zu Problemen.«

Sie versuchte in Worte zu fassen, was sie dachte. Dass sie sich alle drei zusammenreißen mussten, um gemeinsam zu bestehen.

Dass jede von ihnen Rücksicht nehmen konnte. Dass sie sich selbst das Zusammenleben anders vorgestellt hatte, auch wenn sie noch nicht einmal vierundzwanzig Stunden hier waren. Doch ihr fiel keine passende Formulierung ein und da ließ sie es. In manchen Momenten war reden sinnlos.

»Trotzdem muss sie sich ändern. Das geht so nicht. Sie ist doch keine Mimose. So verhätschelt *kann* doch niemand sein! Ein richtiges Mädchen-Mädchen.«

»Verhätscheltes Mädchen-Mädchen? Redet ihr etwa von mir?!«

Anni fuhr herum und auch Rike hob den Blick. In einem bauchfreien T-Shirt und mit Hotpants, aus denen ihre kurzen Beine ragten, stand Silva in der Tür, die geöffnete Wimperntusche in der Hand. Sie biss in ein abgepacktes Schokobrötchen und kaute mit abfälligem Blick darauf herum.

»Immerhin bin ich kein Schlachtschiff, das durch die Gegend läuft wie ein Kerl und den Begriff Mädchen nicht mal verdient.«

Dann goss sie sich einen Becher Milch ein und trank ihn in großen Schlucken aus.

»Silva, versteh das nicht falsch …«, versuchte Anni zu retten, was nicht mehr zu retten war, und setzte sich im Schneidersitz auf dem Stuhl zurecht.

»Und eine Heuchlerin, die keine eigene Position bezieht, bin ich auch nicht!«, fuhr ihr Silva über den Mund und rauschte aus der Küche.

Marlene

Erst nach einigen weiteren Treffen fiel den anderen im Hundeklub auf, dass Marlene noch immer kein Tier vorweisen konnte.

»Sag mal«, flötete Lydia, während Tiffy hell bellte und ihr um die Füße sprang, »ist dein Liebling nicht bald wieder gesund? Ein Hundeschnupfen dauert doch nicht so lange.«

Marlene fuhr das Blut in den Kopf und sie sah auf den

ausgetretenen Weg des Parks, den sie jeden Mittwoch gingen. Mittwochs die lange Route für die Ausdauer, und montags rennen und spielen auf dem Feld.

»Ja …«, begann Marlene und verschränkte ihre Hände ineinander. »Ehrlich gesagt …«

Jetzt blickten auch Mark und Johann aufmerksam herüber und unterbrachen ihr Gespräch über die Vorzüge von Hunden im Gegensatz zu Katzen. »Also, er ist schon wieder gesund.« Marlene wand sich. »Aber es ist etwas passiert.« Sie dachte fieberhaft nach, dann platzte es aus ihr heraus: »Er ist gestorben.«

»Gestorben?!« Tanja, die mit ihrem Kolja weit vorne gegangen war, um ihn mit einem Würstchen zum Rennen zu bewegen, kam angeschnauft und gesellte sich zur Gruppe. »Doch nicht etwa dein Hund?«

»Doch.«

Das betretene Schweigen, das Marlene erwartet hatte, blieb aus.

»Oh Schatz, das ist ja furchtbar«, säuselte Lydia und schlang die Arme um sie. »Warum hast du denn nichts gesagt?«

»Bestimmt tat es ihr zu sehr weh!«, bemerkte Mark sachlich und tätschelte ihren Arm. Johann nickte bekräftigend.

»Was, *dein* Hund ist tot?! Ohne dass wir ihn kennengelernt haben?« Tanja sah von einem zum anderen, ihr feistes Gesicht war bereits schweißüberströmt und ihr feuchter Pferdeschwanz klebte in ihrem Nacken.

Die Gruppe war stehen geblieben und jetzt schlangen

auch die anderen drei ihre Arme um Marlene. Eine kleine Menschentraube im Park und vier verwirrte Hunde, die ungeduldig um das Häuflein herumsprangen.

Marlene wäre am liebsten im Boden versunken, so schlecht fühlte sie sich.

Ich bin ein abgrundtief mieser Mensch, dachte sie und ärgerte sich darüber, dass ihr auf die Schnelle nichts Besseres eingefallen war. Sie hätte doch wissen müssen, dass die Frage irgendwann wieder aufkommen würde. Warum denn gleich tot?! Etwas Unverfängliches hätte genügt.

Besonders Lydias feuchte Augen beunruhigten ihr Gewissen noch mehr. »Wenn ich mir überlege, dass Tiffy …« Jetzt brach sie ernsthaft in Schluchzen aus und drückte ihr Gesicht an Marlenes Hals. »Und du bist so stark und tapfer!«

»Wie lange denn schon?«, fragte Johann und warf den Hunden einige Leckerli hin, damit sie eine Weile beschäftigt waren.

»Ähm …«, Marlene versuchte sich aus Lydias Griff zu lösen, »… schon eine Weile.«

»Eine Weile«, murmelte Lydia fassungslos und ließ endlich von Marlene ab. Sie hockte sich auf den Boden und streichelte Tiffy ausgiebig.

»Du hättest wirklich etwas sagen können. Wir sind doch für dich da«, meinte Mark und Marlene sah, dass er nicht recht wusste, was er sonst noch Tröstendes hinzufügen sollte.

Marlene fühlte sich immer verachtenswerter.

»Du kannst trotzdem im Hundeverein bleiben«, meinte Tanja großzügig und schnäuzte sich laut die Nase. »Ist bestimmt hart, von dem einen auf den anderen Moment den besten Freund zu verlieren.« Die anderen nickten betreten. »Wenn du möchtest, kannst du dir Kolja auch mal alleine ausleihen«, bot Tanja an und hielt Marlene die feuchte Leine hin. »Du darfst ihn heute gerne halten.« Mechanisch griff Marlene nach dem Leder.

»Du brauchst jetzt Ablenkung«, meinte Lydia und spielte nachdenklich mit einer blonden Haarsträhne. Und dann wurde Marlene in den Streichelzoo geschleift, danach noch an den See, wo sie ihr ein Eis kauften, und am Abend verabschiedeten sich alle mit einer langen Umarmung von ihr.

Marlene hatte sich selten so schlecht gefühlt.

Das mit dem Malen begann vom einen auf den anderen Tag. Nicht ganz vielleicht, denn bis vor einem Jahr, als die Abiturphase begonnen hatte, war Marlene regelmäßig in die Malschule gegangen. Sie hatte auch zu Hause ab und an gezeichnet und fotografieren tat sie genauso gerne.

Es war einer der Tage, an denen es draußen zu kalt zum Sitzen und drinnen zu stickig zum Konzentrieren war. Der spärlich besetzte Vorlesungssaal, in dem sie jetzt seit einer halben Stunde saß, war ihr inzwischen fast so sehr verhasst wie das ewige Lernen im Studentenwohnheim. Der Professor deutete mit einem Laserpointer auf verschiedene Wellen eines Diagramms an der Tafel und das Mikrofon, das seine näselnde Stimme auch in die letzten Reihen ganz oben tragen sollte, war zu nah am Mund befestigt. Jedes Mal, wenn er sich über die Lippen leckte, tönte ein unangenehmes Schmatzen durch den Raum.

Marlene schweifte mit den Gedanken ab, schon wieder. *Reiß dich zusammen*, sagte sie sich, aber ohne etwas zu verstehen, war es schwer, zuzuhören. Anziehung, Elektronen, Wellen ... die Worte klangen so fremd, obwohl sie jetzt schon seit vielen Wochen in die Vorlesungen ging und bisher keine einzige verpasst hatte.

Wellen. Rauschen. Muscheln. Sonne. Urlaub. Mit Christian.

Als sie am Ende des Vortrags auf ihren Block guckte, fuhr sie zusammen. Normalerweise versuchte sie mitzuschreiben, kritzelte ein wenig am Rand herum, aber heute war es anders gewesen.

Ohne es recht zu bemerken, war auf dem Papier ein weites Meer entstanden. Hohe Wellen türmten sich gen Himmel, berührten fast die Möwen darüber. Wasserzungen leckten über den angedeuteten Strand, auf dem ganz klein zwei Menschen standen, Arm in Arm. Sie starrte ihren Kugelschreiber an.

Das Mädchen zwei Plätze neben ihr quetschte sich durch die Reihe und warf einen Blick auf ihren Block. Sie nickte anerkennend. »Stark«, meinte sie, »studierst du Kunst?«

Am Abend sah Marlene sich die Urlaubsbilder an, die sie im Sommer mit Christian gemacht hatte. Dann klickte sie sich durch ihren Freundinnen-Blog. Lottes Post von ihrem Zimmer hatte sie bisher gar nicht beachtet! Sie googelte ein kitschiges Bild mit bunt gescheckten Kühen auf saftigem Gras unter grellblauem Himmel und tippte darunter **Perfektes Wandbild**. Sie verkniff sich ein Grinsen und wurde wieder ernst.

Ein zweites Mal betrachtete sie alle Fotos von Christian und ihr in diesem Sommer. Dann rief sie ihn an.

Er klang gehetzt. »Was ist denn los?«, fragte er.

»Ich gucke mir gerade unsere Urlaubsbilder an.«

»Schön.« Er keuchte.

»Was machst du gerade?« Marlene hielt den Hörer ein wenig vom Ohr weg.

»Fitnessstudio. Laufband. Aber erzähl ruhig.«

»Wann kommst du mal wieder vorbei? Oder soll ich nach Frankfurt fahren?« Sie hatten sich seit fast vier Wochen nicht gesehen.

»Im Moment ist es nicht so gut, ich hab ein paar Uni-Projekte. Aber bald.«

Dann erzählte Marlene vom Hundeklub.

»Mensch, Marlene«, entgegnete Christian und im Hintergrund hörte sie, wie ihn jemand begrüßte. Er klang jetzt weniger außer Atem, wahrscheinlich hatte er das Training beendet, »das musst du echt mal aufklären, mit deinem nicht vorhandenen Hund. Die scheinen sich da Sorgen um dich zu machen.«

»Ich weiß«, gab Marlene kleinlaut zurück, »aber je mehr ich mich verstricke, desto schwieriger wird es, die Geschichte aufzuklären. Ich hab doch keine Freunde hier!«

Christian lachte. »Ach, Marlene«, meinte er und sie

hörte den zärtlichen Unterton in seiner Stimme, »du hast doch schon so viele Leute kennengelernt: Der Hundeklub, das Lacrosse-Team, deine Nachbarin …«

»Sooree.«

»Ja, Sooree. Und wolltest du nicht bald auch zu einer Lerngruppe gehen?«

Marlene klemmte sich das Handy zwischen Ohr und Schulter und klickte beim Blog auf Akualisieren, um zu sehen, ob die anderen in der Zwischenzeit neue Beiträge hochgeladen hatten.

»Ja, aber das *muss* sein. Der Stoff ist wirklich zu schwer für mich und ich brauche Hilfe, sonst falle ich in jeder einzelnen Klausur durch.«

Sie scrollte nach unten und entdeckte ein Foto von Lotte mit einer Waffel darauf, auf die sie mit Kirschen ein Herz gelegt hatte.

»Oh«, murmelte sie. Dann musste sie grinsen.

»Christian?«

»Ja?«

»Ich glaube, Lotte wird dieses Jahr eine richtige Milchbäuerin.«

»Wie kommst du darauf?«

»Ich weiß nicht. Nur so ein Gefühl.«

Lotte

Nach einem herbstlichen Frühstück, das bei ihrem Vater traditionell aus weißem Toastbrot mit bunten Streuseln in verschiedenen Sorten und frisch gemolkener Milch bestand, lief Lotte hinaus auf den Hof. Sie lehnte sich ans Gatter der Weide, auf der die Kühe standen, die die Milch für all die Backwaren und anderen Lebensmittel im Hofladen lieferten. Sie wandte ihren Blick zur hellen Sonne, die rund am blauen Himmel stand.

Es war gerade mal acht Uhr morgens. Eine Zeit, zu der Lotte in den letzten freien Wochen nach dem Abitur noch stundenlang im Bett gelegen hatte. Doch hier war das Leben bereits in vollem Gange: Coosje schloss das kleine Nebengebäude auf, das zum Hofcafé gehörte, und begann, die Holzstühle um die runden Tische draußen zu verteilen. Jan lief hinüber zum Stall. Gefüttert waren die Tiere, aber das alte Stroh musste ersetzt und die Ställe gemistet werden.

Luuk sprang schon irgendwo bei den Kaninchenställen herum und Roos pflückte Äpfel auf der Streuobstwiese.

Bert kam über den Hof, in den Händen hielt er zwei große Eimer. »Lotte«, rief er, »hilfst du mir bei den Hühnern?«

Lotte stieß sich vom Gatter ab und ging zu ihm hinüber. Sein Gesicht war bereits nass vom Schweiß und er nickte in Richtung des kleinen Hühnerstalls etwas abseits des Gemüsegartens. Seine blaue Latzhose war staubig und unter seinen Schuhen klebte Hühnermist.

»Die Hühnerscheiße muss heute raus, aber sammle erst mal die Eier ein.«

Lotte nickte und lief bereitwillig über das etwas zu hoch stehende Gras hinüber zu dem kleinen Verschlag.

Als sie die Holztür öffnete, begannen die Tiere laut zu gackern und ruckten mit den Köpfen. Mit ein paar Händen voll Körnern lockte sie die Vögel auf den Hof, wo sie glucksend begannen, das Futter von den Steinen zu picken.

Das war es, was Lotte an dem Bauernhof so mochte. Es gab immer etwas zu tun. Und trotzdem war die Arbeit abwechslungsreich. Das lag daran, dass ihr Vater einen biodynamischen Hof betrieb. Es gab von allem ein wenig bei ihm: Kühe, Felder, den Gemüsegarten, Hühner, Kaninchen, Schweine und den Hofladen mit dem Hofcafé. Alles war Teil des großen Zusammenspiels: Der Dünger der Tiere kam auf die Felder, das Getreide, Gemüse und unverkäufliche Lebensmittel landeten im Tierfutter, Eier, Milch, Backwaren und Fleisch wurden neben Kartoffeln und Gemüse im Hofladen verkauft und was dann noch übrig blieb, verzehrte die Familie selbst.

Lotte duckte sich und kroch in den Hühnerstall. In den Strohnestern fand sie, was sie suchte: kleine, braune Eier mit feinen Sprenkeln, die rau und schwer in ihrer Hand lagen. Nachdem sie sich sicher war, dass sie alle Eier eingesammelt hatte, griff sie nach der großen Schaufel, die neben dem Stall im Gras lag.

Der Mist stand hoch und das Stroh reichte bis nach oben zu den Hühnerstangen. Lotte wischte sich nach wenigen Minuten mit der Schaufel in der Hand schon über die Stirn. Sie hatte Hühner immer gemocht, aber die Arbeit im Gemüsegarten oder auf der Obstwiese trotzdem bevorzugt. Das lag auch an den Milben, die sie direkt nach dem Misten mit einer Dusche beseitigte, aber bei dem bloßen Gedanken daran juckte ihr trotzdem jedes Mal die Haut.

Das Gackern auf dem Hof klang erst aufgeregt und dann zufrieden, als Lotte kurz darauf Roos hörte, die mit Körnern um sich warf.

»Ich hoffe, ihr seid glücklich«, murmelte Lotte auf Deutsch, als sie fertig war, und verbeugte sich mit Stroh und Federn in den Locken vor den Hühnern.

Die Sonne stand inzwischen schon hoch am Himmel und der Hof hatte sich von ihr unbemerkt gefüllt: Einige Besucher liefen kreuz und quer herum und zeigten ihren Kindern die Kühe auf den Wiesen, die sie sonst nur von den Tetra Paks aus dem Kühlregal kannten. Viele Leute saßen auch auf der Terrasse des Hofcafés und ließen sich von Coosje Obstkuchen und Kaffee nach draußen bringen. Es war ein goldener Herbst, fast sommerlich. Der Wind trug einzelne Satzfetzen zu ihr herüber, doch Lottes Niederländisch war noch zu schlecht, um die verwässerten Worte zu verstehen.

Luuk und Roos saßen auf dem Gatter der Weide und erklärten einigen der Stadtkinder die Namen der Kühe. Als Luuk sie erblickte, winkte er und fiel vom

Zaun. Er schlug sich das Knie auf, das auch sofort zu bluten begann. Lotte lief zu ihm und half ihm auf die Füße.

»Au!«, jaulte der kleine Junge und hielt ihr sein Knie entgegen. »Ich blute, ich blute!«, schrie er und die fremden Kinder beobachteten fasziniert den Tropfen, der sein dünnes Bein herunterlief.

»Sch, sch«, versuchte Lotte ihn zu beruhigen. »Soll ich pusten?« Luuk nickte schluchzend und Lotte blies vorsichtig gegen sein Knie.

»Mama, ich will zu Mama!«, verlangte Luuk und streckte Lotte seine Ärmchen entgegen. Lotte nahm ihn hoch und Roos rannte vor, um Coosje Bescheid zu geben.

Lotte hastete über das Pflaster und hoffte, nicht über den unebenen Boden zu stolpern. Ihre Wangen waren gerötet, nicht nur von dem stundenlangen Misten, sondern irgendwie auch, weil Luuk sich von ihr tragen ließ und so viel Vertrauen zu ihr hatte, ihr sein aufgeschlagenes Knie zu zeigen.

Sie hätte sich nicht als große Schwester bezeichnet. Denn sie war mit den beiden Kleinen nicht aufgewachsen und hatte deswegen auch nie gewusst, wie sie mit Kindern umgehen sollte. Umso überraschter war sie von seinem Zutrauen.

Coosje kam ihr bereits ein paar Schritte entgegen, Roos zog sie an der karierten Schürze, die sie im Hofcafé immer trug, und somit den typischen Bauernhofcharme noch unterstrich.

»Na, Luuk, brauchst du ein Pflaster?«, fragte sie und nickte Lotte dankbar zu, die ihr Luuk reichte.

»Ja«, hickste er.

»Lotte, könntest du grade in den Laden und ins Café gehen, bis ich zurückkomme? Hinterm Tresen hängt eine Schürze.«

»Klar!« Lotte beeilte sich, in den Laden zu laufen. Sie ging schnell in das Mitarbeiterbad und pflückte sich einige weiche Federn aus dem Haar. Sie wusch die Hände gründlich mit Seife und rieb sich mit dem Handtuch über einen Fleck auf der Wange, bis ihre eine Gesichtshälfte rot leuchtete.

Dann band sie sich die Locken zu einem Zopf nach hinten und betrat das Hofcafé.

Coosje hatte sich viel Mühe mit der Einrichtung gegeben. An kleinen runden Tischen standen grobe Bauernstühle und die weißen Wände waren von dunklen Fachwerkbalken durchzogen. Hinter der Holztheke präsentierten sich die selbst gebackenen Kuchen und Torten, die Coosje täglich frisch herstellte und die gekühlt hinter Glas auf die Kunden warteten. Eine offene Tür führte in den Hofladen nebenan, in dem seit einigen Jahren eine junge Frau aus dem Dorf die Produkte verkaufte. Nach vorne heraus konnten die Besucher auf die Terrasse, auf der die gleichen urigen Tische und Stühle standen wie im Café.

Lotte band sich eine Schürze um und durchquerte den Raum. Bis auf ein altes Ehepaar saßen alle Gäste auf der Holzterrasse und Lotte sah, dass sich eine Familie mit zwei Söhnen gerade unter einem der gelben Sonnenschirme niederließ. Sie griff nach Block und Stift und ging zu ihnen.

»Darf ich Ihnen etwas bringen?«

Der Familienvater zog seine Mütze ab und warf einen Blick in die Karte. Dann nuschelte er etwas Unverständliches und stieß seine Frau an, die nickte.

Peinlich berührt fragte Lotte noch einmal nach, doch auch beim zweiten Mal wusste sie nicht, was der Mann meinte. Die Hitze stieg Lotte ins Gesicht und sie wünschte sich, zu Hause schon ihr Niederländisch aufgebessert zu haben.

Zu spät. Jetzt stotterte sie auch noch bei der Bitte, die Bestellung noch einmal zu wiederholen.

Genervt riss der Mann seiner Frau die Karte aus der Hand und deutete mit übertriebener Geste zwei Mal auf den Milchcafé, zwei kleine Flaschen Fanta und vier Stück Kirschkuchen.

Schnell nickte Lotte, bedankte sich in noch immer nicht flüssigem Niederländisch und selbst als sie eine Minute später die Kaffeemaschine bediente, zitterten ihre Hände leicht.

Abends legte sie sich ins Bett und postete ein Bild von der Kuchentheke auf dem Blog. Sie überlegte kurz. Dann griff sie nach einer *Harry-Potter*-DVD, die sie mitgebracht hatte, und stellte die Spracheinstellungen auf Niederländisch.

Clara

»Richtig hübsch hier. Einfach nett.«

Ihre Mutter strahlte und blickte aus dem Fenster direkt auf einen kleinen Dönerimbiss, während ihr Vater schnaufend den letzten Karton im Zimmer abstellte.

»Und die Treppen sind auch hübsch hoch«, pustete er mit hochrotem Kopf und ließ sich auf dem schmalen Bett nieder.

»Na, da hast du aber richtig Glück gehabt!«

Das stimmte. Allen Menschen, denen Clara erzählt hatte, zu welchem Preis sie in Berlin wohnen würde, hatten anerkennend genickt.

»270 Euro für so ein großes Zimmer? Und das, wo Berlin gerade so hip ist?!«, hatte Marlene am Telefon gerufen und gepfiffen. Und wenn sie an das Blogfoto dachte, das Marlenes kleines Zimmer zeigte, dann verstand sie den scherzhaften Neid ihrer Freundin.

»Ja, der Preis ist echt gut«, meinte Clara und begann ihre Kleider in den halb leeren Kleiderschrank zu räumen. Irgendwie komisch, dass sie im Zimmer eines fremden Mädchens wohnen würde. Ihre Möbel. Ihre Stifte. Ihre Bilder. Und ihre Kleider im Schrank, auch wenn sie genug Platz gemacht hatte, damit Clara ihre Sachen unterbringen konnte.

»Das meine ich gar nicht«, erwiderte ihre Mutter und faltete einen Pullover, den Clara in das Fach gestopft hatte, ordentlich zusammen und legte ihn zurück.

Clara blickte sie strafend an.

»Ich meine, weil dein Zimmer so groß ist und die WG wirkt auch sonst so freundlich.«

Ihre Mutter schien mehr als entzückt. Clara war etwas irritiert, denn es kam ihr so vor, als sei sie selbst viel weniger aufgeregt. War das normal?

»Anne, wir müssen los«, meinte dann ihr Vater. »Wir fahren noch ein ganzes Stück und ich möchte nicht, dass Paula so lange im Haus alleine ist.«

Clara blickte auf. »Paula ist einundzwanzig!«

»Und Paula wird den ganzen Tag wieder nichts tun außer Schundromane lesen. Und darüber das Lernen vergessen.«

Clara schwieg, obwohl sie einiges zu sagen hatte. Sie wohnte ab heute nicht mehr zu Hause. Es war nicht ihre Diskussion.

»Na dann«, meinte sie und umarmte ihre Eltern kurz, »bis Weihnachten.«

Ihre Mutter blinzelte überrascht und sah kurz zu ihrem Mann hinüber. »Weihnachten erst? Kommst du zwischendurch nicht mal nach Hause?«

»Bis Weihnachten!«

Ihre Mutter hatte recht gehabt. Clara hatte viel Glück mit ihrer WG. Außer ihr wohnten noch Thea, Marcello und Daniel in der Wohnung. Daniel war übers Wochenende bei seinen Eltern in Bayern, aber Thea und Marcello fragten sie am selben Tag, ob sie abends Pizza mit ihnen backen wollte.

Während Marcello den Teig ausrollte, schnitten Thea und Clara Pilze und Paprika klein, füllten Mais in Schüsseln und rieben Käse.

»Und was genau machst du bei deinem FSJ?«

»So wie es aussieht, werde ich vor allem in der Upcyclingwerkstatt mithelfen. Es gibt jeden Nachmittag ein Bastelangebot, ich werde also morgens vorbereiten und am Nachmittag Workshops geben.«

»Wie lange arbeitest du?« Thea steckte sich einen Streifen Paprika in den Mund.

»Vierzig Stunden pro Woche, also ein typischer Acht-Stunden-Tag.«

Thea verschluckte sich und hustete laut, bis ihr Tränen in die Augen traten.

»Wahnsinn! Und das für das mickrige Freiwilligengehalt?«

»Na ja …«, begann Clara. Das Geld war schon Streitpunkt mit ihren Eltern gewesen. *»Wenn du wüsstest, wie teuer so ein Haushalt ist«*, hatte ihre Mutter gemeint. *»Zu diesen Bedingungen ist eine Vierzig-Stunden-Woche doch reine Ausbeute. Wenn du gleich mit dem Studium beginnst, dann sparen dein Vater und ich eine Menge unnötiges Geld.«* Doch Clara hatte sich durchgesetzt. Direkt nach der Schule zu studieren, war absolut keine Option gewesen. Und ihr Vater hatte sie bei ihren Plänen unterstützt.

»Ja, viel Geld ist es nicht«, gab sie zu und Thea nickte bekräftigend. »Aber ich bekomme von meinen Eltern das Kindergeld überwiesen und möchte Wohngeld beantragen.«

Das Gemüse war jetzt geschnitten und die Mädchen ließen die Messer sinken. Draußen wurde es langsam dunkel und das Geräusch des Umluftofens füllte den Raum.

»Ich verstehe, was du meinst«, sagte Marcello und griff gleichzeitig nach der Tomatensoße. Mit kreisenden Bewegungen verteilte er sie auf dem dünnen Teig. Dann streute er mit flinken Fingern Mais, Paprika und Zwiebeln darüber und garnierte zuletzt einige Scheiben Salami darauf. Genussvoll roch er an seinen Händen und verdrehte schwärmerisch die Augen.

»Ich musste mich auch ziemlich durchsetzen, bis meine Eltern mich allein nach Deutschland haben gehen lassen.« Er verstellte die Stimme und klang nun einige Oktaven tiefer.

»Dasse iste nicht rrrichtig, mein Sohn«, rief er mit rollendem R und breitem Akzent.

»Kommst du aus Italien?«, fragte Clara und griff nach dem fertigen Blech. Sie schob die erste Runde Pizza in den Ofen.

»Ja, aus Genova. Meine Mutter hat sich auf einer Italienreise in meinen Vater verliebt und ist nach Italien gezogen. Zusammen leiten sie dort eine Pizzeria. Also ganz klischeehaft.« Er zwinkerte und jetzt bemerkte Clara auch bei ihm einen leichten italienischen Einschlag.

»Aber deine Mutter hat Deutsch mit dir geredet?«

»Ja, meine halbe Kindheit habe ich nur Deutsch gehört.«

»Und jetzt bist du hier. In der Hauptstadt.«

»Jetzt bin ich hier, obwohl meine Eltern dagegen waren. Aber irgendwann habe ich gelernt, dass ich nur das tun muss, was ich will. Und niemand sollte etwas anderes wollen müssen als das, was er oder sie lebt. Und wenn es so ist, dann muss man es ändern, bis es sich richtig anfühlt. Nach dem Prinzip lebe ich.«

Anni

Bereits nach einer Stunde in dem Social-Center war Anni klar, dass die Arbeit ihr mehr Spaß machen würde als das Zusammenleben in ihrer WG.

Allein der halbstündige Weg, den sie mit dem Fahrrad zurücklegte, ließ sie ruhiger und irgendwie klarer werden. Der warme Wind zerzauste ihr blondes Haar und sie spürte die Blicke der Menschen auf der Straße an sich kleben. Wie es schien, waren sie hier die einzigen Europäer. Und das war gut so.

Zum Glück arbeitete sie nicht mit Rike und Silva zusammen, die beide zu einem anderen Projekt gehörten. Es war bestimmt besser, wenn sie sich den Tag über nicht sahen.

Sie bog um die Ecke und fuhr direkt auf das helle Haus zu, in dem die Nonnen, mit denen sie dieses Jahr zusammenarbeiten würde, die Kinderbetreuung aufgebaut hatten. Die erste Hürde war genommen! Zwar hatte Siti ihr den Weg am Tag zuvor gezeigt, was aber keine Garantie dafür war, auch anzukommen.

Anni stieg vom Rad und schob es in den kleinen Innenhof. Vereinzelte Spielgeräte standen hier auf einer Wiese, von denen Siti stolz berichtet hatte, dass sie auf Initiative der alten Freiwilligen gebaut und finanziert worden waren.

»*Wichtig ist, dass ihr euch selbst einbringt: Organisiert etwas, startet einen Spendenaufruf, seid aktiv. Das ist euer Jahr!*«, war einer der ersten Sätze gewesen, den sie im Hotel mit einprägendem Tonfall gesagt hatte. Womit sie ganz gut beschrieb, was Anni über Freiwilligendienste im Ausland dachte: Natürlich konnte sie dieses Jahr helfen. Konnte hier arbeiten und vielleicht auch etwas bewegen, ein kleines bisschen wenigstens. Aber vor allem würde sie selbst von der Erfahrung profitieren, die sie in einer völlig fremden Kultur machte.

»Guten Morgen«, begrüßte sie eine der schwarz gekleideten Nonnen auf Englisch, während Anni ihr Fahrrad in den Hof schob und an den Zaun kettete.

Sie erwiderte den Gruß und trat ein wenig unruhig auf der Stelle hin und her. Die Nonne trug ein großes Kreuz um den Hals und ihr schwarzes Haar, das unter der Haube hervorlugte, durchzogen bereits viele graue Strähnen.

»Ich bin Sister Carla.«

»Annika.«

Sister Carla lächelte sie freundlich an und bedeutete ihr dann, ihr zu folgen. Ein paar vereinzelte Kinder saßen auf dem Klettergerüst und hielten im Spiel inne. Sie starrten Anni aus großen Augen neugierig an und Anni lächelte ihnen unsicher zu. Eines der Mädchen, ein zierliches Kind mit rosa Spangen im pechschwarzen Haar, winkte ihr zaghaft.

Sister Carla öffnete jetzt die schwere Tür und Anni trat in das kleine Büro. Auf dem Schreibtisch stand ein hölzernes Kreuz und die weißen Wände waren ähnlich kahl wie in ihrer eigenen Unterkunft. Die Sonne schien durch hellbraune Vorhänge und ließ beinahe abendliche Stimmung aufkommen.

Freundlich wies Sister Carla auf einen einfachen Stuhl vor ihrem Schreibtisch und bat Anni, sich zu setzen. Dann ließ sie sich selbst nieder und blätterte in einigen Papieren, die wild auf ihrem Schreibtisch verteilt waren.

»Annika«, sagte sie und zog ein Blatt Papier hervor. »Annika aus Deutschland.«

Anni, die nicht genau wusste, ob sie was sagen sollte, nickte nur. »Genau.«

»Hm, hm«, brummte Sister Carla und senkte das Gesicht einige Zentimeter auf das Papier hinab.

Ein wenig unbehaglich spielte Anni an dem Band ihres Kleides und wartete darauf, dass Sister Carla etwas sagte.

»Annika, du wirst hier die Kinder am Nachmittag betreuen, aber das weißt du ja schon. Du wirst sie unterrichten, wir werden noch sehen, in welchen Fächern du am meisten Erfahrung und Können hast. Aber du kannst den Kindern auf jeden Fall Science und Computertechnik beibringen.«

Anni schluckte. Eigentlich traute sie sich den Unterricht zu, schließlich hatte sie mehrere Jahre Nachhilfe gegeben. Allerdings nur in Englisch und Deutsch. Bei Computern war sie froh, wenn sie funktionierten.

»Und du wirst auch nicht alleine hier arbeiten«, fügte Sister Carla hinzu und wühlte auf dem chaotischen Schreibtisch nach einem weiteren Blatt. »Wir haben einen zweiten Freiwilligen.«

Anni streckte den Rücken auf dem unbequemen Stuhl durch und ließ das Band aus ihren Händen gleiten.

»Einen zweiten?«, fragte sie. Bisher hatte sie es schon ein wenig bedauert, ganz allein hier zu arbeiten, wenn sie auch nicht mit Rike und Silva gemeinsam in ein Projekt wollte.

»Ja, dein Partner heißt Eric. Er ist ein Freiwilliger aus Neuseeland und in spätestens einer Stunde hier.«

Eric entpuppte sich als groß, dunkelhaarig und wahnsinnig interessiert. Interessiert an den Kindern, interessiert an Schwester Carla, die nach wenigen Minuten in seiner Anwesenheit schon aufblühte, und interessiert an Anni und ihrem Leben. Als Erstes machte er ein Bild von Anni in einem Haufen Kinder und versprach, es ihr für den Blog zu schicken. Am Abend wollte Anni unbedingt ins Internetcafé!

Als er ihre Hand mit festem Griff umschloss und sich vorstellte, hatte sie das Gefühl, jetzt wirklich richtig angekommen zu sein, auch wenn sie sich über den kitschigen Gedanken ärgerte. Der passte eigentlich mehr zu Marlene.

Sie besprachen zu dritt noch die Aufgaben der ersten Tage und Anni war froh, sie nicht allein bewältigen zu müssen. Als sie das Büro verließen, stieß Eric sie an. Sein Englisch hatte einen breiteren Akzent als der der Asiaten hier, aber Anni hatte mit der Sprache zum Glück keinerlei Probleme.

»Bist du gut in Kunst?«, zischte er. »Ich habe nämlich leider gar keine Ahnung, wie ich Kindern da etwas beibringen soll. Jede Vierjährige malt besser als ich!«

Er hob seine gebräunten Hände in die Luft und schüttelte bedauernd den Kopf. »Die sind in dieser Hinsicht leider absolut nutzlos.«

Anni grinste. »Solange du den Computerteil übernimmst, schwinge ich den Pinsel.« Sie hüpfte kurz in die Luft und wusste selbst nicht genau wieso, aber sie stand nicht mehr alleine da. Egal ob Eric sich als netter Kollege, absolute Offenbarung oder womöglich anstrengender Zeitgenosse herausstellen würde – denn all das traute Anni ihm zu –, würden sie das Jahresprojekt gemeinsam angehen. Sie trat hinaus in die Sonne, rupfte zwei rote Blumen aus einem Blumentopf und hielt Eric eine hin. Dann stieß sie mit ihrem Blütenkelch an seinen. »Auf ein gutes Jahr. Prost!«

Marlene

Was sie Christian über die potenzielle Lerngruppe gesagt hatte, stimmte. Der Stoff war zu schwer für sie und bald würden eine Menge Klausuren auf sie zukommen, die sie bestehen musste.

»Wer ist eigentlich auf die Idee gekommen, dass Elektrotechnik ein gutes Fach ist?«, murmelte sie, als sie an ihrem kleinen Schreibtisch sitzend in ihren Notizen blätterte, ohne zu verstehen, was sie sich aufgeschrieben hatte. Alleine würde sie das nicht bewältigen. Sie hatte schon nachgedacht, aber weder in dem Lacrosse-Team noch im Hundeklub studierte jemand Elektrotechnik. Einmal hatte sie sich mit Johann getroffen, der gerade seinen Physikbachelor schrieb, aber obwohl er konnte, was Marlene nicht verstand, hatte er kein Talent, es zu erklären. Es ging zu schnell, er war ungeduldig und konnte nicht verstehen, dass Marlene bereits bei den Grundlagen scheiterte.

Sie holte den Zettel aus der Hosentasche, den sie an der Tür des Vorlesungssaals abgerissen hatte.

Elektrotechnik-Lerngruppe für Erstsemester, Samstag 15.00 Uhr, Coffee Company in der Innenstadt.

Wie sie ihr Wochenende verbringen würde, wusste sie jetzt.

Irgendwann pfefferte sie ihren Block mit einem Schrei auf den Boden. Aufgefächert blieb er neben ihrer schmutzigen Wäsche liegen, die Seite, auf die sie in der letzten

Vorlesung mit Kugelschreiber das Meer gekritzelt hatte, blieb oben liegen. Ausgerechnet.

Es klopfte an der Tür. »Ja?«, rief Marlene, ehe ihr einfiel, dass sie öffnen musste. Draußen stand Sooree in einem dunklen Rock und dicker Strickjacke.

»Hey«, meinte sie und hielt ihre Nase in die Luft. »Was gibt's denn heute? Ich rieche gar nichts.«

»Verdammt!«, entfuhr es Marlene. Heute war Montag. Kochtag. Und sie wäre dran gewesen.

»Hast du es vergessen?«, fragte Sooree und bahnte sich einen Weg durch die Wäsche des ständig unordentlichen Raumes. Zu Hause würde Marlene solch ein Chaos nie passieren.

»Ich …« Sie strich sich das tiefdunkle Haar hinter die Ohren. »Ja.«

Sooree ließ sich mit einem kleinen Juchzen auf dem Bett nieder. Sie hatte die letzten Tage Besuch von Mike gehabt und war gut gelaunt, auch wenn sie ihn heute fast unter Tränen hatte fahren lassen müssen.

»Was machen wir?« Sie wippte hin und her. »Ich habe nichts da und zum Einkaufen ist es jetzt zu spät, oder?«

Marlene schlug das Buch zu und hob den Block vom Boden.

»Wir gehen Essen«, entschied sie. »Ich lade dich ein.«

Sooree schüttelte den Kopf. »Essen gehen klingt gut, aber zahlen tu ich schon selbst.«

»Dann such du wenigstens aus, wohin wir gehen, schließlich habe ich das Kochen vergessen.«

Sooree überlegte kurz. »Spanisch?«

Marlene lachte. Inzwischen kannte sie Soorees Vorliebe für Tapas. »Alles klar.«

Als sie hinaus in die Kälte traten, bildete ihr Atem kleine Wölkchen. Marlene rieb ihre Hände aneinander und schlug den Weg vorbei an den Bänken vor dem Wohnheim Richtung Spanier ein. Sooree hakte sich bei ihr unter und beschleunigte den Schritt.

»Sag mal«, fragte Marlene, als sie schon fast an dem kleinen Lokal angekommen waren, »hast du jemals an deinem Studium gezweifelt oder hat Englisch sofort zu dir gepasst?«

Sooree rannte die letzten Meter zur Tür und hielt sie Marlene mit einer spöttischen Verbeugung auf. Sie kicherte.

»Weißt du, was ich studiert habe, bevor ich mich zum Wechsel entschieden hab? Jura.«

»Du hast gewechselt?«

»Klar. Hat mich zwei Semester gekostet, bis ich verstanden habe, dass Jura nicht das ist, womit ich mich mein restliches Leben lang beschäftigen möchte.«

Die Tür fiel ins Schloss und sie hinterließen nur einen Windzug, der das trockene Laub auf dem Bürgersteig durcheinanderwirbelte.

Lotte

Während der spätherbstlichen Wochen fühlte Lotte sich wie in einer Blase. Das Gefühl hielt sich seit ihrem ersten Tag. Anfangs hatte sie versucht, es zu ignorieren und als Startschwierigkeit abzutun. Doch es blieb präsent.

Sie war die Neue. Die, die die Sprache nicht richtig verstand. Das Stadtkind, obwohl Marburg nun wirklich klein war.

Auch wenn ihr niemand das Gefühl gab, am allerwenigsten Coosje, die alles versuchte, damit Lotte sich einlebte, kam sie sich manchmal vor wie ein Eindringling. Nicht unbedingt gewollt, aber geduldet, vielleicht bemitleidet.

Wenn sie morgens runterkam, hatte Coosje ihr schon immer ihren Tee aufgegossen, den Lotte extra in großen Packungen aus Deutschland mitgebracht hatte. Liebevoll legte sie ihr manchmal ein selbst gebackenes Plätzchen oder eine Blume aus den Balkonkästen auf den Teller. Vielleicht war es aber genau das, was Lotte sich so fremd fühlen ließ. Solche kleinen Aufmerksamkeiten waren bei ihrer eigenen Mutter undenkbar und eigentlich nie vorhanden gewesen. Und dann stiegen Lotte, wenn sie am Abend müde und ausgelaugt die Stufen zu ihrem Dachzimmer erklomm, manchmal die Tränen in die Augen. Vor Traurigkeit, weil sie nichts zu erreichen schien, weil alle Bemühungen so groß und sie dagegen so undankbar war.

Aber das war nur die eine Seite. Die Arbeit im Gemüsegarten, die ihr nach und nach zugefallen war und ihr wirklich deutlich besser gefiel als die Aufgaben mit den Hühnern oder Schweinen, machte Spaß, lenkte ab und gab ihr am Abend wenigstens das Gefühl, körperlich etwas geleistet zu haben. Dann hatte sie es sich verdient, schlafen zu gehen.

Einmal telefonierte sie kurz mit Marlene, die mehr als gestresst klang und dann zum Training musste. Was für ein Training, hatte sie leider nicht erzählt.

Roos und Luuk waren trotz allem das, was ihr hier am meisten Freude bereitete. Sie waren jedes Mal so glücklich, wenn Lotte Zeit hatte, mit ihnen zu spielen. Wenn sie sahen, wie ihre große und irgendwie unbekannte Schwester sich ihre selbst gemalten Bilder übers Bett hängte. Und wenn sie ihr im Garten helfen konnten beim Auflesen der Augustäpfel, beim Düngen oder Pflücken der Johannisbeeren, leuchteten ihre Augen und nach getaner Arbeit präsentierten sie ihren Eltern jedes Mal stolz das, was sie an dem Tag geerntet hatten. Und dann stand Lotte daneben und trat von einem Bein aufs andere, wenn Coosje und Jan ihr dankten und sie dafür lobten, wie gut sie mit den Kindern umgehen konnte. Doch das kam ihr falsch vor. Denn Lotte fand nicht, dass sie irgendetwas Gutes oder Besonderes tat.

An einem Novembermorgen kam sie nach unten, sie hatte spontan noch geduscht und sich in der Zeit etwas verschätzt. Am Vortag hatte sie Bert versprochen, ihm früh bei den Kühen zu helfen. Lotte rannte mit feuchtem Haar in die Küche, um noch rasch einen Tee zu trinken.

»Sie fühlt sich nicht wohl«, hörte sie Coosje sagen, als sie eintrat. Sofort blieb Lotte wie erstarrt stehen und wollte die Wohnung verlassen. Es konnte nur um sie selbst gehen.

»Ja, aber was sollen wir tun? Ich kann die Zeit nicht zurückdrehen, kann ihr nicht den liebenden Vater vorspielen, mit dem sie eine ganze Kindheit geteilt hat und dem sie dementsprechend nahesteht. Ich fühle mich mit ihr so … unbeholfen. Als wäre ich das Kind und sie die Erwachsene.«

Lotte wollte gehen, wollte die Worte nicht hören, die wahren Worte, doch dann trat Schweigen ein und sie wusste, wenn sie sich jetzt rührte, würden die beiden wissen, dass sie hinter der offenen Tür stand.

Nach einer Weile sagte Coosje: »Ich habe so Angst, dass sie mich nicht mag. Dass sie das Gefühl hat, hier neben Roos und Luuk und mir als leiblicher Mutter immer ein Stück hinter den beiden zu stehen. Ich möchte doch, dass wir eine Familie sind.«

»Aber du kannst sie nicht zwingen. Du bist nun mal nicht ihre Mutter.«

Dann blieben sie wieder eine Weile ruhig und Lotte hörte, wie sie Kaffee schlürften, während draußen das letzte morgendliche Dämmerlicht verschwand.

Kurz darauf begannen sie über Kühe zu reden und Lotte verließ blitzschnell die Wohnung. Einen Tee trank sie nicht.

An diesem Tag verrichtete sie ihre Arbeit geistig abwesend. Wie in einer Blase eben. Der Knoten, den die Worte am Morgen verursacht hatten, saß tief. Sie hatte ihren Vater immer gemocht. Es war jedes Mal etwas Besonderes gewesen, ihn zu besuchen, hier auf dem Land, bei all den Tieren und den Leuten mit der Sprache, die sie selbst in ihren Kindertagen gelernt hatte.

Doch jetzt, wo das Besondere der Alltag sein sollte, wurde ihr zum ersten Mal klar, dass es so einfach nicht war. Der Wandel von der Ferienfamilie zur richtigen.

Sie ging über die verbrannte Obstwiese und suchte den Boden nach herabgefallenen Birnen ab. Das Gras pikte sie in die nackten Waden, es musste dringend mal wieder geschnitten werden. Sie trat hinter einen Baum, an dessen Stamm viele der goldgelben Früchte lagen, einige mit Druckstellen, andere unversehrt. Aus denen würde sie noch Birnenkompott kochen können.

Vollkommen in Gedanken versunken bemerkte sie nicht, wie ein Schatten sich von hinten näherte. Erst als er ihr das Sonnenlicht raubte, das bis eben ihr sommersprossiges Gesicht gewärmt hatte, fuhr sie erschrocken herum.

Mit einer Sense in der Hand stand Jan vor ihr.

»Keine Angst!«, meinte er und hob beschwichtigend die Hand. »Ich wollte nur das Gras schneiden, es ist schon jetzt zu hoch für den Rasenmäher.«

Lotte nickte und blickte zu Boden.

»Ist gut«, murmelte sie.

Der liebende Vater.

Der nahe und ferne Vater.

Sie hasste diese Worte, diese schweren, pathetisch klingenden Formulierungen, die er am Morgen benutzt hatte.

Jan wollte sich schon zum Gehen wenden, doch dann hielt er inne.

»Lotte, ist alles in Ordnung?« Er schaute seine Tochter an. Die gleichen Augen, die sie sah, wenn sie in den Spiegel blickte. Der gleiche Lockenkopf, wenn auch kürzer und inzwischen mit feinem Grau durchzogen. Unverkennbar Familie.

»Nein. Nein, alles in Ordnung.«

Sie merkte ihm an, dass er zweifelte. Er wusste, dass sie log, sagte aber nichts. Mit seiner freien Hand zog er unbeholfen an den Zipfeln seiner Weste und sah Lotte an, sah wieder weg.

»Ich weiß, dass du …«

»Ja?« Lotte blickte auf und wischte sich mit dem Handrücken den Schweiß von der Stirn.

»Ach, nichts.« Dann hob er beschwingt die Sense in die Luft und grinste eine Spur zu breit. »Die Arbeit ruft!«

Abends, als die Familie schon im Bett war, nahm sich Lotte einige der Birnen und Äpfel, die sie am Morgen mit unschönen Druckstellen gefunden hatte und die sich deswegen nicht zum Verkauf eigneten. Sie schnitt sie klein und kochte sie mit Zitronensaft, viel Zimt und einer Prise Zucker zu einem Fruchtmus. Dann rührte sie mit Mehl, Milch, Eiern und Salz einen Teig zusammen und briet sich einen Pfannkuchen.

Den dampfenden Teller nahm sie mit nach oben in ihr Zimmer. Dieses einfache Essen begleitete sie schon ihr ganzes Leben lang. Wenn sie krank war, hatte ihre Mutter ihr frische Pfannkuchen mit Birnenmus ans Bett gebracht, es war das erste Rezept, das sie alleine zubereiten konnte, und später hatte sie es mit ihren Freundinnen gekocht.

Sie schaltete ihre kleine Schreibtischlampe ein und fotografierte den Teller. Das Bild stellte sie direkt auf den Blog.

Erinnerung an alte Zeiten. Ich hoffe, ihr seid wenigstens ein kleines bisschen neidisch.

Dann scrollte sie mit der Maus nach unten. Wegen der vielen Arbeit, die im Moment im Gemüsegarten anfiel, war sie seit einigen Tagen nicht mehr am Computer gewesen und betrachtete jetzt staunend Bilder von Anni in einem Haufen malaysischer Kinder.

Ihre Freundinnen sahen aus, als ob es ihnen gut ginge. Alle. Die Kommentare unter ihren Bildern waren mal lustig, mal ironisch, aber auch ernsthaft und überraschend. Lotte überkam Einsamkeit. War sie die Einzige, die sich nicht so recht einleben konnte in der neuen Situation, mit den neuen Menschen? Ohne ihre Freundinnen? War sie tatsächlich so unselbstständig?

Sie klickte auf das neueste Foto von Marlene, das sich nun bildschirmfüllend vor ihr auftat. Es zeigte ihre Freundin und ein asiatisch aussehendes Mädchen vor einer winzigen Küchenzeile, Marlene eine Gabel, das andere Mädchen einen Kochlöffel in der Hand.

Sooree kocht, ich esse, hatte Marlene daruntergeschrieben. Anscheinend fand auch Marlene, die panische Marlene, die sicher gewesen war, niemals Anschluss zu finden, sich gut zurecht.

Lotte durchforstete den Blog nach ihren eigenen Beiträgen. Wie ging es Anni, Clara und Marlene, wenn sie die lasen? Lotte versuchte sich in die drei hineinzuversetzen. Nein, wenn man nur ihre Bilder und Kommentare las, kam niemand auf den Gedanken, dass es Lotte nicht gut gehen könnte.

Vielleicht war es bei den anderen genauso? Ein Blog zeigte eben wirklich nur einen Ausschnitt. Nur eine einseitige Darstellung und sie konnte selbst entscheiden, was für eine.

Clara

Der erste FSJ-Arbeitstag begann im Vergleich zur Schulzeit spät.

Die Werkstatt öffnete jeden Tag erst um zehn, sodass Clara in Ruhe frühstücken konnte und noch eine Weile durchs Internet klickte, ehe sie sich auf ihr Fahrrad schwang und losfuhr. Der Himmel spannte sich blau über Berlin und die Farben der Spree und das Gras im Tiergarten leuchteten so intensiv, dass Clara fast die Augen zukniff. Es war schön hier! Herbstblätter lagen auf dem Boden und es roch schon nach dem bevorstehenden Winter.

Die Menschen, die ihr entgegenkamen, wirkten so interessant, so vielseitig. Alte, Junge, Menschen mit bunten Haaren, großer Kleidung, kleinen Kindern, deren Wortfetzen in verschiedensten Sprachen sie aufschnappte.

Ihr Weg war kurz, das hatte sie bei Google-Maps schon herausgefunden. Ungefähr fünfzehn Minuten mit dem Fahrrad bei günstigem Wind und sie hatte die Werkstatt erreicht. Sie befand sich auf einem Gelände voller verschiedener kleiner Bauwagen und selbst gezimmerter Hütten mit Wellblechdächern und bunten Bretterwänden. Die Wege waren ausgetreten und am Vormittag war der Garten erst mäßig besucht.

Clara schloss ihr Fahrrad an eine altmodische Wasserpumpe und lief langsam hinüber zur Werkstatt. Sie hatte die Gärten bereits zwei Mal besucht, das erste Mal zum Bewerbungsgespräch, das zweite Mal am Probearbeitstag. Die Tür der grünen Hütte stand weit offen und Clara vernahm leise Radiomusik. Über dem Eingang klebte ein großes Mosaik aus Flaschenböden im Beton und ließ die Hütte in der Sonne schillern.

Mit den Knöcheln klopfte Clara gegen das raue Holz.

Sofort hörte sie Stühle rücken und nur eine Sekunde später stand Bine vor ihr: blonde Dreads zu einem riesigen Dutt hochgeschlungen, zwei Nasenpiercings und eine bunte Hose, in die ihre Beine mehr als drei Mal gepasst hätten. »Die Sonne geht auf!«, rief sie und ihr breites Grinsen enthüllte etwas schiefe Schneidezähne. Sie schloss Clara in die Arme, als würden sie sich schon ewig kennen und Clara erwiderte den Druck überrascht.

»Schön, dass du da bist. Der perfekte Tag, um anzufangen.«

»Anzufangen? Mit was?«

»Mit allem.«

Dass Bine anders war als die Kollegen, die sie von der Malschule her kannte, in der sie stundenweise gearbeitet hatte, war ihr bereits beim ersten Treffen aufgefallen. Bine war sicher schon beinahe dreißig, doch sie versprühte mehr Energie als viele Kinder. Als Clara sie beim Probearbeiten gefragt hatte, wie alt sie sei, war ihre einfache Antwort gewesen: *»Mein physisches Alter? Oder mein tatsächliches? Ich bin nämlich so jung wie ein Baby und so alt wie eine Greisin.«*

»Wie meinst du das?«, hatte Clara entgegnet. Irgendwie hatte sie keine Scheu, Bine so etwas zu fragen.

»Wer weiß, wie viele Leben ich schon hinter mir habe. Und wie viele noch vor mir liegen. Und wann meine nächste Wiedergeburt passieren wird.«

Darauf hatte Clara nichts mehr erwidert und beschlossen, sie als jung geblieben zu bezeichnen.

Bine legte ihr die Hand auf den Rücken und schob sie in die Hütte.

»Komm erst mal rein.«

Drinnen stand die Luft. Die Fenster waren weit aufgerissen, aber die Holzwände heizten den Raum wie eine Sauna. Clara legte ihre Tasche auf einen Hocker neben der Werkbank, die den Raum dominierte.

»Ich habe schon angefangen, Milchkartons auszuwaschen. In einer Stunde kommt eine Kindergruppe und sie wollen Portemonnaies aus Tetra Paks basteln. Hast du Lust?«

Clara band ihr braunes Haar zu einem Pferdeschwanz zusammen und trat neben Bine vor eine breite Zinkwanne, in der verschiedene Getränkepackungen schwammen.

»Erst sind wir kreativ und nachher unterhalten wir uns über deine Aufgaben, über deine Erwartungen, was wir uns voneinander wünschen und wie wir aus einem Jahr Arbeit ein Jahr pure Energie machen können.«

Clara nickte und atmete tief ein.

»Es geht los.«

Anni

Die meisten Kinder, mit denen Eric und Anni zusammenarbeiteten, trudelten jeden Nachmittag ein. Sister Maria, eine weitere Betreuerin, hatte ihnen erklärt, dass sie direkt aus der Schule kamen und nicht in ihre Familien gingen. Die wenigen Kinder, die bereits am Vormittag das Social-Center besuchten, gehörten zu Flüchtlingsfamilien und konnten deshalb nicht in die Schule in der Stadt gehen.

Nach einigen Tagen kam ein Schwung neuer Schüler, die speziell Anni und Eric unterrichten würden, und Anni musste zugeben, dass sie ganz froh darüber war. So fühlte sie sich selbst nicht mehr ganz so neu.

»Heute lernt ihr eure Lehrer kennen«, kündigte Sister Carla nach dem Mittagessen an und versammelte die knapp fünfzehn Kinder kreisförmig im Klassenraum. Die Jalousien waren halb heruntergelassen und die Tische und Stühle hatten Anni und Eric zur Seite geschoben, sodass genug Platz im Raum für alle war.

Sister Carla nickte der jüngeren Nonne zu und Sister Maria, die vermutlich erst knapp dreißig war, nahm an jede Hand eines der Kinder.

»Wir spielen jetzt ein wenig, damit wir uns alle besser kennenlernen.«

Die Kinder fassten sich an den Händen, um den Kreis so groß wie möglich zu machen. Anni umschloss mit ihren Fingern Erics Hand und die des Mädchens mit den rosa Haarspangen, das sie vorhin schon draußen gesehen hatte.

Sister Carla zog sich zurück und stellte sich vor eine der Landkarten, die den hellen Raum schmückten.

»Jeder sagt seinen Namen und sein Lieblingsessen.«

Die Runde begann. Pizza, Reis, Nudeln, Eier, Eric schwor auf neuseeländischen Lammbraten, und dann sahen alle erwartungsvoll zu Anni herüber.

»Mein Name ist Anni …«, begann sie gedehnt und überlegte einen Moment, »… und besonders gerne esse ich die hausgemachten Pfannkuchen mit Fruchtmus von meiner Freundin Lotte.«

»Pfannkuchen?«, wiederholte das kleine Mädchen an ihrer Seite und runzelte kritisch die Stirn. »Was ist das?«

Anni löste ihre Hände und deutete einen runden Fladen an. »Es geht ganz leicht, man backt ihn aus Mehl, Butter und Zucker und kocht sich dazu frisches Obst.«

Das Mädchen starrte sie weiter an. »Und das schmeckt?«

Anni nickte. »Na klar! Vielleicht können wir das ja hier mal ausprobieren?« Sie sah Sister Maria an, die Sister Carla einen Blick zuwarf. Die senkte einmal kurz den Kopf.

»Nächste Woche wird Annika uns zeigen, wie wir dieses Essen zubereiten«, meinte sie. Dann ging die Runde weiter.

Am Ende kam Sister Carla zu ihr und nahm sie und Eric kurz zur Seite. »Wenn ihr Ideen habt, was ihr mit den Kindern machen wollt, wenn ihr etwas kochen oder basteln möchtet oder ihnen etwas über euer Land beibringt, dann tut das! Am Nachmittag haben wir immer ein wenig Zeit zur freien Verfügung, wenn der Unterricht beendet ist.«

Anni nickte und merkte, wie sie ein feines Beben, eine aufkommende Begeisterung überkam. »Gerne!«, meinte sie und auch Eric schloss sich ihr an.

»Annika backt mit ihnen diese Pfannkuchen und ich kann ihnen in der Mittagspause Legenden der neuseeländischen Maori erzählen.«

Als Anni am späten Nachmittag durch die Straßen nach Hause radelte, pfiff sie laut, ohne zu wissen, ob das in Malaysia üblich war. Sie war noch wie benommen von dem Tag. Das Projekt passte zu ihr. Es passte einfach!

Die Kinder hatten ihre Schüchternheit nach wenigen Spielen abgelegt und schienen so wissbegierig, so höflich und niedlich, dass es ihr beinahe schwergefallen war, das Social-Center zu verlassen. Eric war es ähnlich gegangen und besonders die kleinen Jungen hatten sich an seine Arme und Beine gehängt, als er sich aufs Fahrrad schwang. Schon Morgen sollten die beiden mit dem Unterricht beginnen.

Der Wind spielte mit Annis Haar und trocknete den Schweiß auf ihrer Stirn. Fieberhaft überlegte sie, was sie den Kindern beibringen konnte. Schon verwunderlich, so einfach ohne Ausbildung unterrichten zu dürfen. Wieder ein großer Unterschied zu Deutschland. Zum Glück hatte sie einige Englisch-Grammatikbücher dabei, aus denen sie ihren Nachhilfeschülern häufig Übungen zusammengebastelt hatte.

Sie rollte auf dem Fahrrad neben das Haus und kramte gerade nach dem Schlüssel, da hörte sie bereits laute Stimmen aus dem geöffneten Fenster tönen. Silvas Keifen und Rikes Brüllen.

Annis Magen zog sich zusammen. So leise wie möglich stieg sie wieder auf das Rad und trat langsam in die Pedale.

Das Internetcafé war nur einige Straßen entfernt und ihr war jetzt jeder Ort lieber als die Freiwilligen-WG.

Sie fand schnell einen freien Computer in dem schmuddeligen Raum und drückte dem alten Malaysier das Geld für eine Stunde Internet in die Hand. Sie zückte ihre Kamera und klickte sich durch die Fotos von heute, um ein schönes herauszusuchen.

Eines zeigte sie und Eric im Kreis mit den Kindern, die

einen blauen Ball warfen. Sister Maria hatte es gemacht. Es sah zwar ein wenig nach dem Entwicklungshelfer-Klischee aus und erinnerte an das Bild von ihrem ersten Tag, aber es fasste alles gut zusammen. Obwohl die Situation in der WG ihr einen Dämpfer versetzte.

Das Internet war langsamer als zu Hause, aber irgendwann hatte sie das Foto auf den Blog geladen.

Hier ist Schule noch ein Fest und ich bin plötzlich Lehrerin, tippte sie darunter und dachte dann einen Moment über die Bedeutung ihrer Worte nach, ehe sie den Post veröffentlichte.

Marlene

Die Woche verlief ereignislos. Marlene traute sich nicht zum Hundeklub zu gehen, das letzte Treffen bereitete ihr noch immer ein zu schlechtes Gewissen. Am Samstag hatte sie eine Postkarte mit einem kitschigen Hund darauf im Briefkasten gefunden. *Kopf hoch, wir hoffen, deine Nase ist feucht und dein Fell glänzt!*

Darunter hatten alle unterschrieben. Marlene hätte sich am liebsten verkrochen. Doch das ging nicht, denn sie musste los in die Innenstadt, um sich mit der Lerngruppe zu treffen. Schließlich wollte sie ihr Studium bewältigen.

Der Weg zur Straßenbahnhaltestelle war kurz und mit den Stöpseln in den Ohren hörte sie zunächst nicht, dass ein Fahrkartenkontrolleur sie bereits mehrfach angesprochen hatte.

»Ihre Fahrkarte?«, fragte er sichtlich genervt, denn die Bahn war voller Menschen. Sofort begann Marlene in ihrer Tasche zu wühlen. Sie leerte die Handtasche auf ihrem Schoß aus und griff in ihre Jackentaschen. Auch ihre Hosentaschen waren leer.

»Sie muss doch hier sein! Ich bin Studentin, ich habe einen Studentenausweis.« Einen Moment ließ der Mann sie noch suchen, dann meinte er: »Na ja, dann füll ich dir jetzt das Formular aus, du zeigst die Karte in den nächsten zwei Wochen in der Dienststelle nach und zahlst die sieben Euro Bearbeitungsgebühr.«

Marlene nickte geschlagen. Auch das noch, hoffentlich war die Karte zu Hause.

Als sie ausstieg und an die Themen dachte, mit denen sie sich gleich würde beschäftigen müssen, sank ihre Laune ins Bodenlose.

Draußen empfing sie eisige Kälte. Der Herbst neigte sich immer mehr dem Ende zu und manchmal wirkte der Reif auf dem Gras am Morgen schon beinahe winterlich.

Sie beeilte sich, ins Café zu kommen und ließ die Tür hinter sich zufallen. Angenehme Wärme und stickige Luft empfing sie. Das Café war hübsch: Holztische, schicke Barhocker und Stühle, ein hoher Raum und große Fenster. Es gehörte zu den unpersönlichen Cafés einer Kette, in denen man seinen Kaffee an der Theke bestellte, bezahlte und dann entweder hier oder auf dem gehetzten Weg zum nächsten Termin trank.

Sie sah sich um. Nicht dass sie sich etwas kaufte, während die anderen noch ohne Kaffee warteten, bis alle da waren. Sie entdeckte eine Gruppe Studenten, die einige Tische zu einem großen zusammengeschoben hatten und ohne Tassen, dafür mit Blöcken vor sich auf den Stühlen saßen. Keiner von ihnen kam Marlene bekannt vor, aber das musste nichts heißen.

Sie lief hinüber und musste sich zu den ersten Worten durchringen, wie jedes Mal, wenn sie neue Leute traf.

»Hallo«, sagte sie leise. »Seid ihr die Uni-Lerngruppe?« Ein Mädchen mit Nasenring und Tattoo am Handgelenk rückte zur Seite, um ihr einen der letzten freien Stühle zu zeigen.

»Klar, setz dich zu uns. Wer bist du denn?«

Marlene stellte sich vor und ließ sich auf die Stuhlkante sinken. Sie war erstaunt über die übermäßig hohe Anzahl von Mädchen. Im Hörsaal hatte sie immer den Eindruck, sie studiere fast ausschließlich mit Jungen. Marlene musste sich ein Grinsen verkneifen. Wahrscheinlich war es auch ein weibliches Phänomen, kurz vor den Elektrotechnik-Klausuren verpasstes Wissen nachzuholen. Anni würde sie für so unfeministische Gedanken schelten.

Die anderen unterhielten sich bereits angeregt über Projekte und Mappen, was Marlene einen Moment lang irritierte, aber dann dachte sie nicht weiter darüber nach. Nach einigen Minuten gesellten sich noch ein extrem dünner Junge mit Bart und Brille dazu, woraufhin die Gruppe sich erhob und sich an der Kaffeetheke anstellte.

Bis jeder sein Wunschgetränk in den Händen hielt, dauerte es wieder eine Weile, und Marlene ließ sich mittreiben. Vorsichtig balancierte sie den Kakao zu ihrem Platz und ließ sich nieder.

Der letzte Ankömmling mit dem Bart packte seinen Block aus. »Gut«, sagte er. »Ich sehe ein paar neue Gesichter, das ist schön. Wir treffen uns regelmäßig, um über die praktischen Aufgaben zu reden und uns auszutauschen, wenn ein Einzelner von uns nicht weiterkommt. Wir kritisieren, regen an und am Schluss haben wir alle das gleiche Ziel: Kunst.«

Das war der Moment, in dem Marlene aufging, dass sie am falschen Tisch saß. Zuerst traute sie sich nicht, das zuzugeben und die Gruppe zu verlassen, aber dann wollte sie bleiben. Sie hörte den Gesprächen zu. Ab und zu wurde sie miteinbezogen, aber niemand fragte sie, welches Semester sie war oder ob sie ein eigenes Projekt hatte. Sie ließen sie teilhaben. Die Menschen, die Worte, die Ideen, die Luft flirrte vor Energie und kreativer Leidenschaft. Marlene hörte, wie die anderen ins Schwärmen über ihre Projekte gerieten, wie sie fluchten und über Ideenlosigkeit klagten, wie sie im eigenen Redefluss neue Einfälle bekamen.

Kunststudenten.

Nach fast zwei Stunden mussten die Ersten gehen. Auch Marlene nahm die Gelegenheit wahr, zusammenzupacken. Sie fühlte sich wie im Rausch, obwohl sie selbst kaum etwas gesagt hatte. Es war die Atmosphäre gewesen. Die Stimmung.

»Nächste Woche treffen wir uns aber wieder zum gewohnten Termin, oder?«, rief ein Mädchen beim Rausgehen und zog sich eine bunte Mütze auf den Kopf.

»Ja, nächste Woche wieder Sonntag.«

Marlene schob ihren Stuhl an den Tisch und verabschiedete sich. Dann erblickte sie in einer Ecke neben der Tür, die sie bisher nicht gesehen hatte, einen ähnlich großen Tisch. Etwa zehn Studenten saßen dort und ein Mädchen mit einer Cola in der Hand.

»Hast du das verstanden?«, fragte einer der Jungen sie eindringlich. »Das ist die Grundlage, das ist einfache Mathematik!«

Marlene schluckte. Elektrotechnik. Sie blickte sich verstohlen um, doch die Kunststudenten konnten die andere Gruppe von hier aus nicht sehen. Sie trat an den Tisch und hob die Hand. »Hallo«, sagte sie leise, »seid ihr die Elektrotechnik-Lerngruppe?«

»Ja, aber du bist viel zu spät«, ranzte sie der eine an, der bis eben auf das Mädchen eingeredet hatte.

»Jetzt sei doch nicht so, Max«, sagte ein anderer beruhigend und dann an Marlene gewandt: »Nimm ihn bitte nicht so ernst.«

»Wir wollten allerdings wirklich gerade gehen.«

Marlene nickte. »Alles klar.« Die anderen Studenten sahen sie neugierig an, aber nicht unfreundlich. Im Gegensatz zu Max, der die Augenbrauen hob.

Dann sagte er: »Du kannst nächste Woche wiederkommen. Aber dann bitte pünktlich, Samstag fünfzehn Uhr.«

Und so kam es, dass Marlene begann, zwei Lerngruppen zu besuchen.

Lotte

An ihrem Geburtstag Ende November regnete es. Schon am frühen Morgen hatte der Geruch von Sturm in der Luft gelegen, und als sie die Stufen nach unten lief, fielen die ersten Tropfen.

Kaum dass sie die Küche betreten hatte, fiel Roos ihr um den Hals.

»Geburtstag, Geburtstag!«, rief sie und ihre Haare kitzelten Lottes Nase.

Lotte lächelte und ließ sich von ihr zum Esstisch führen, an dem schon Jan und Coosje standen und sie erwartungsvoll ansahen.

»Augen zu!«, verlangte Roos und zog ihre Schwester zu den anderen. »Und jetzt auf!«

Lotte öffnete die Lider und betrachtete den mit Blumen geschmückten Tisch. Ein kleiner Gugelhupf stand vor ihrem Platz mit zwanzig brennenden Kerzen darauf. Die Flammen spiegelten sich in Luuks Augen, der von Jan hochgehoben wurde, damit er über die Tischkante sehen konnte.

»Heiß«, war alles, was er flüsterte, und zeigte auf den Kuchen.

»Alles, alles Gute zum Geburtstag«, sagte Coosje und trat als Erste auf ihre Stieftochter zu. Sie drückte sie fest an sich und ließ dann ihre Hände auf Lottes Schultern liegen. »Es ist schön, dich bei uns zu haben.«

Während sie sich bückte und ein Tablett vom Boden hob, umarmte auch Jan mit Luuk zwischen ihnen sie flüchtig. »Meine Große«, sagte er und strich ihr über die Locken. Normalerweise tat er das bei Roos.

»Geschenke!«, schrie Roos und zupfte Lotte am T-Shirt, um auf das Tablett zu zeigen, das Coosje in den Händen hielt.

»Für dich!«

Lotte lächelte. »Danke euch allen!«, sagte sie und betrachtete die bunten Päckchen. »Luuk, Roos, wollen wir die Kerzen zusammen ausblasen?«

Natürlich wollten sie.

Luuk pustete so sehr, dass sich eine der kleinen Kerzen verbog und das Wachs in feinen Sprenkeln auf den Schokoladenguss spritzte. Dann sprachen sie alle so lange kein Wort, bis der Rauch sich vollständig verzogen hatte.

»Hast du dir etwas gewünscht?«, wollte Roos wissen und blickte sie von unten an.

Lotte nickte. »Klar«, wisperte sie zurück.

»Was denn?«

»Verrate ich nicht. Sonst geht es nicht in Erfüllung.«

Jan setzte Luuk in den Hochstuhl und auch Roos kletterte auf ihren Platz. Lotte schnitt für jeden ein kleines Stück Kuchen ab und öffnete dann auf Roos' Drängen hin ihre Päckchen.

Ein Buch, eine Taschenlampe mit einem Zettel dran, auf dem stand *Damit du nachts auch immer gut auf den Dachboden findest*, ein kleines Notizbuch mit einigen von Coosjes Rezepten und von Coosje ein selbst genähter Rock: grün und mit zarten Blumen darauf. Als Lotte den Stoff auspackte und darüberstrich, betrachtete sie bewundernd die feinen Verzierungen, mit denen Coosje ihn mühevoll versehen hatte, kleine Stickereien an den Taschen und verschiedene Zierleisten mit bunten Knöpfen.

Als Lotte überwältigt erklärte, wie sehr ihr der Rock gefiel, überzog Coosjes Wangen sogar eine zarte Röte und sie winkte schnell ab.

Dann brachte Roos ihr noch ein selbst gemaltes Bild: Roos und Lotte als Prinzessinnen Hand in Hand auf einer Wiese. Lotte drückte der Kleinen daraufhin einen Kuss auf den Scheitel.

Nach dem Frühstück war der Geburtstagszauber allerdings schnell vorbei, denn die Arbeit war auch heute nicht weniger umfangreich als an jedem anderen Tag der Woche.

Lotte begann im Gemüsegarten, doch als der Regen heftiger wurde, beschloss sie, Bert nach einer anderen Aufgabe zu fragen. Im Hofcafé waren aufgrund des Wetters ebenfalls kaum Gäste und Bert führte sie in eine Art Schuppen neben dem Kuhstall, an deren Wänden einige Erntegerätschaften hingen.

»Warte hier«, meinte Bert. »Ich komme gleich. Jetzt bring ich dir mal etwas außerhalb des Gemüsegartens bei, dann kannst du das das nächste Mal selbst.«

Er verschwand kurz und die Brettertür fiel donnernd zu.

Lotte wurde ein wenig mulmig zumute, ein unangenehmes Gefühl beschlich sie.

Hör schon auf, schalt sie sich und unterdrückte die Vorahnung. In der Mitte des Schuppens stand ein Holzklotz und am Boden lagen vereinzelt zwei weiße Federn.

Erst als Bert mit einem der Hühner auf dem Arm zurückkam, wusste Lotte, dass sie mit ihrer Beklemmung recht gehabt hatte.

»Nun«, sagte Bert ruhig. »Heute geht es der alten Emma an den Kragen.« Er strich dem Tier sanft über das weiche Federkleid.

Lotte merkte, wie ihre Knie schwach wurden und sie stützte sich an der Wand ab aus Angst, dass ihre Beine versagten. Ihr Hals war trocken.

»So«, begann Bert mit leiser Stimme, um das Tier nicht unnötig in Panik zu versetzen. »Die Hauptsache ist, dass es jetzt schnell genug geht. Zuerst packst du das Huhn an den Läufen und hältst mit der gleichen Hand die Schwungfedern der Flügel fest.«

»Bert, ich …«, stieß Lotte hervor und wankte Richtung Tür. Sie war zu langsam, ihre Beine knickten weg.

»Dann ist wichtig, dass du das Huhn erst mal betäubst, ehe du es schlachtest. Am besten nimmst du dir eine Eisenstange, wie die da drüben«, er deutete mit dem Kopf auf eine Metallstange am Boden, »und schlägst so zu, dass der Vogel nicht tot, aber bewusstlos ist.«

Er streichelte Emma noch einmal. »Dann kannst du

problemlos den Kopf abtrennen. Wenn er noch an einer Sehne hängt, ist das nicht so schlimm, spätestens nach dem Ausbluten kannst du die durchschneiden.«

Jetzt trat Bert zu dem Holzblock und griff nach der Eisenstange. Noch immer hielt er Emma fast zärtlich auf dem Arm.

Der Regen prasselte von außen an die Hauswände und Lotte wollte nur raus aus diesem engen Schuppen, der ihr die Luft zum Atmen raubte.

»Pass auf, Lotte, gleich geht es los. Guck genau zu, damit du was lernst.« Bert holte mit der Stange Schwung und Emma gackerte ein wenig nervös.

»Bert, ich … ich will nicht. Ich muss hier raus!«, brach es aus Lotte hervor, die jetzt beinahe bei der Tür des Verschlags angekommen war. Sie sackte zusammen und nur der Griff an den Türrahmen rettete sie vor dem Fallen.

»Jetzt stell dich nicht so an«, meinte Bert und sein Tonfall klang schroff. »Ich weiß ja, du bist Vegetarierin, aber du musst das Huhn schließlich nicht essen. Du kannst dich hier auf dem Land nicht ewig zwischen deinem Gemüse verstecken. Wenn du helfen willst, gehört eben alles dazu.« Lotte hörte eine Prise Bitterkeit in seiner Stimme, als er sagte: »Das ist nun mal das echte Leben.«

Und dann ging alles ganz schnell. Ein Gackern ertönte, ein dumpfer Schlag und dann ein Hieb mit dem Beil auf den Holzklotz gefolgt von Federgeflatter. Sofort breitete sich ein dicker Blutgeruch in dem kleinen Schuppen aus. Im gleichen Moment fiel Lotte gegen die Tür hinaus in den Regen und übergab sich auf alle viere gestützt in den Schlamm.

Vier SMS hatte sie bekommen und zwei verpasste Anrufe von Clara und ihrer Mutter. Sie konnte auf die Glückwünsche nicht antworten.

Der Tee in ihrer Hand war inzwischen erkaltet und sie zwang sich, die Decke, die Coosje ihr nach einer Dusche um Kopf und Schultern gelegt hatte, abzulegen, um das Getränk in die Spüle zu kippen.

Jan hatte Bert mehr als wütend angefahren und sich bei Lotte entschuldigt. Das sei nicht abgesprochen gewesen, er wisse doch, dass Lotte weder Tiere aß, noch sie schlachten wollte, und das alles auch noch ausgerechnet an ihrem Geburtstag!

Lotte hatte genickt und ihre schmutzigen Hände und Knie betrachtet. Ihr Magen fühlte sich noch immer unangenehm empfindlich an. Sie wusste, dass auf dem Hof ab und zu ein Tier geschlachtet wurde. Das war in Ordnung. Das war das Leben hier und sie fand, wenn man Tiere aß, war es auf jeden Fall besser zu wissen, woher sie kamen, als abgepacktes Billigfleisch im Supermarkt zu kaufen. Und trotzdem wollte sie es nicht sehen müssen. Gestern hatte sie Emma noch Körner zugeworfen und heute Abend sollte es ihre Schenkel geben.

Verstörend.

Grotesk.

Immerhin hatte Coosje sofort gesagt, dass sie Emma

einfrieren würde, heute Abend würde es für alle etwas Fleischloses zu essen geben, nicht nur für Lotte.

Bert hatte zwar erst etwas von *zimperlich* und *Stadtkind* gemurmelt, sich dann aber doch entschuldigt. Lotte hatte nichts Richtiges antworten können und zum Glück war er dann auch schon wieder gegangen.

Ihr Handy klingelte, noch einmal Clara, sicher, um ihr zu gratulieren.

Heute Abend vielleicht. Jetzt wollte sie nicht telefonieren, womöglich weinen, zugeben, wie grauenhaft dieser zwanzigste Geburtstag war, sodass ihre Freundin sich womöglich selbst Sorgen um Lotte machen würde.

Die Uhr im Wohnzimmer tickte laut. Der feine Nieselregen bespritzte die Scheiben und das Geschirr vom Frühstück stand noch auf dem Tisch. Es war so still. Alle anderen arbeiteten auf dem Hof. Auch Coosje war, nachdem sie sich davon überzeugt hatte, dass es Lotte gut ging, zurück ins Café gegangen.

Lotte stellte einen Moment den kleinen Fernseher an, doch sie konnte sich nicht auf die bunten Bilder einlassen und schaltete das Gerät wieder ab. Die Einsamkeit machte sie nervös. Sie hatte das Gefühl, ihre Hände benutzen zu müssen, den Kopf auszuschalten, nur mit den Händen etwas zu tun. Ganz ursprünglich. Sie trat ans Fenster. Coosje war dabei, die Stühle auf der Terrasse zu stapeln. Sie erwartete wohl fürs Erste keine Kaffeegäste.

Lotte beschloss rauszugehen in den Regen, Gemüse zu ernten, Äpfel aufzulesen und ihren feuchten Kopf dem Wind so lange auszusetzen, bis sie krank war und sich tagelang ins Bett legen konnte. Unter der Decke verkriechen und warten konnte, dass sie Anni, Marlene und Clara wiederbekam. Bis zum Sommer einfach nur warten.

Clara

Die Stunden in der Werkstatt vergingen wahnsinnig schnell. Fast zu schnell, wie Clara fand, und manchmal gruselte sie sich fast, weil die Tage nur so an ihr vorbeizufliegen schienen.

Das Basteln mit den Kindergruppen oder nachmittags das freie Werkeln brachten ihr großen Spaß. Bine zeigte ihr, wie sie aus alten Jeanshosen Taschen nähen konnte, Buntstiftstummel zu Ketten auffädelte und Glühbirnen in Blumenvasen verwandelte.

»Upcycling ist die Zukunft!«, betonte Bine nicht selten, bevor sie sich über ihre Rohkost hermachte. *»Das ist wie Essen: Dieses Gemüse ist Leben. Und ich nehme dieses Leben in mich auf und habe eine unendliche Energie. Alles Upcycling.«*

Schön war, dass Clara viele eigene Vorschläge machen konnte. Die Idee, Küchenschürzen zu Piratentüchern zuzuschneiden und mit Kartoffelstempeln aus altem Gemüse zu bedrucken, stammte von ihr. Und Bine mochte es, wenn Clara Ideen hatte.

Fleißig postete sie die Kunstwerke der Kinder und ihre Freundinnen interpretierten und kommentierten mal scherzhaft, mal bissig, mal begeistert.

Das einzig Anstrengende war die lange Arbeitszeit. Der Unterschied zu den entspannten Monaten nach dem Abi war groß. Und jetzt urplötzlich acht Stunden am Stück an einem Ort zu arbeiten, bedeutete eine große Umstellung.

Meistens bereitete sie mit Bine ein oder zwei Stunden das Material vor, ehe die Kindergruppen kamen. Dann aßen sie zusammen etwas in dem blauen Bauwagen auf der anderen Seite des Gartens. Neben der Bastelwerkstatt gab es noch einen kleinen Gemüsegarten, der von zwei Gärtnern betreut wurde, eine Fahrradwerkstatt, eine Werkzeugausleihe und das Bauwagencafé, in dem jeden Mittag zwei verschiedene Gerichte angeboten wurden. Nach Möglichkeit kochten sie das Gemüse aus dem eigenen Garten, und als Clara auf ihrem Teller plötzlich blaue Kartoffeln fand, war sie doch sehr überrascht.

»Das ist der Blaue Schwede. Die sind zu wenig lukrativ, um sie in Supermärkten zu verkaufen. Aber wir bauen sie an«, meinte Bine, während sie mit viel Appetit die Kartoffeln mit der Soße zerquetschte und sich in den Mund schob.

Dann begann der spannende Teil des Tages und Clara war erstaunt, wie anders es war, als zu ihren Malschulzeiten. Das Bastelmaterial bestand ausschließlich aus dem, was andere Leute als Müll bezeichneten. Und die Kinder waren so motiviert, daraus etwas Neues zu fertigen, dass

Clara sich fragte, wieso sie nicht schon in Marburg auf diese Weise die Kurse geleitet hatte.

»So schön!«, rief ein Mädchen, als Clara am späten Nachmittag Tonscherben mit Mustern verzierte und sie in eine Platte drückte, die mit zähem Gips bestrichen war.

»Ja, ist gut geworden, oder?«, erwiderte Clara und malte Kringel auf das Mosaik. Miri war die Letzte heute. Sie gehörte zur Kindergruppe, die jeden Mittwochnachmittag zum Basteln kam. Der Kurs war bereits seit fast einer halben Stunde vorbei, aber Miris Mutter holte sie oft spät ab. Bine begann bereits, die Arbeitsplätze abzuwischen und sah ab und zu auf die Uhr. Clara bemerkte, wie ihre Knie wippten. Sie wollte sich bewegen.

Nach weiteren Minuten und einem Haufen Keramikscherben später erschien endlich Miris Mutter in der offenen Tür der Hütte.

»Mama«, rief Miri, ließ den Stift fallen und sprang der hochroten Frau auf den Arm.

»Tut mir leid«, japste sie, »tut mir wahnsinnig leid.«

Kommentarlos hielt Bine ihr einen Becher Wasser hin und die Frau schob Miri auf ihre Hüfte, sodass sie das Wasser in einem Zug hinunterstürzen konnte.

»Die Arbeit, das Restaurant …«

Clara wischte sich die Hände an der Schürze ab. »Kein Problem«, versicherte sie, »wirklich nicht!«

Es machte ihr nichts aus, ab und zu länger hier zu sein. Sie verstand sich gut mit ihrer WG und hatte auch einige Leute kennengelernt, die ebenfalls ein FSJ machten, aber abends war sie doch meistens zu Hause. Und manchmal langweilte sie sich mit sich selber. Ein Zustand, den sie seit Jahren nicht leiden konnte.

»Miri gefällt es so gut hier!«, betonte die Frau und sah schon wieder hektisch auf die Uhr. Sie ging einen Schritt rückwärts und winkte hastig. »Ihr macht so tolle Sachen mit den Kindern!« Die letzten Worte verschwammen bereits im Lärm der Heckenschere draußen, so schnell rannte sie durch den Garten davon.

Bine lachte und ein Glöckchen in ihren Dreads klingelte dabei hell.

»Manche Leute verlieren die Zeit, indem sie sie sparen wollen.«

Mit ihren braun gebrannten Armen schleppte sie einen kleinen Sack Gips in die Ecke und hustete, als der Staub sich in ihre Kehle setzte. Dann stemmte sie die Hände in die Hüften und betrachtete den Innenraum. Es standen noch einige Kübel und Stifteboxen herum, doch als Clara begann, sie wegzuräumen, pfiff sie kurz.

»Lass mal!«, sagte sie und krempelte die Beine ihrer weiten Stoffhose runter, bis sie auf ihre nackten Füße fielen.

»Hast du heute Abend schon was vor?«

»Nein.«

»Und hättest du gerne was vor?«

»Ja.«

»Dann hast du jetzt was vor.«

Anni

Sister Carla lieh Anni eine alte Matratze aus dem Social-Center, was die Situation in der WG enorm entspannte. Rike meinte, als Pfadfinderin habe sie kein Problem damit, mit der Matte auf dem Boden zu schlafen, und Anni war dankbar, dass sie das nun nicht aus Höflichkeit anbieten musste.

Während Silva ungefragt weiter das Einzelzimmer belegte, teilten sich Anni und Rike den anderen Raum.

Wenn sie abends alle nach Hause kamen, war meist nicht mehr viel Zeit, um sich lange im Zimmer aufzuhalten. Dennoch vermisste Anni ein Stück Privatsphäre. Besonders beim allabendlichen Versuch, den Unterricht vorzubereiten, während Silva sich entweder im Wohnzimmer die Zehen mit beißend riechendem Nagellack bepinselte oder Rike in ihrem Schlafzimmer schnarchte. Meistens setzte sich Anni dann auf die Terrasse und schrieb in ihr Notizbuch. Sie war froh, dass Eric fast die komplette Vorbereitung für Mathe, Computerkenntnisse und ein Fach übernahm, das sie stark an den Sachkundeunterricht der Grundschule erinnerte. Dafür sorgte Anni für den Stoff in Englisch, Kunst und bereitete nach Erics Anweisungen die Versuche für den Sachkundeunterricht vor.

Schwierig war es, den Kindern englische Grammatik beizubringen. Den meisten fehlte ein Sprachverständnis und oft saß Anni bis spät in die Nacht mit einer kleinen Lampe auf der Terrasse und versuchte, sich sinnvolle Übungen auszudenken, ohne dass die Kinder sich langweilten. Denn wenn die Konzentration erst verloren ging, war es fast unmöglich, sie noch zum Lernen zu motivieren.

Nach wenigen Wochen hatte sie mit Eric eine gemeinsame Struktur aufgebaut. Die Kinder liebten Lottes Pfannkuchen. Und sie liebten Erics selbst genähte Taschen aus alten Lappen. Denn wie geschickt er mit Nadel und Faden umging, beobachteten die Kinder mit großen Augen. Sister Maria meinte, sie hätten noch nie einen Mann nähen sehen.

Marlene

Bis Ende November sah Marlene ihren Freund genau zwei Mal. Das eine Mal, als sie es schaffte, zwischen dem Lacrosse-Training am Freitag und der Lerngruppe am Samstag Besuch zu bekommen und das zweite Mal, als er fünf Minuten nach seinem Abschied klingelte, weil er seine Zahnbürste vergessen hatte.

Es war schön. Sie genoss die Zeit, in der Christian da war. Auf dem Bett zusammengerollt sahen sie sich einen Film an und Marlene merkte, wie sehr sie auch seine körperliche Nähe vermisste. Sie hatten überlegt, am Abend mit dem Lacrosse-Team in einer Bar etwas trinken zu gehen, entschieden sich aber dagegen. Zu wertvoll war die gemeinsame Zeit und Marlene wachte eifersüchtig darüber. Auf dem Flur waren sie Sooree begegnet. Das hatte Marlene gefreut, denn sie hatte ihr Christian unbedingt vorstellen wollen. Aber mehr Leute musste sie jetzt nicht sehen.

»Es ist komisch, dich so selten bei mir zu haben«, bemerkte Christian und strich ihr mit einer Feder aus dem Kopfkissen über den Arm.

»Hm«, machte Marlene und gab nicht zu, dass sie sich inzwischen fast daran gewöhnt hatte. Ihr Zeitplan war straff. Uni, Lernen, Training, Hundeklub, die Lerngruppen und der regelmäßige Kochtermin mit Sooree füllten ihre Woche und manchmal erwischte sie sich bei dem Gedanken, nun doch ganz froh über die räumliche Trennung zu sein. Wo hätte sie noch Zeit für Christian unterbringen sollen? Vielleicht war eine Fernbeziehung genau das, was sie jetzt brauchte. Vielleicht schützte genau das ihre Liebe.

»Ich weiß ja, dass ich durch die WG in Frankfurt nicht so gut erreichbar bin. Aber hast du nicht Lust, mich besuchen zu kommen? Bisher war ich jedes Mal in Kassel.«

Das stimmte. Er sprach etwas aus, wovon Marlene wusste, wie recht er hatte. Und doch hätte sie es am liebsten von sich gewiesen.

»Aber du musst zugeben, dass ich auch deutlich mehr Termine habe«, begann sie sich zu rechtfertigen und bettete ihren Kopf in seinen Schoß. »Du gehst schließlich nur ins Fitnessstudio. Versteh mich nicht falsch, ich weiß, dass du auch viel lernen musst. Aber das funktioniert nun mal genauso gut im Zug, während meine Termine örtlich gebunden sind.«

Es war das einzige Argument, das sie jedes Mal anbrachte. Sie wollte ihn ja besuchen, wollte bei ihm übernachten, wollte ihr Wochenende in Frankfurt verbringen. Aber es ging nicht. Der einzige Tag, an dem sie weder Training noch eine Lerngruppe oder ein Klubtreffen hatte, war der Dienstag. Ein schnöder Wochentag.

»Dann lass deine Lerngruppen am Wochenende doch ausfallen. Ein einziges Mal nur!« Er blickte sie bittend an und sie strich ihm über das kurze Haar seines Hinterkopfes.

»Das geht nicht.«

»Aber die Kunstlerngruppe brauchst du doch gar nicht!« Sein Tonfall war jetzt heftiger und sie konnte fühlen, wie er die Beine anspannte.

»Hast du denen überhaupt gesagt, dass du Elektrotechnik studierst?« Seine Stimme war scharf und die Anspielung auf die Kunstlerngruppe traf sie.

»Durchaus«, entgegnete Marlene spitz und setzte sich jetzt auf, lehnte den Kopf neben seinen gegen die Wand. Sie hatte den anderen im Gegensatz zum Hundeverein direkt beim zweiten Treffen erzählt, dass sie etwas anderes machte, aber dass die Gespräche sie inspirierten und sie selbst sehr kunstinteressiert sei. Sie fanden das in Ordnung und behandelten Marlene bei ihren Lerntreffen wie eine Kommilitonin.

»Lass es doch ausfallen.« Sie hatte ihn selten so flehend erlebt.

»Ich brauche das Elektrotechnik-Treffen für meine Klausuren!«

»Und Kunst?«

»Das brauche ich für mich.«

Spätestens nach den ersten großen Klausuren war Marlene sich sicher, dass sie Elektrotechnik nicht weiterstudieren konnte.

Mit viel Hilfe aus der Lerngruppe – denn obwohl Max weiterhin unhöflich und gereizt war, konnte er doch gut erklären – und intensivem Lernen bewältigte sie die meisten Prüfungen. Lediglich eine würde sie wiederholen müssen … und dass es nur bei der einen blieb, hatte Marlene selbst nicht erwartet. Anscheinend hatte sie wirklich zusätzliches Glück gehabt.

Der Lacrosse-Termin war von Winnie auf den frühen Nachmittag verlegt worden, da die Temperaturen bereits zu eisig waren, um spät abends zu trainieren. Jetzt kamen die Mädchen nicht mehr in kurzen Hosen oder gar Röcken, sondern trugen lange Ärmel und Stulpen.

Nach dem Training kam Winnie, Kapitänin und zugleich Trainerin der Mannschaft, zu ihr. »Du bist wirklich gut geworden«, meinte sie anerkennend und klopfte Marlene auf die Schulter.

Marlene keuchte und wollte sich für das Kompliment bedanken, doch sie kam nicht recht zu Atem. Seit sie wusste, dass sie Elektrotechnik aufgeben würde, hatte sie sich umso mehr in den Sport gestürzt, um dem Kopf einen Moment Ruhe zu gönnen. Sie holte ihre Wasserflasche aus dem Rucksack und ließ sich das kalte Getränk durch die Kehle rinnen.

Sooree joggte zu ihr und hatte sich ihre Sporttasche bereits über die Schulter gelegt.

»Bist du mit dem Fahrrad da?«, fragte sie und band ihr langes schwarzes Haar zu einem Zopf zusammen.

»Klar.«

Gemeinsam luden sie die Taschen in die Körbe auf den Gepäckträgern und radelten gemächlich los. Keine von beiden wollte sich heute noch anstrengen.

»Mike kommt morgen«, sagte Sooree, während sie vom Sportplatz fuhren und den anderen zuwinkten. Marlene hörte die Aufregung in Soorees Stimme.

»Wir haben Musical-Karten fürs Staatstheater und er bleibt eine ganze Woche.«

»Schön.« Marlene merkte, dass sie unbeteiligt klang, fast gelangweilt. Das war nicht beabsichtigt gewesen, doch zum Glück war Sooree ein Mensch, der gleich nachhakte, um Situationen zu klären. Anders als Marlene.

»Alles in Ordnung?«, fragte sie. »Mit Christian?«

Marlene bog um die Kurve in ein Neubaugebiet und wartete, bis Sooree wieder auf ihrer Höhe war.

»Ja«, murmelte sie, »denke schon.«

»Aber?«

»Ich glaube, ich werde das Studienfach wechseln.«

Sooree griff sich theatralisch an die Brust und atmete geräuschvoll aus. »Na endlich«, rief sie in den dämmernden Himmel dem blass scheinenden Mond entgegen, »endlich hat sie es kapiert!«

Lotte

Lottes Plan, sich nach ihrem Geburtstag zu verkriechen, scheiterte bereits am selben Abend. Coosje fiel beim Geschirreinräumen im Hofcafé von der Leiter und brach sich den Arm.

Während Bert die Tiere alleine versorgte, brachte Jan seine Frau ins Krankenhaus nach Groningen. Und da sie sicher warten musste und der Hof ein ganzes Stück außerhalb der Stadt lag, hatten sie Lotte beauftragt, die Kinder an diesem Abend zu versorgen.

Aufgekratzt, weil die Eltern aus dem Haus waren, und auch ein wenig schuldbewusst, denn schließlich hatten sie den Schmerz in Coosjes Gesicht gesehen, die verbissen versucht hatte, sich den Arm haltend die Tränen zurückzudrängen, sprangen sie durch die Küche, zerrten Lotte an den Kleidern und bespritzten sich gegenseitig mit Wasser.

»Lotte, was machen wir jetzt?«

»Warum hast du denn vorhin geweint?«

»Wo ist Emma?«

»Hat sich die Mama sehr wehgetan?«

»Luuk soll aufhören!«

»Lotte, Hunger!«

Lotte griff mit beiden Händen nach ihrem kleinen Bruder und setzte den kichernden und strampelnden Jungen in seinen Hochstuhl, damit er von Roos' Haaren abließ.

»Hunger, sagst du?«, fragte sie und beim Gedanken an

das ehemals geplante Abendessen drehte sich ihr schon wieder der Magen um.

»Ja!«, schrie Luuk und trommelte mit seinen kleinen Fäusten auf dem Hochstuhl herum.

»Ich auch!«, rief Roos und kletterte mit vom Toben erhitztem Gesicht auf einen der Essstühle. »Aber Mama ist ja nicht da.«

»Hmm …« Lotte tat, als müsste sie schwer überlegen. »Sollen heute etwa *wir alleine* etwas kochen?«

»Jajaja«, kam es von Luuk, der begeistert in die Hände klatschte. Auch Roos nickte und sagte in so vernünftigem Tonfall, dass Lotte ihr gerührt über den Kopf strich: »Ja, denn der Luuk muss was essen, damit er so groß wird wie ich. Und Mama und Papa haben bestimmt Hunger, wenn sie nach Hause kommen.«

»Da hast du natürlich recht!«, sagte Lotte. »Habt ihr denn einen bestimmten Wunsch?«

Roos kaute auf einer ihrer Locken herum und dachte angestrengt nach. Dann leuchteten ihre Augen auf.

»Etwas Süßes!«, rief sie dann und Luuk klatschte erneut in die Hände: »Süß!«

Lotte drehte sich um und durchforstete die Küchentheke. Nudeln in verschiedensten Varianten gab es, natürlich Kartoffeln und Gemüse, Eier und Mehl waren auch immer da, aber viel mehr fand sie nicht.

»Ich hab eine Idee«, sagte sie dann und drehte sich zu ihren Geschwistern um, die sie mit großen Augen anblickten. »Wie wäre es, wenn wir uns erst bettfertig machen, dann sucht ihr eine schöne DVD aus und ich koche etwas«, sie hielt sich beschwörend den Finger an die Lippen und senkte die Stimme, »und das essen wir dann vor dem Fernseher.«

Roos und Luuk hatten ihrem Vorschlag begeistert zugestimmt und nachdem sie Luuk umgezogen hatte, holte Lotte einige Äpfel und Birnen, die sie am Nachmittag in ihrer inneren Aufgewühltheit von der Streuobstwiese gesammelt hatte. Während Roos und Luuk gespannt zusahen, wie Wallace und Gromit einen Mond aus Käse besuchten, schnippelte Lotte das Obst und kochte es mit Zimt, Zucker und Zitrone so lange, bis ein warmes Mus entstanden war. Dann briet sie einen großen Stapel Pfannkuchen und stellte alles auf den kleinen Couchtisch, auch wenn sie wusste, dass Coosje es nicht gerne sah, wenn hier gegessen wurde. Besonders nicht, solange der Fernseher lief.

Aber Jan und Coosje waren heute nicht da.

Als Lotte den beiden Kleinen jeweils einen Pfannkuchen in Streifen geschnitten und mit Fruchtmus bestrichen hatte, begann sie selbst zu essen. Wieder einmal war sie erstaunt, was für eine beruhigende Wirkung dieses Gericht auf sie hatte. Der süße Geschmack, der fruchtige Duft vermischt mit dem warmer Butter, der weiche Teig und der feine saure Nachgeschmack der Zitrone. Heimat. Freunde.

»Lecker! Lecker!«, rief Luuk mehrfach und sah eine Weile nicht mehr zum Fernseher, sondern konzentrierte sich ausschließlich auf seinen vollen Teller.

Nachdem Roos ihren Pfannkuchen gegessen hatte, sah sie ihre große Schwester fast ehrfürchtig an. »Das ist das leckerste Abendessen, das ich jemals gegessen habe, in meinem ganzen Leben«, sagte sie, nahm sich noch einen Pfannkuchen, tat viel Mus in seine Mitte und rollte ihn zusammen. Dann biss sie hinein und aß ihn mit der Hand.

Lotte wurde fast eine wenig verlegen.

»Ich dachte, meine Mama macht das beste Essen«, fügte Roos hinzu und das Fruchtpüree quoll am hinteren Ende der Rolle heraus und tropfte auf den Teller. »Aber meine große Schwester kann das auch!«

Coosje und Jan kamen spät nach Hause, zu spät, als dass die Kinder sie noch gesehen hätten. Als der Film zu Ende gewesen war, hatte Lotte den schlafenden Luuk von dem alten Sofa gehoben und in sein Bett getragen. Das Zähneputzen würde heute für ihn ausfallen. Er schmiegte sich an Lotte und als sie ihn zudeckte, griff er nach ihrem Zeigefinger und hielt ihn fest. Vorsichtig löste Lotte ihn und betrachtete ihren kleinen Bruder. Seine Haut war die milchige Haut eines Kleinkindes, sein Haar war blond, wie das von Coosje, und würde mit den Jahren sicher dunkler werden. Ein wenig Wehmut mischte sich in die Zuneigung, die Lotte mehr und mehr empfand. Es war schade, dass sie selbst nicht mit Geschwistern aufgewachsen war. Und es war schade, dass sie die beiden bisher so selten gesehen hatte. Wenn sie ehrlich war, wusste sie, dass auch dieses Jahr die absolute Ausnahme sein würde. Hatte das Studium erst mal begonnen, würde sie die beiden sicher genauso selten sehen wie die letzten Jahre.

»Kommst du?«, flüsterte Roos und streckte ihren Lockenkopf durch den Türspalt. Das weiße Nachthemd war ein wenig zu groß und beim Laufen trat sie auf den Saum. Sie erinnerte Lotte an ein zartes Gespenst, als könne ein Lufthauch sie davontragen.

Zusammen putzten sie Zähne und dann las Lotte ihr noch eine Geschichte vor, bei der Roos irgendwann einschlief und ganz leise zu schnarchen begann. Lotte strich ihr sanft über die Locken und löschte die Lampe. Die Tür ließ sie ein wenig offen, sodass ein schmaler Streifen Licht in das Zimmer fiel. Roos konnte nicht schlafen, wenn die Tür ganz zu war. Genau wie Lotte früher.

Gegen zehn kamen Coosje und Jan zurück. Coosje trug den Arm in Gips und ließ sich müde auf einem der dicken Polstersessel nieder. Sie fuhr mit dem Finger über den Couchtisch und leckte ihn ab.

»Apfelmus?«, fragte sie.

»Apfel-Birne, ja.«

»Lecker.«

Lotte holte den Teller mit den übrigen Pfannkuchen aus dem Kühlschrank und stellte ihn zusammen mit dem Topf Mus auf den niedrigen Tisch. Coosje tat sich mit ihrer einen Hand auf und verspeiste den ersten Pfannkuchen mit Heißhunger, während Jan sich, wie Roos vorher, eine Rolle daraus machte.

Jan nickte seiner großen Tochter zu. »Danke, dass du dich um die beiden gekümmert hast.« Er rieb sich über den leichten Bauchansatz, der Lotte noch immer so neu vorkam, und nahm sich dann noch einen weiteren der nun kalten Pfannkuchen.

»Gern geschehen«, sagte Lotte und meinte es auch so. Sie hatte sich neben Coosje gesetzt und die Knie dicht an den Körper gezogen. Sie trug einen viel zu großen Pullover, er hatte mal Jonas gehört, mit dem sie bis zum letzten Winter zusammen gewesen war, und irgendwie war er bei Lotte liegen geblieben. Sie zog ihn sich über die Knie, sodass nur noch ihre schmalen Zehen daraus hervorschauten.

»Noch mal wegen des Huhns«, begann Jan, aber Lotte brachte ihn mit einer Geste zum Schweigen.

»Vergiss es.«

Jan nickte, fast ein wenig erleichtert, und kratzte den letzten Rest Fruchtmus mit der Gabel zusammen. »Könntest du morgen im Hofcafé helfen? Ich glaube, Coosje kann mit dem gebrochenen Arm im Moment nicht so viel machen.«

»Klar.« Solange sie nicht bei den Hühnern arbeiten musste.

»Und es ist heute noch ein Brief von deiner Mutter gekommen.«

Lotte blickte überrascht auf. »Für dich?«

»Ja.«

Coosje gähnte demonstrativ und entschuldigte sich, müde zu sein und dringend schlafen zu müssen.

Jan blickte Lotte an und legte seine schwieligen Hände aneinander.

»Sie hat vorgeschlagen, Weihnachten mit uns zusammen zu feiern, hier auf dem Hof.«

»Aha. Und? Hast du ihr schon geantwortet?«

»Ich hab Ja gesagt.«

Clara

Der Duft von Räucherstäbchen hing betäubend schwer in der Luft, als Clara Bine hinter den samtenen Vorhang folgte. Der mit Holzparkett ausgelegte Raum war dämmrig beleuchtet und an den weißen Wänden hingen bunte Tücher und Girlanden.

»Evita!«, rief Bine und schloss eine Frau mit schwarzem Haar und einem engen Kleid in die Arme.

»Wie schön, dass du kommst.«

Bine berührte Clara am Arm. »Das ist Clara, meine Hilfe, rechte Hand und mein kreativer Beistand. Und das nun schon seit einigen Wochen.«

»Und trotzdem habe ich sie noch nicht kennengelernt?!«

Etwas unbeholfen wollte Clara Evita die Hand reichen, doch die schlang ihre Arme fest um sie und blickte ihr tief in die Augen. »Du bist Sternzeichen Löwe, oder?«, fragte sie. »Und dein Herz schlägt im richtigen Takt.«

»Ähm, Löwe? Ja schon …«, meinte Clara ein wenig überrumpelt.

»Evita ist Astrologin«, sagte Bine und legte ihrer Freundin kurz den Finger zwischen die Augen. »Sie hat das Rohköstler-Treffen hier auf die Beine gestellt.«

Evita lächelte sanft. »Ich habe auch nur geholfen. Viele Menschen, Hände und Visionen stecken dahinter.«

Neben ihnen dreien standen noch etwa zehn andere im Raum, tummelten sich um einen langen Tisch oder tanzten zu den leisen Klängen um die mit Tüchern behängten Säulen. Offenbar war das Buffet gerade eröffnet worden, denn aus der Menschentraube tönte Tellergeklapper. Leute verschiedensten Alters unterhielten sich angeregt und taten sich Essen auf.

»Die Räume gehören eigentlich zu einem Yoga-Zentrum«, sagte Evita und deutete auf die Matten in der Ecke des Raumes.

»Aber einmal im Monat laden wir hier alle, die gerne gemeinsam essen, tanzen und reden zum Potluck ein. Jeder bringt etwas Veganes oder etwas Rohköstliches mit und dann geben wir uns dem Fluss des Abends hin.«

Clara nickte. »Schön, dass ich dabei sein darf.«

»Schön, dass du uns an dir teilhaben lässt.«

Evita strich ihr übers Haar. »Ich wollte noch andere Musik anmachen. Stellt doch euer Essen dazu und genießt es.«

Bine hob die Dose in ihrer Hand hoch und hielt sie Clara hin. »Bringst du sie zum Buffet?«

Sie ließ los und begann, ihre offenen Dreads mit einem riesigen Haargummi zu bändigen. »Ich muss noch mal aufs Klo.«

Sie verschwand fast fliegend Richtung Tür und ließ Clara auf ihren Socken im Raum stehen.

Clara öffnete die Dose. Darin befanden sich eine Art kleine Bälle aus Nüssen und Haferflocken. Vorsichtig drückte sie ihre Fingerkuppe in eine weiche Kugel und folgte einer Frau in langem Kleid.

Sie platzierte die Schüssel neben dem Rote-Bete-Salat, den die andere abstellte.

Clara ließ den Blick über das angerichtete Essen gleiten.

Salat hatte sie schon immer gemocht, aber hier erkannte sie auf den ersten Blick, dass kreative Salatliebhaber am Werk gewesen waren. Kein Standardeisbergsalat mit Mais und Schafskäse. Stattdessen geriebene Möhren mit gerösteten Kernen und dunklem Öl, feine Blattsalate mit Avocado und Himbeeren, lange Gurkenschnüre an warmer Tomatensoße, Kürbisstreifen auf Feldsalat mit Birne. Alles war mit kleinen Zetteln beschriftet. Cashewmus, Hokkaidocreme, frischer Humus und daneben etwas, das aussah wie ein Brot aus Kernen.

»Sieht toll aus, oder?«

Clara fuhr herum und starrte in das Gesicht eines großen Jungen mit dunklen Locken und Sommersprossen auf der Nase. Seine Augen blitzten und er griff nach einem der Kernstreifen, verteilte einen großen Kleks Humus darauf und steckte ihn sich in den Mund.

»Ja, allein die ganzen Farben, die das Essen hat«, erwiderte Clara, die von den bunten Schüsselinhalten fasziniert war.

»So lebendig sieht Gemüse auch nur in seinem ursprünglichen Zustand aus. Wenn du es stundenlang kochst, dann wird's zu einem grauen Einheitsbrei. So ist es halt einfach Rohkost.«

»Das ist nicht einfach Rohkost! Schau doch mal, wie aufwendig die Salate zubereitet sind!«

Jetzt lachte der Junge und legte eine Scheibe von dem Rote-Bete-Carpaccio auf den Humus. Dunkles Violett tropfte auf den Teller, den er darunterhielt.

»*Einfach Rohkost* ist nicht abschätzig gemeint, im Gegenteil: Es ist die beste Form, in der Gemüse verzehrt werden kann.«

»Wie du es gesagt hast, klang es nach Kindergeburtstag. Mit dem Wort Rohkost verbinde ich geschnippelte Möhre und Gurke, die bei Kinderpartys neben Würstchen und Pommes gestellt werden, damit noch irgendetwas Gesundes für die Optik dabeisteht und die Mütter kein schlechtes Gewissen haben. Auch wenn der Rohkostteller am Ende übrig bleibt.«

Jetzt griff sie selbst nach einer Schüssel und begann, sich eine Zange voll Gurkentagliatelle aufzutun.

Er lachte noch lauter. »Bei mir bleibt der Rohkostteller nie übrig. Dafür hat meine Mutter gesorgt.«

»Aber das, was du gerade gegessen hast, war doch gebacken und nicht roh, oder?«

»Diese Cracker? Nein, die sind getrocknet. Sehr schmackhaft. Besonders mit dem Kichererbsenpüree.«

Er stellte den Teller auf der Kante des Buffets ab und umarmte Clara, die erneut überrascht war und fast ihre Schüssel fallen ließ.

»Ich bin Raphael.«

»Clara.«

Sie musterten sich einen Moment gegenseitig.

»Du bist das erste Mal beim Potluck, oder?«

»Ja. Bine hat mich mitgebracht, sie ist gerade auf Toilette. Kennst du sie?«

»Klar, sie ist die beste Freundin meiner Mutter.«

»Ah, dann bist du Evitas Sohn?«

Jetzt betrachtete Clara ihn noch einmal genauer. Er war deutlich größer als seine zierliche Mutter, aber das konnte ja auch vom Vater kommen. Die Augen waren gleich: blau und weich und die Lider ein wenig mehr geschlossen als bei ihr selbst.

»Exakt.«

Clara schob sich eine Gabel in den Mund und die fruchtige Tomatensoße explodierte auf ihrer Zunge.

»Wahnsinn!«, rief sie und schlug sich dann die Hand vor den Mund.

»Probier dich durch, du wirst besser essen als je zuvor.«

Raphael behielt recht. Obwohl Clara sich fühlte, als würde sie in den nächsten Sekunden platzen, wollte sie sich nicht zurückhalten und lud sich am Buffet fünf oder sechs Mal den Teller voll. So genau wusste sie das selbst nicht. Obwohl sie von allen Speisen immer nur ein wenig nahm, schien der Tisch unendlich mit Köstlichkeiten beladen zu sein, sodass sie nie das Gefühl hatte, alles probiert zu haben. Das konnte auch daran liegen, dass im Laufe des Abends immer mehr Menschen kamen, die Schüsseln aufs Buffet stellten und so den Reiz erhöhten, ein weiteres Mal zuzugreifen.

Später wurde die Musik lauter gedreht und alle begannen zu tanzen, im Kreis herumzuwirbeln oder sich mit geschlossenen Augen im Takt zu wiegen. Männer mit grauen Dreads und langen Röcken, Frauen mit pinken Locken und bunten Farben im Gesicht, Leute mit breiten Schals und weiten Hosen, bunten Bändern und Holzperlenschmuck. Selten hatte Clara so viele unterschiedliche, interessant aussehende und faszinierende Menschen jeden Alters auf einem Haufen gesehen. Sie beobachtete die anderen in ihren bewussten Bewegungen, dem Setzen der Füße, dem Zittern des kleinen Fingers und geriet mehr und mehr selbst in ein ekstatisches Tanzen. Sie tanzte mit Bine, die sie über den Holzboden wirbelte, sie tanzte mit Evita, die ihr tief in die Augen sah und die Finger fest auf ihre Schultern legte, sie tanzte mit einem älteren Mann, der sie mit den Händen am Rücken durch den Raum führte, sie tanzte mit Raphael, mit dem sie im Rhythmus des Liedes auf und ab sprang. Raphael und Clara tanzten alleine und doch zu zweit, immer berührten sich ihre Körper an einer einzigen Stelle, hielten so Kontakt: Die Fingerspitzen, die Hüfte, die Schultern, manchmal auch nur der Blick.

Sie tanzte mit ihm.

Sie tanzte mit sich selbst.

Als sie das erste Mal auf die Uhr sah, erschrak sie.

Schon nach zwölf! Und morgen um zehn musste sie in der Werkstatt arbeiten und alte Stühle in ihre einzelnen Latten zerlegen.

Das Licht war inzwischen noch dunkler gedimmt, der Raum ein wenig leerer, aber Bine tanzte mit geschlossenen Augen neben der Musikanlage. Ihre Füße waren nackt und berührten kaum das Parkett. Clara konnte sie jetzt nicht stören. Sie zog ihre Socken aus und hatte das Gefühl, den vibrierenden Boden plötzlich viel intensiver zu spüren, in Kontakt zu sein mit der Erde und allen Menschen, die auf derselben Erde standen.

Irgendwann fühlte sie eine sanfte Hand an der Schulter. Clara öffnete die Augen und blickte in Bines Gesicht.

Sie lächelte und nickte mit dem Kopf sanft im Takt der Musikklänge.

»Ich fahre jetzt«, sagte Bine und gähnte ausgiebig. »Ich bin müde, ich bin gesättigt und ich bin aufgeladen.«

»Alles klar. Meinst du, ich kann noch ein wenig hierbleiben?«

Sie sah hinüber zu Raphael, der alleine neben einem kleinen Zimmerbrunnen tanzte.

»Du kannst bleiben, solange du möchtest.«

Anni

Was malaysische Familie bedeutete, lernte Anni erst an Hari Raya.

Früh am Morgen wurden die drei Mädchen von ihren Gastfamilien abgeholt, jede verbrachte das Ende der muslimischen Fastenzeit und die Festwoche woanders. Ein wenig unbehaglich saß Anni die lange Fahrt weiter raus aufs Land auf dem Beifahrersitz des alten VWs und wusste nicht, was sie sagen sollte.

Ab und an grunzte der Mann am Steuer und rieb sich über den breiten Schnurrbart. Anni hatte zwar mit den anderen Freiwilligen vorbereitend einige Lektionen Bahasa gelernt, aber ihre Sprachkenntnisse waren eindeutig nicht ausreichend für eine gelungene Konversation. Sie versuchte es einige Male auf Englisch, allerdings lachte ihr Gastvater dann entschuldigend und zuckte mit den Schultern. Ab da schwieg Anni meist und schaute nach draußen.

Die lange Straße staubte unter den dicken Reifen, in der Ferne konnte sie dichte Wälder sehen und je weiter sie aufs Land fuhren, desto spärlicher reihten sich die Häuser aneinander. Die Landschaft zog an ihr vorbei und der Dreck wirbelte an ihrem Fenster nach oben.

Es war so anders. Anders als alles, was sie bisher erlebt hatte. Anders als das, was sie von Lotte, Clara und Marlene las, wenn sie es schaffte, ins Internetcafé zu gehen. Der Mann an ihrer Seite begann leise ein Lied zu singen und unwillkürlich stimmte Anni summend ein, was ihm ein zahnloses Lachen entlockte.

Nach einer langen Zeit auf der leeren Straße bogen sie in ein kleines Dorf ein. Anni sah auf ihr Handgelenk und bemerkte, dass ihre Armbanduhr noch neben der Dusche liegen musste. Wie ärgerlich! Andererseits konnte es eine weitere Herausforderung sein.

Einzelne Häuser säumten jetzt nach und nach den Weg und ihr Fahrer parkte direkt neben dem ersten. Mit einem rasselnden Geräusch würgte er den Motor ab und streckte den Zeigefinger aus.

»We here.«

Er sagte noch etwas in seinem stockenden Englisch, doch Anni verstand ihn nicht. Er lächelte und Anni erwiderte es.

Dann legte er sich eine Hand auf die Brust. »Bapa.« Dieses Wort kannte Anni sogar: Papa.

Sie stiegen aus und wieder schlug ihr die Hitze entgegen, die der Fahrtwind bis eben verborgen hatte. Das lange Kleid, das sie für ihren ersten Tag ausgesucht hatte, schleifte über den Boden und wallte ihr weit um die Beine.

Bapa hatte bereits ihre Reisetasche aus dem Kofferraum geholt, winkte ihr freundlich und deutete Richtung Haus. Anni folgte ihm.

Sie traten über eine kleine Terrasse in die Küche. Der Geruch von Knoblauch, warmem Gemüse und halbgarem Reis zog durch die Luft und verirrte sich in Annis Nase. Sie schnupperte vorsichtig und merkte erst jetzt, wie hungrig sie schon wieder war.

Vollkommen eingenommen von dem köstlichen Geruch starrte Anni zu den riesigen Kochtöpfen auf dem Herd, als eine kleine Frau auf sie zugestürmt kam und freudestrahlend mit beiden Händen die ihren umfasste.

»Willkommen«, sagte sie auf Englisch. »Willkommen, willkommen, wir haben uns schon so auf dich gefreut.« Sie trat zurück und winkte drei weitere Frauen heran, die das Gemüse, das sie gerade an dem großen Küchentisch schnitten, liegen ließen und Anni genauso herzlich begrüßten.

»Das ist Annika aus Deutschland«, sagte die erste Frau und um ihre Augen lag ein kleines Netz aus Lachfalten. Sie stopfte eine lose Strähne unter das blaue Kopftuch und stieß die anderen Frauen an. »Wir werden mit ihr Hari Raya feiern!«

Anni nickte allen zu. »Danke schön, dass ich für die Zeit hier wohnen darf«, sagte sie förmlich und die erste Frau winkte ab.

»Wir freuen uns über Gäste! Meine Töchter hier sind mit ihren Familien da und morgen wird mein Sohn anreisen. Wir sind viele Menschen! Wir mögen große Feste!« Sie rief ihrem Mann etwas auf Bahasa zu, dann wandte sie sich wieder an ihren Gast. »Mein Mann wird dein Gepäck nach oben bringen. Setz dich doch zu uns!«

Anni ließ sich von ihr an den Tisch führen, an dem noch zwei kleine Mädchen saßen und Knoblauch schälten.

»Kann ich helfen?«, fragte Anni und ließ sich auf einer Holzbank nieder. Die beiden jungen Frauen setzten sich zu ihr, eine hatte sich mit Jamuna vorgestellt, den Namen der anderen hatte Anni nicht behalten. Es war etwas Kompliziertes mit K gewesen.

»Wenn du möchtest, gerne«, meinte ihre Gastmutter und schob ihr ein Brett mit Messer und Knoblauch hin. Anni griff danach und begann die Knolle zu zerhacken. Sie dachte an ihre Knoblauchpresse in Deutschland.

Zwei kleine Jungen tobten in den Raum und warfen sich einen schlaffen Ball zu. Durch das Stimmengewirr der arbeitenden Frauen und das Zischen des Herdes herrschte ein ununterbrochener Lärmpegel, den Anni aus ihrer stillen WG nicht mehr gewohnt war. In einem anderen Raum lief ein Fernseher, wahrscheinlich nebenan, denn die Tür stand weit offen, sodass sie die Ecke einer Couch sehen konnte. Männerstimmen tönten von dort herüber und das ganze Haus schien vor Menschen, Gesprächen und Kindern zu beben.

»Möchtest du Süßigkeiten machen?«, fragte Jamuna nach einer Weile und deutete auf die Uhr über dem Herd. Es war kurz nach sechs. »Wir können erst später essen, wenn die Sonne untergegangen ist.«

Da erst fiel Anni wieder ein, dass noch immer Ramadan war, und als ihr Magen ein lautes Grummeln von sich gab, schämte sie sich fast ein wenig. Sie war hungrig, obwohl sie am Nachmittag jede Menge Fladenbrot mit einer süßen Paste gegessen hatte.

»Na klar!«, rief sie schnell, um das Geräusch zu übertönen, aber wahrscheinlich hörte man es in der ganzen Unruhe sowieso nicht.

Jamuna sagte etwas zu ihrer Mutter, die nur nickte und die beiden mit einer Handbewegung über die Terrasse nach draußen scheuchte.

Die gedämpfte Lautstärke tat gut und hinterließ ein sanftes Rauschen in Annis Ohren. Die Sonne senkte sich schon, aber untergegangen war sie noch nicht.

Jamuna legte sich eine Hand an den Magen, den Bruchteil einer Sekunde nur, aber sie sagte nichts.

»Komm!«, rief sie und zupfe an Annis Rock. »Komm mit!«

Anni verhedderte sich in dem zum Rock gebundenen Sarong, als sie versuchte, Jamuna in den Garten hinterherzurennen, und konnte sich gerade noch an ihrem Arm festklammern. Jamuna lachte und führte sie dann wie ein kleines Kind an der Hand mit sich.

Hinter dem Haus waren einige Steinfliesen verlegt, die beinahe so aussahen wie auf Annis Terrasse in Deutschland. Einige Kinder standen um einen großen Eisenkessel herum, in dem ein junger Mann mit einem Stab rührte. In der Mitte des Topfes klebte eine dickflüssige Masse und Anni sah, wie ihm der Schweiß herunterlief.

»Wir müssen die Bonbons rühren, bis sie zäh sind«, erklärte Jamuna und reichte Anni einen zweiten Holzstock. Sie nickte dem jungen Mann zu und er gab ihr den seinen. Dann ließ er sich schnaufend auf dem Boden nieder und wischte sich mit einem Lappen den Schweiß von Armen und Gesicht.

Als Anni den Stab eintauchte, verstand sie, wieso: Die klebrige Zuckermasse war beinahe hart und ließ sich nur mit viel Kraft umrühren. Immer wieder blieb sie darin stecken, sodass auch ihr nach wenigen Minuten die Schweißtropfen den Nacken hinunterliefen.

»Anstrengend, nicht?«

Vollkommen außer Puste konnte Anni als Antwort nur nicken. Einige Kinder beobachteten sie aus der Ferne und ein kleiner Junge kicherte. Der süße Geruch nach karamellisiertem Zucker haftete schwer in ihrem Haar und der Kleidung und die Hitze des Kessels trieb stoßweise zu ihr herüber.

»Wir wechseln uns den ganzen Tag ab«, schnaufte Jamuna und stieß heftig in den harten Brei, »niemand kann die Süßigkeiten stundenlang rühren.«

»Stundenlang?!«, keuchte Anni. Dann brach ihr Stock ab und blieb in dem heißen Zucker stecken.

Marlene

Es gab zwei Fragen, die Marlene sich wegen des Studienwechsels stellte. Die erste Frage war, was sie stattdessen machen sollte, und die war letztlich erstaunlich leicht zu beantworten. Sie wusste jetzt, wenn sie rein rational mit dem Kopf entschied, dann kam etwas wie Elektrotechnik dabei heraus. Ein Fach, das einfach nicht zu ihr passte.

Kein Elektrotechnik mehr. Und jetzt?, postete sie und setzte weitere verzweifelte Fragezeichen dahinter. Die Antwort kam prompt und zwar von Clara.

Na, Kunst natürlich, was sonst?

Marlene stutzte. Sie klickte sich durch die Werke von Claras Werkstattkindern. Kunst, Kunstlehrerin, Kunstpädagogin … ein bisschen neidisch war sie im Moment schon auf Claras FSJ. Kunst.

Anni, die nur unregelmäßig Internet hatte, schloss sich Claras Meinung wenige Tage später an: **Ist doch praktisch, dann musst du noch nicht einmal mehr die Lerngruppe wechseln.**

Nur Lotte hatte Bedenken, denen Marlene zwar zustimmte, sich aber trotzdem innerlich dagegen wehrte, denn die Worte hätten ebenso von ihrem Vater stammen können: **Kunst schön und gut: Aber was willst du damit werden? Und was sagt dein Vater dazu?**

Denn das war die zweite Frage. Wie sollte sie ihren Eltern erklären, dass sie zu Kunst wechseln wollte? Im optimistischsten Fall würden sie ihre Tochter nur auslachen. Und doch: Seit Clara so intuitiv geschrieben hatte, was Marlene dachte, sich aber nicht getraut hatte, selbst zu äußern, ging ihr der Gedanke nicht mehr aus dem Kopf.

Sie rief Christian an. Und Marlene bemerkte, wie er sich freute, ihre Stimme zu hören. Denn ohne dass es ihr aufgefallen war, war es inzwischen nicht mehr Marlene, die auf ein Lebenszeichen von Christian wartete und ständig auf ihr Handy blickte. Es war andersherum.

»Mach das!«, bestätigte Christian sie. »Wenn das heißt,

dass dadurch die Lerngruppe jeden Samstag wegfällt, mach das!«

Marlene war daraufhin sauer. »Ist das alles, was du dazu sagen willst? Denkst du wirklich *nur* an dich?«

Daraufhin wurde seine Stimme sanfter, das konnte sie sogar durchs Telefon vernehmen.

»Ich denke an *uns*«, raunte er. »Und ich weiß ja, wie gut und wie gerne du vor dem Abi immer gemalt und fotografiert hast.« Er stockte einen Moment. »Ich weiß zwar nicht, was du mit dieser brotlosen Kunst machen willst, aber wenn du dich wirklich dahinterklemmst, dann wirst du da auch etwas finden. Schließlich musst du dich mit deinem Fach wohlfühlen, es muss dich interessieren, und wenn du wirklich dafür brennst, brauchst du dir über das Danach erst mal keine Sorgen machen.« Bei diesen Worten schmolz sie dahin und wollte ihn am liebsten küssen.

Das tat sie dann auch, als sie sich am Freitagabend in den Zug setzte und bis Sonntagmorgen, ehe sie zur Kunstlerngruppe fuhr, in Frankfurt blieb.

Lotte

Die nächsten Wochen führte Lotte das Hofcafé beinahe allein. Sie merkte, dass Coosje deswegen ein schlechtes Gewissen hatte, und versuchte nicht so sehr zu zeigen, wie viel die zusätzliche Arbeit sie beanspruchte. Aber als das

Obst größtenteils geerntet war und es auch im Gemüsegarten kaum noch etwas zu tun gab, machte ihr die Arbeit im Café oftmals noch mehr Spaß als die im Garten oder bei den Tieren. Der Herbst war nun schon weit fortgeschritten, der Dezember brach an und das Café war dementsprechend spärlicher besucht als in den Sommerwochen. Das war gut. Denn so lernte Lotte nach und nach, wie sie die Arbeit dort bewältigen konnte. Und wie sie auf schnelles Niederländisch der Kunden antwortete.

Trotz allem brauchte sie Coosje beim Backen der Kuchen und Waffeln, die belegten Brötchen, Suppen und Eintöpfe schaffte sie auch allein. Meistens gab Coosje ihr Anweisungen beim Zusammenrühren des Teiges, während Lotte mit ihren beiden heilen Händen das Gesagte ausführte. Sie arbeiteten wie Kopf und Körper. Und es funktionierte. Obwohl Lotte sich wegen des Gedankens innerlich schalt, war sie nicht besonders unglücklich über Coosjes Unfall. Ohne den gebrochenen Arm hätte sie nie so viel im Hofcafé helfen können. Sie fühlte sich nützlich. Gebraucht. Sie lernte Menschen kennen, alte, junge und immer öfter kam Marten.

Marten studierte in Groningen und war Coosjes Neffe. An Lottes erstem Wochenende alleine im Café setzte er sich an einen der runden Tische und bestellte eine Waffel. Mit Kirschen. Ohne Eis, dafür mit braunem Zucker.

Überrascht, dass jemand Neues im Café bediente, erkundigte er sich nach Coosje. Und die nächsten Male, wenn er das Café besuchte, fragte er nach Lotte.

Dann setzte er sich zur Kuchentheke und während

Lotte Teller anrichtete und Geschirr spülte, unterhielten sie sich. Er mochte Filme und Theater, Shakespeare und Dublin. Er studierte Englisch und wollte nächstes Jahr in Irland ein Praktikum machen, natürlich am liebsten in der Hauptstadt.

»Dublin ist wie ein guter Freund«, sagte er einmal. »Du bist immer willkommen, triffst überall neue Leute und verläufst dich nicht, weil die unterschiedlichsten Viertel näher zusammenliegen als in London zwei Parallelstraßen.«

Vielleicht arbeitete Lotte noch lieber im Café, weil die Chance, dass sie ihn sah, nur hier bestand. Er half immer wie selbstverständlich mit, sobald er merkte, dass Lotte viel zu tun hatte, trocknete die Gläser, die sie aus dem Spülwasser holte, und berührte dabei kurz ihre Hände. Wenn sie Kuchen auf den Teller legte, sprühte er die Sahne darauf. Wenn sie Suppe in eine kleine Schale füllte, streute er Petersilie darüber. Dafür bekam er immer eine Waffel.

Lotte fand, er war zu selten da. Alle paar Wochen einmal am Wochenende. Er musste viel lernen. Aber jedes Mal freute sie sich und sie glaubte, er auch. Obwohl Coosjes Arm bald wieder gipsfrei war, blieb Lottes Hauptaufgabe im Hofcafé, während ihre Stiefmutter mehr im Garten arbeitete. Die Abwechslung täte ihr mal ganz gut, meinte Coosje, aber Lotte glaubte, dass sie ihr einen Gefallen tun wollte.

Einmal ließ Coosje beim Abendessen verlauten, wie sehr es sie wunderte, dass ihr Neffe in letzter Zeit so oft kam, denn sie hatte weder ihr Waffelrezept verändert noch verkaufte sie anderen Kuchen. Aber als sie sah, wie Lotte ihr hochrotes Gesicht senkte und fieberhaft in ihren Erbsen pickte, ließ sie das Thema fallen.

An diesem Abend buk sich Lotte spät noch eine Waffel und bereitete sie so zu, wie Marten sie am liebsten aß: mit Kirschen, ohne Eis, dafür mit einem Hauch Kandiszucker. Sie machte ein Foto für ihre Freundinnen und schrieb darunter: **Martens Lieblingsessen.** Am selben Abend kommentierten Clara und Marlene den Eintrag mit Fragen, Scherzen und noch mehr Fragen, auf die Lotte nur mit einem Smiley antwortete. Denn eigentlich konnte sie dazu selbst nichts sagen. Aber das machte nichts, denn träumen war schön.

Clara

Könnt ihr euch vorstellen, dass das ausschließlich Rohkost ist? Mehr Farbe, Frische und Form gibt es nirgendwo sonst!

Es war schwer, ein Foto für ihren nächsten Post auszusuchen. Sie hatte viele Bilder geschossen, als Raphael und sie Bines Geburtstagsparty gemeinsam besuchten.

Sie wohnte in einer kleinen Wohnung zusammen mit sechs anderen Erwachsenen und vier Kindern. Die Party war ziemlich speziell: Kleine Kinder wuselten zwischen den Beinen der Großen umher, spielten Fangen und lagen irgendwann todmüde mit roten Wangen und zerzausten Haaren in einem Berg von Kissen. Clara konnte nicht zuordnen, welches Kind zu welchen Eltern gehörte, und sie hatte den Eindruck, dass das auch alle anderen nicht wussten. Und dass es keine Wichtigkeit hatte.

»Ist eins der Kinder deins?«, fragte sie am nächsten Tag bei der Arbeit.

»Keines gehört mir, aber alle gehören zu mir und zu den anderen in der WG. Schließlich wohnen wir zusammen.«

So richtig schlau wurde sie aus dieser Antwort nicht. Und trotzdem hatte sie nicht das Gefühl, durch die Worte unbefriedigt zu sein. Es reichte. Und das überraschte Clara. Normalerweise wollte sie alles begreifen, bis ins letzte Detail erfassen und sich nicht mit Halbwissen zufriedengeben.

Im Laufe des Abends wurde wieder getanzt und Elvira sammelte um kurz vor zwölf alle Gäste zusammen, um gemeinsam einen Ton anzustimmen, der Bine in ihr neues Lebensjahr begleiten sollte. Die Kraft des Tonkreises war unglaublich gewesen. Alle Höhen und alle Tiefen vereinten sich zu einem einzigen kraftvollen Strom, und als sie geendet hatten, war es fast zwanzig nach zwölf und Bines Geburtstag schon nicht mehr ganz jung. Clara hätte schwören können, dass der Tonkreis nicht länger als fünf Minuten gedauert hatte.

Das Essen stand dem Potluck wenige Wochen zuvor in keinster Weise nach. Und eben deshalb hatte Clara die Bilder gemacht.

Sie entschied sich für ein Foto, das fast den ganzen beladenen Tisch zeigte und an Farbenpracht kaum zu überbieten war.

Wenige Minuten später erschien der erste Kommentar. Er war von Marlene.

Beeindruckend.

Das war alles. Und es sagte auch alles.

Clara biss in die winzige Topinambur, die sie in einer Tonschüssel neben dem Computer abgestellt hatte. Das kleine zapfenförmige Wurzelgemüse kannte sie aus dem Gemüsegärtchen neben der Bastelwerkstatt, und seitdem knabberte sie es bei jeder Gelegenheit, wenn die Gärtner ihnen eine frisch geerntete Fuhre brachten.

Sie schreckte auf, als plötzlich ihr Handy laut auf der Schreibtischplatte zu vibrieren begann. Die Topinambur rutschte in ihre Kehle, zeitgleich nahm sie das Gespräch an.

»Hallo?!«, hustete sie und hielt den Hörer weiter vom Mund weg.

»Hi, hier ist Raphael.«

»Oh, hallo.« Sie verschluckte sich noch einmal und spuckte das Gemüse auf die Schreibtischplatte.

»Wie gestaltet sich dein Freitagabend bisher?«

Clara sah sich in ihrem Zimmer um. Auf dem Schreibtisch stand noch ein geöffnetes Fläschchen grünen Nagellacks, den sie sich aus Langeweile auf die Fußnägel geschmiert hatte. Daneben ein Stapel angelesener Bücher, die sie bisher alle nicht beendet hatte, und zwei DVDs, von denen sie heute Abend überlegt hatte, eine zu gucken.

Aber erst nach dem Aufräumen ihres Zimmers. Die Klamotten stapelten sich auf dem Sofa und saugen sollte sie auch mal wieder. Es ging erstaunlich schnell, das anfangs so ordentliche Zimmer in ihr eigenes Chaos zu stürzen. Und obwohl in diesem Raum eine fremde Person lebte, die ihre Möbel, ihre Bilder und ihre Persönlichkeit überall verewigt hatte, war es ihr gelungen, sich ihr Reich doch schon ganz zu eigen zu machen.

»Ein bisschen eintönig, muss ich sagen.«

»Gegen was für ein Angebot muss ich mich durchsetzen, um dich zum Mitkommen zu bewegen?«

»Gegen den Staubsauger, den Putzlappen und den PC.«

»Ich biete eine Kneipe und eine Elektroswing-Party.«

»Zum Ersten, zum Zweiten, zum Dritten, du gewinnst.«

Die bunten Lichter tauchten die Tanzfläche in schummriges Licht, die Musik dröhnte über den Köpfen der tanzenden Menschen und Clara brauchte eine Pause. Ihr Körper schwitzte, ihr Herz schlug schnell und das Haar klebte ihr am Gesicht. Sie hielt sich die Hand vor den Mund, als würde sie einen Becher an die Lippen führen, und die drei Jungs, mit denen sie im Kreis stand, nickten.

Dann schlug Clara sich durchs Gewühl und stellte sich an die Bar. Das Mädchen im Petticoat dahinter hob fragend die Augenbrauen, während sie mit schneller Bewegung Sirup in ein Cocktailglas goss.

»Eine Mate bitte.« Das Getränk Berlins. Früher hatte

sich Clara über die hippen Leute in Marburg lustig gemacht, die ständig ihre Mateflasche in der Hand hielten, doch eigentlich schmeckte es lecker.

»Danke«, brüllte sie gegen die Swingklänge an und die roten Mundwinkel des Mädchens deuteten nach oben.

Clara suchte sich einen der raren Sessel in der Sitzecke und setzte die Flasche an den Mund. Wunderbar kühl rann die herb-süße Flüssigkeit durch ihre Kehle. Sofort verschwand das Pochen an den Schläfen und ihr Blick klärte sich. Sie hatte in der Kneipe eindeutig zu viel Bier getrunken, obwohl sie es eigentlich gar nicht mochte. Aber in Gesellschaft von drei Jungs gewann das Gefühl, dass Bier die absolut richtige Wahl war.

Ihre Knie wippten im Takt der Musik. Eigentlich hatte sie auch Elektromusik bisher gemieden, aber gemischt mit Swing gefiel es ihr ziemlich gut. Eine Hand legte sich von hinten um ihren Hals und Raphael ließ sich auf die Sessellehne plumpsen. Clara hielt ihm die Mate hin und er trank dankbar in durstigen Zügen.

»Wo sind die anderen?«, fragte Clara und gestikulierte wild, damit er sie wirklich verstand. Raphael deutete auf die Tanzfläche und lachte. »Die beiden kriegen nie genug!« Er schüttelte seine dunklen Locken und hielt sich das Hemd ein wenig vom Körper weg.

»Kommst du mit raus?«

Clara nickte und band ihr Haar zu einem unordentlichen Pferdeschwanz hoch. Dann folgte sie Raphael durch das Gewühl und hielt sich an seinem T-Shirt fest, um ihn nicht zu verlieren. Er roch gut, besser als die ganzen schwitzigen Menschen, die sie auf dem Weg nach draußen berührte.

Als sie es endlich geschafft hatten und unter dem dunklen Himmel standen, atmete sie tief durch.

»Wie Balsam in den Lungen«, säuselte sie und in ihren Ohren rauschte weiterhin die Musik.

»Ja, kalte Luft und kalte Mate.«

Er berührte sie am Rücken. »Macht Spaß mit dir«, sagte er.

Sie antwortete nichts und ließ die Worte so stehen. Mehr, weil sie nicht wusste, was sie sagen sollte. Die Hitze stand ihr im Gesicht und das lag nicht nur am stundenlangen Tanzen, dem Alkohol, dem vielen Lachen in der Kneipe und der Länge der Nacht.

»Du hast nette Freunde«, entgegnete sie und starrte hinauf zum Himmel. Es waren kaum Sterne zu sehen. Die Menschen um sie herum murmelten leise und es kam ihr vor, als stünde sie alleine mit Raphael vor den dicken Mauern des Klubs.

»Ja, sie sind toll. Und sie lieben es, tanzen zu gehen, das kann sehr verbinden.«

»Das stimmt.«

»Es ist aber eine andere Verbindung als zu dir …«

Genau im richtigen Moment platzten Niko und Felix zwischen sie und rissen sie fast unsanft auseinander.

»Die Musik, der Beat: Wahnsinn!«, rief Felix und bot ihnen seine Bierflasche an. Clara lehnte dankend ab, aber Niko nahm einen Schluck und fügte hinzu: »Es war lange nicht mehr so gut hier. Muss an Clara liegen.«

Sie grinste. Man merkte beiden ihre leichte Betrunkenheit an. Und das um fünf Uhr morgens. Aber sie fühlte sich wohl. Sehr wohl. Und es gefiel ihr, als einziges Mädchen in der Gruppe unterwegs zu sein. Das war irgendwie entspannt.

Sie gähnte ausgiebig.

»Nicht schlappmachen«, rief Niko, griff nach ihrer Hand und wirbelte sie im Kreis.

»Es ist ja noch nicht einmal hell.«

»Mindestens eine Runde geht noch«, lachte Felix und schob alle drei zum Eingang.

Clara sah auf die Uhr. Dann zog sie das Band vom Handgelenk, steckte es in die Hosentasche und stürzte den anderen durch die Tür hinterher, hinein in die stickige Luft und die mitreißende Musik.

Anni

Nach einer Woche in der Familie hatte Anni das Gefühl, in ihrem Leben noch nie so viel gegessen zu haben. Die letzten drei Tage des Ramadan hatte sie sich am Fasten versucht und bis auf ein Glas Wasser in der Nachmittagshitze auch durchgehalten. Doch fast genauso anstrengend war die Zeit des Schlemmens danach.

Nachdem auch ihre anderen Gastgeschwister mit ihren Familien angereist waren, wohnten in dem Haus über die Feiertage etwa dreißig Menschen, die lärmten, lachten und feierten. Anni erlebte das Fest wie im Rausch. Jeden Tag wurde mehr Essen aufgetischt, als eine dreißigköpfige Familie essen konnte. Es gab Süßes, Salziges, Fettiges, Fleischiges, Scharfes und allem voran gab es viele Gäste.

»Das heißt Open House«, erklärte Jamuna, als sie das erste Mal zu den Nachbarn gingen, deren Türen weit geöffnet waren und aus deren Haus der Lärm bis auf die Straße drang.

»Wir laden uns gegenseitig ein und dann essen und feiern wir zusammen das Ende der Fastenzeit.« Und das bedeutete, dass Anni nicht nur mehr Knoblauchzehen schälte als in den beinahe zwanzig Jahren ihres ganzen Lebens, sondern dass sie an manchen Tagen locker auf zehn Mahlzeiten kam. Denn ablehnen, das ging nicht. Egal wie übel ihr war.

Glücklicherweise war sie die meiste Zeit mit Jamuna zusammen, denn Jamuna gehörte zu den wenigen, die gut Englisch sprachen. Als Anni sie fragte, wie alt sie sei, war ihre Antwort: »Ich heirate bald.« Mehr sagte sie nicht.

Ein internationales Wort, das Anni jedes Mal verstand, war *Foto*. Und es war auch eines der wichtigsten. Als Anni bei dem ersten Open House gefragt wurde, ob die Familie ein Foto mit ihr machen durfte, hatte sie sich in ihrer traditionellen Juba dazugestellt und ihr Fotolächeln aufgesetzt, das sie selbst so hasste. Später fragte sie, ob sie das Foto per E-Mail bekommen konnte, schließlich würde es sich gut auf dem Blog machen. Sie wollte ihren Freundinnen zeigen, wie ein rauschendes Hari-Raya-Fest aussah. In diesem Moment wusste sie noch nicht, dass sie in den folgenden Tagen im Minutentakt gefragt werden würde, ob sie sich mit aufs Bild stellte. Eine kleine Erinnerung an das schöne Fest. Und das jeden Tag, immer und überall.

Wenn Anni abends auf das Gästebett neben Jamuna fiel, wusste sie selbst nicht, was ihr mehr wehtat: ihr maßlos überspannter Bauch oder ihre krampfhaft nach oben zeigenden Mundwinkel. Dann pellte sie sich aus dem grünen Gewand, deren Farbton die ganze Familie einheitlich über die Feiertage trug, und dachte an das leckere Essen und die vielen neugierigen Menschen, die ihr Bonbons und – zu ihrer großen Verlegenheit – Geld geschenkt hatten. Und an deren Namen sie sich im Rausch der vielen Stimmen nicht erinnern konnte.

Der Abschied von der Familie war tränenreich. Viele Leute standen um das Auto herum und wollten unbedingt noch Abschiedsfotos mit Anni machen, während ihre Gastmutter ihr feuchte Küsse auf die Wange drückte und ihr in schlechtem Englisch das Versprechen abnahm, sie wieder zu besuchen. Anni nickte. Ihr Hals war eng, besonders als sie sich von Jamuna verabschiedete. In den letzten Tagen war die junge Frau ihr eine große Hilfe gewesen.

»Du kommst noch mal?«, fragte Jamuna und drückte ihre Hände.

»Foto!«, rief ihr Gastvater und ein letztes Mal stellte sich die Familie vor dem Auto auf, die Reisetasche vor Annis Füßen, das ewige Lächeln auf den Lippen.

Noch immer gerührt von der unglaublichen Gastfreundschaft stieg Anni auf den Beifahrersitz und winkte.

Als sie nach mehreren Minuten noch immer nicht losgefahren waren, wunderte sie sich ein wenig.

»We wait.«

Nach beinahe einer Viertelstunde kam eine Gestalt die Straße herauf. Blaues T-Shirt und Shorts, eine Reisetasche über der Schulter und ein strahlendes Grinsen im Gesicht.

»Eric!«, rief Anni, als sie ihn erkannte, und sprang aus dem Auto. Sie lief zu ihm hinüber und starrte ihn perplex an. »Was machst du denn hier?!«

Er grinste. »Ich habe hier Hari Raya gefeiert.«

»Hier? In dem Dorf?!«

Anni merkte nicht, wie ihre Gastfamilie sie beobachtete und die Kinder wieder kicherten.

»Ich hab dich sogar bei einem Open House gesehen. Aber jedes Mal, wenn ich zu dir gehen wollte, hat mich jemand zu sich gerissen, um ein Foto zu machen. Und dann warst du irgendwann einfach weg.«

Jetzt grinste auch Anni und ihre Sommersprossen verzogen sich auf der kleinen Nase.

»Glaub mir, niemand versteht dich besser als ich. Ich verzeihe dir diese Unhöflichkeit.«

Eric verbeugte sich galant. »Ich danke dir.«

»We go«, schaltete sich jetzt Bapa ein und warf einen Blick gen Himmel, an dem in der Mittagshitze gleißend hell die Sonne stand.

»Kommst du mit uns?«, fragte Anni. Sie band mit einem Gummi das blonde Haar zusammen und stieg wieder ein.

»Das Auto meiner Gastfamilie ist kaputt, du wirst für die Fahrt wohl mit mir als Passagier vorlieb nehmen müssen.«

Anni lehnte sich aus dem geöffneten Fenster. »Solange ich vorne sitzen kann: gern!«

Marlene

Eine weitere Hürde, über die Marlene im ersten Moment nicht nachgedacht hatte, war die Aufnahmeprüfung für das Studium *Bildende Kunst*. Wie hatte sie nur so naiv sein können? Bei Elektrotechnik hatte sie sich nur einschreiben müssen, nicht mehr. Bei Kunst gab es die Prüfung und die Mappe.

Als Marlene sich die Internetseite der Kunsthochschule Kassel durchlas, war sie sofort entmutigt.

»Na toll«, murmelte sie und kramte in der Schreibtischschublade in ihren geheimen Schokoladenvorräten. Vollmilch-Nuss. Na bitte.

Sie riss das Silberpapier von der Tafel und biss hinein, wie in eine Scheibe Brot. Sie stöhnte. »Das schaffe ich doch nie!«

Zwanzig Arbeiten musste sie in ihrer Mappe präsentieren, zwanzig Zeichnungen, Fotos, Bilder, Skulpturen oder Ideen, die sie selbst repräsentieren sollten. Zeigen sollten, wer sie war, wie sie dachte und wie sie ihre Umgebung empfand und all das in Kunst umsetzte.

Sie rammte ihre Zähne noch einmal in die Schokolade, dann verbannte sie den kläglichen Rest wieder in die Schublade. Natürlich hatte sie noch einige Bilder aus der Malschule, auch Plastiken und eine Fotoserie waren dabei. Aber meist war die grobe Richtung dieser entstandenen Werke durch den Kurs vorgegeben gewesen. Nicht gerade das, was Marlene sich unter der individuellen Entfaltung vorstellte, die ihre Mappe ausdrücken sollte. Sie schluckte.

Es war wirklich keine gute Idee mit dem Kunststudium. Eigentlich war es sogar ein richtig schlechter Einfall gewesen. In der Lerngruppe erfuhr sie immer nur die schönen Seiten des Studienganges: die Unterhaltungen, die interessanten Leute, die praktischen Arbeiten, das theoretische Lernen und das Philosophieren über Kunst. Von Prüfungen, Klausuren und gescheiterten Aufnahmetests war bisher nie die Rede gewesen.

Marlene blickte auf die Uhr. Zehn vor drei, sie musste los!

Sie klappte den Laptop zu und wickelte sich einen dicken Schal um den Hals, griff nach ihrem Mantel und hastete aus dem Wohnheim.

Sie kam zu spät zum Kunsttreffen, aber das war nicht weiter schlimm. Da Sonntag war, schienen manche noch etwas verkatert und müde zu sein und nicht wenige kamen erst nach ihr in das kleine Café. Und doch war es Marlene immer unangenehm, zu spät zu sein.

Sie setzte sich mit ihrem Kaffee und einem Stück Schokoladentorte zu dem tätowierten Mädchen, Linda, neben der sie auch das erste Mal gesessen hatte.

Die Gespräche flossen bereits um den Tisch und deswegen fiel es Marlene diesmal auch nicht schwer, Linda anzusprechen.

»Sag mal«, meinte sie leise, damit es nicht gleich jeder mitbekam. Sie wusste schließlich nicht, ob sie lachen würden. »Ich glaube, ich möchte auch Kunst studieren. Aber ich hab wirklich Angst wegen der Prüfung. Kannst du mir verraten, was da passiert und was ich am besten in meiner Mappe mitbringe?«

Linda drehte sich zu ihr um. Sie hatte die Lippen knallrot geschminkt und die kleine Kirsche hinter dem rechten Ohr war neu.

»Das ist viel weniger schlimm, als du denkst, wenn du einfach du selbst bleibst!«, meinte sie und schlürfte heißen Cappuccino aus der großen Tasse. »Zuerst ist es wichtig, dass du dich zur Prüfung anmeldest. Das geht nur bis April, ansonsten musst du ein ganzes Semester warten, ehe du es wieder versuchen kannst. Dann bringst du deine Mappe mit und du wirst dich mit den Professoren darüber unterhalten. Keine Sorge, das ist keine Prüfung, wie du es dir vorstellst. Vielmehr ist es ein Gespräch, um dich und deine Arbeiten kennenzulernen und genau so musst du es sehen!«

Linda stellte ihren Cappuccino ab und kramte in ihrer Tasche nach einem kleinen Notizbuch. Marlene war froh, dass sie nicht wegen ihres eigentlichen Studiums nachfragte. Sie hatte keine Lust, zu erläutern, wieso sie wechseln wollte.

Linda schob ihr das Buch zu. Eine Telefonnummer war mit Kajal auf eine der ersten Seiten gekritzelt worden.

»Schreib dir die ab«, meinte Linda, »da kannst du anrufen und einen Termin zur Mappenberatung machen.« Bei dem Wort Mappenberatung verstummten einige der Gespräche und es wandten sich ihnen mehrere Gesichter zu. Jetzt wurde Marlene doch etwas rot.

»Hast du denn schon fertige Werke?«, fragte Linda und reichte Marlene einen Stift.

»Na ja«, entgegnete sie und notierte sich die Nummer auf eine Serviette. Ihren Kalender hatte sie in der Eile natürlich vergessen. »Ich war mal in der Malschule und habe da noch einige Arbeiten.«

»Perfekt«, rief Linda und klatschte in die Hände. Spätestens jetzt hatten sie die Aufmerksamkeit des ganzen Tisches.

»Aber kann ich davon denn etwas einreichen? Muss das nicht viel aktueller und ausschließlich meine eigene Idee sein?«, fragte Marlene zweifelnd und strich sich eine lästige dunkle Haarsträhne aus dem Gesicht.

»Ach Quatsch«, meldete sich ein Junge ihr gegenüber zu Wort. Hätte sie sein Alter schätzen müssen, hätte sie auf vierzehn getippt. »Ich habe letztes Jahr auch einige Schulprojekte dazugepackt, das war gar kein Problem.«

Jetzt erzählten auch die anderen ihre Geschichten, beschrieben, wie sie ihre Mappen zusammengestellt und wie ihre Prüfungen damals gelaufen waren.

»Bring doch nächste Woche einfach mal ein paar deiner Projekte mit«, schlug Linda vor, »dann können wir alle zusammen einen Blick darauf werfen und darüber sprechen.«

Als Marlene später in der Dunkelheit das Café verließ, war sie dankbar, nachgefragt zu haben. Und irgendwie erleichtert.

Sie schrieb ihrem Bruder eine E-Mail und bat ihn, ihre alten Malschulergebnisse herauszusuchen und ihr zu schicken. Die angebissene Schokolade in ihrem Schreibtisch schmiss sie angewidert weg und klebte stattdessen ein Schild an die Schublade.

Kunstideen und Kreativkram schrieb sie darauf und legte die wenigen Bilder, die sie hier im Wohnheim hatte, hinein.

Lotte

Einen Abend vor dem 5. Dezember fiel Lotte siedend heiß ein, dass morgen Sinterklaas war. Natürlich hatten Luuk und Roos die letzten Tage von kaum etwas anderem geredet, aber irgendwie hatte sie mit dem Backen unterschiedlicher Plätzchen, die tütenweise im Hofladen verkauft werden sollten, so viel zu tun gehabt, dass sie vergessen hatte, etwas für die beiden zu besorgen.

Zu ihr selbst war Sinterklaas nur gekommen, bis ihr Vater gegangen war. Ihre Mutter wollte damit nichts zu tun haben. In den Niederlanden feierten die Familien Weihnachten nämlich nicht mit Geschenken, die brachte am 5. Dezember Sinterklaas, was den Tag für die Kinder natürlich zum größten Feiertag machte. An Weihnachten traf man sich mit der Familie, aß zusammen, aber Geschenke gab es traditionell keine.

»Langweilig«, sagte Roos naserümpfend dazu, als Lotte fragte, was sie sich zu Weihnachten wünsche. »Geschenke gibt's doch nur am Geburtstag und an Sinterklaas. Da kommt Sinterklaas mit seinem Freund Zwarte Pit und füllt unsere Stiefel.«

Erst da war Lotte eingefallen, wie sie als ganz kleines Kind den 5. Dezember gefeiert hatte.

Und jetzt saß sie oben in ihrem Dachzimmer, klickte Annis letzte Einträge durch, auf denen sie in flatternder Pluderhose mit kleinen Kindern spielte, und hatte keine Geschenke.

Sie klappte ihren Laptop zu und betrachtete ihren Schreibtisch. Kleidung, Fotos, Bücher und Rezepte verteilten sich über der Platte. Sie musste wirklich mal aufräumen!

Es klopfte zaghaft an der Luke über der Leiter und Lotte fuhr herum. Um die Uhrzeit erwartete sie niemanden mehr hier oben.

Vorsichtig erschien Roos' Gesicht, die mit großer Anstrengung die Luke hochstemmte. Schnell kam Lotte ihr zu Hilfe und hob sie von den Sprossen ins Zimmer.

»Was machst du denn hier, Roos?«, fragte sie und setzte die Kleine in ihrem zu großen Nachthemd auf ihr Bett. »Jan hat dich doch schon ins Bett gebracht, oder?«

Roos nickte. »Ja.«

Lotte ließ sich neben ihr nieder und zog ihre Schwester auf den Schoß. »Kannst du nicht schlafen?«

Roos schüttelte den Kopf. »Ich bin müde. Aber ich denke nach.«

Lotte legte die Arme um Roos. Das Problem kannte sie. »Worüber denn?«

»Na darüber, ob große Leute mehr Geschenke in ihren Schuhen haben, weil da ja viel mehr Platz drin ist.«

Lotte lachte kurz auf. »Ich glaube nicht«, sagte sie und streichelte Roos' Rücken.

Die sah sie zweifelnd an. »Und wenn doch?«

Sie sprang auf und lief zu Lottes Kommode, neben der unordentlich die Schuhe auf einen Haufen geworfen lagen. Sie wühlte einen Moment herum und griff dann nach einem grünen Gummistiefel.

»Kann ich mir den leihen? Nur für heute Nacht!« Bittend sah sie Lotte an und trat von einem nackten Fuß auf den anderen.

»Klar, wenn du glaubst, dass Sinterklaas dir dann mehr Geschenke bringt.«

Roos packte sich den Schuh, der in ihren Armen übermäßig groß wirkte, und wollte sich an den Treppenabstieg machen, doch Lotte hielt sie zurück.

»Du kletterst und ich bringe den Schuh runter. Du musst dich doch gut festhalten!«

Roos überlegte, dann nickte sie. »Gut. Wollen wir Luuk den anderen Stiefel hinstellen?«

Lotte griff sich den zweiten und wartete, bis Roos heil unten angekommen war, ehe sie selbst die Sprossen betrat und sich mit den Zehen festkrallte. Dann stellten sie gemeinsam die Schuhe vor die Türen der Kinderzimmer und Roos wischte mit einem Tuch darüber, damit sie für Sinterklaas auch sauber genug waren. Als Lotte schon wieder nach oben gestiegen war, hörte sie noch einmal Roos' Stimme am Fuß der Stufen.

»Lotte, bei dir steht noch gar kein Schuh!«, rief sie ein wenig vorwurfsvoll. »Willst du etwa nichts bekommen?« Sie winkte Lotte und meinte: »Wirf mir einfach einen runter, dann stelle ich ihn hier unten an die Leiter. Bestimmt versteht Sinterklaas, dass du nur eine Luke hast und keine richtige Tür. Er bringt nämlich allen Geschenke, die einen Stiefel hinstellen, weißt du?«

In der Nacht suchte Lotte noch in der Küche nach zwei kleinen Döschen, malte sie an und klebte verschiedene Muscheln und Knöpfe darauf, die sich im Haus fanden. Dann legte sie für Roos eine ihrer eigenen Ketten hinein und für Luuk ein kleines Spielzeugauto, das Anni ihr zum Spaß mal mit Stickern beklebt geschenkt hatte. Dann warf sie noch einen Blick auf den Blog, wo Clara Bilder von herrlich zubereitetem Gemüse gepostet hatte.

Lotte beantwortete den Beitrag prompt: Natürlich glaub ich, dass das Rohkost ist. Ich ernte das Zeug.

Sie gähnte ausgiebig und ließ sich dann in ihre Kissen fallen.

In ihrem eigenen Schuh fand sie am nächsten Morgen einen bunten Schal, ein Backbuch und Unmengen an Schokolade. Zuerst übersah sie das kleine Kästchen, das sich in die Schuhspitze verirrt hatte und auf das Jan einen Zettel geklebt hatte: *Damit du etwas von deiner Großmutter hast, die du nie kennenlernen konntest.*

Darin befand sich eine Brosche, das Silber war angelaufen, aber die kleine Perle in der Mitte der Blüte schimmerte trotz ihres Alters wie frisch vom Salzwasser poliert.

Clara

»Sag mal, hast du dir schon Gedanken über dein eigenverantwortliches Projekt gemacht?«

»Mein eigenverantwortliches Projekt?«

Clara rieb sich eine dicke Schicht Kleister von den Händen und fischte einige Zeitungsstreifen aus dem großen Waschwasser. Sie schrie auf, als Miri mit ihren Händen laut lachend darin herumplanschte und ihr die milchige Brühe ins Gesicht spritzte.

»Ja, deine eigene Vision, deine Idee, dein Traum.«

Bine stellte vorsichtig die Pappmaschee-Köpfe zum Trocknen an die Seite, die von den Kindern heute gebastelt wurden.

»Die Werkstatt hat ein bestimmtes Budget, das sie den FSJ-lern jedes Jahr für ein eigenes Projekt zur Verfügung stellt.«

»Das klingt gut.«

Bei dem Seminartag, den Clara kürzlich zusammen mit anderen Freiwilligen erlebt hatte, war das durchaus bei vielen ein Thema gewesen. Trotzdem wusste sie bisher nicht, dass für sie selbst auch die Möglichkeit bestand.

Bine knöpfte ihre Latzhose etwas enger und schob den schwarzen Eimer mit dem restlichen Kleister in die Ecke.

»Also im weitesten Sinne sollte es schon etwas mit der Werkstatt und dem ganzen Geländeprojekt zu tun haben, aber du bist tatsächlich ziemlich frei in deiner Wahl.«

Clara schob Miri vorsichtig die klitschnassen Ärmel hoch und ließ das Wasser ab. Die Sonne schien mit ihren letzten Strahlen sanft durch das Holz der Bretterhütte und es wurde langsam dunkel. Die Kälte des sich neigenden Jahres hatte Einzug gehalten und Clara spürte das deutlich: Wenn sie am Abend endlich zu Hause in ihrer WG ankam, war der Himmel bereits dunkelblau gefärbt. Einerseits war es schade, denn so kam sie außerhalb der Arbeitszeit unter der Woche selten raus, andererseits war es auch ganz gemütlich, zusammen mit Marcello, Daniel und Thea in der Küche Tee zu trinken oder ab und zu etwas zu kochen. Es war ein bisschen schade, dass sie so selten da war. Die anderen waren Studenten und verbrachten entsprechend mehr Zeit zu Hause als Clara mit ihrer Vierzig-Stunden-Woche. Bisher hatte sie einmal mit

Thea eine Ausstellung besucht und war mit Daniel auf dem Flohmarkt gewesen. Und trotzdem gefiel ihr das Leben hier. Die Mischung aus zusammen und doch allein war das richtige Maß an Gesellschaft, das sie in ihrer Eigenständigkeit brauchte. Ab und zu telefonierte sie mit ihren Eltern. Aber sie hatte kein Bedürfnis, ihre Familie zu besuchen.

»Komm, Miri, hier ist Seife«, sagte sie und wusch der Kleinen die klebrigen Hände.

Plötzlich polterte es und der Besen neben der Eingangstür fiel krachend auf einen der Werktische.

»Oh Entschuldigung, ich bin mal wieder viel zu spät, die Arbeit, das Kind, das Restaurant … ich weiß gar nicht, wo mir mein Kopf steht, die ganzen Aufgaben, tut mir schrecklich leid, das nächste Mal bin ich sicher pünktlich …«

Mit hochroten Wangen stand Miris Mutter in der Tür und drehte nervös ihre Armbanduhr am Handgelenk. Anfangs hatte es Clara nichts ausgemacht, länger auf Miri aufzupassen. Inzwischen wünschte sie mittwochs oft, einfach früher gehen zu können.

»Ja, ich weiß«, sagte sie und führte Miri an der Hand zu ihrer Mutter.

»Hallo, Mama«, sagte sie und hielt sich weiter an Claras Fingern fest. Fast widerwillig ließ sie sich von der Frau hochheben und winkte.

»Miri ist so gerne hier!«, betonte diese wie jede Woche und kniff ihre Tochter in die Wange.

»Bis bald«, lispelte Miri und schon war ihre Mutter

mit dem Mädchen auf dem Arm aus dem Türrahmen gestolpert.

»Oh Mann!« Clara stöhnte auf und warf Bine einen genervten Blick zu. »Wird sich das denn nie ändern?«

Das Glöckchen in Bines Dreads bimmelte leise, als sie den Kopf schüttelte. »Nicht solange sie nicht versteht, dass sie mehr Zeit hat, wenn sie weniger hetzt.« Sie sah auf die Uhr. »Apropos Zeit: Geh doch nach Hause, ich räume den Rest schon alleine auf.«

»Sicher?«

»Sonst hätte ich es nicht angeboten. Denk lieber über dein eigenes Projekt nach, wenn du willst. Frei denken macht frei.«

Anni

Das erste Weihnachtsfest ohne ihre Familie war für Anni seltsam und zugleich mehr als unspektakulär. Es war ein Tag wie jeder andere Tag im malaysischen Jahr. Besonders der Kontrast zwischen dem hinduistischen Lichterfest Deepavali, das erst vor wenigen Tagen zu Ende gegangen war, und ihrem kleinen Weihnachtsessen mit der Freiwilligenorganisation war erstaunlich. Dieses Mal war Anni in einer indischstämmigen Gastfamilie gewesen und hatte sich wie eine Prinzessin gefühlt: Keinen Handgriff hatte sie tun dürfen, stattdessen wurde ihr das

Haar frisiert und filigrane Blumenranken mit Henna auf die Arme gemalt.

Auch dieses Mal hatte sie an einem Tag mehr gegessen als in Deutschland an drei Weihnachtsfesten zusammen, aber immerhin verlangte diesmal niemand nach Fotos im Minutentakt.

Ein wenig Weihnachtspost kam aber doch in der WG an und Silva begann zu kreischen, als sie ein Paket mit einer Markenhandtasche auspackte, die sie unterm Bett versteckte und die damit ziemlich nutzlos war. Lediglich auf dem Nachtmarkt würde sie wohl manchmal an ihrem Arm baumeln. Aber immerhin schaffte das Stück es, ein Leuchten hinter ihre Brillengläser zu zaubern.

Marlene

Im Dezember kam Christian sie zwei Mal besuchen und brachte ihr sogar einen selbst gebastelten Adventskalender mit. Er gab es nicht gerne zu, aber Christian war ein leidenschaftlicher Bäcker. Er experimentierte mit Herzblut und obwohl Marlene oft protestierte, stand sie ihm doch immer wieder freudig als Versuchsperson zur Verfügung.

Diesmal hatte er vierundzwanzig kleine Säckchen mit selbst gemachten Weihnachtskeksen und neu kreierten Rezeptideen gefüllt und ihr an einem langen Band ins Zimmer gehängt.

Sooree war richtig neidisch gewesen. Mit gerümpfter Nase meinte sie kurz vor Weihnachten: »Mike hat es gerade mal geschafft, mir einen billigen Schokokalender zu schicken. Und das am 14. Dezember«, als Marlene sich für die Feiertage von ihrer Freundin verabschiedete.

»Frohes Fest«, rief sie winkend, ehe sie mit ihrem Rucksack das Wohnheim verließ und zum Bahnhof fuhr. Soorees koreanische Eltern feierten kein Weihnachten, deswegen würde Sooree zu Mike und seiner Familie fahren. Aber erst morgen.

Marlenes Zug hatte einen technischen Defekt, sodass sie nachmittags anstatt wie geplant um zwölf erst um drei Uhr ankam. Vollkommen müde und ausgehungert wurde sie von ihrem Bruder aufgegabelt, der ihr lachend die Tasche abnahm und ihr durchs lange Haar strubbelte.

»Lass das!«, rief sie. Er war zwar zwei Jahre jünger, aber trotzdem beinahe zwei Köpfe größer.

Der Himmel war bewölkt und Lukas fluchte, als er den gelben Zettel unterm Scheibenwischer fand.

»Ich stand nur zehn Minuten hier, nur zehn Minuten! Das ist schon mein zweiter Strafzettel diese Woche!« Wütend riss er die Autotür auf und stieg ein.

»Wie wäre es, in Zukunft Parkscheine zu ziehen?«, schlug Marlene ironisch vor und Lukas würdigte diesen Kommentar keiner Antwort.

Er fuhr noch etwas holprig, aber dafür, dass er gerade erst seinen Führerschein bestanden hatte, schon ganz gut.

»Lukas?«, begann Marlene auf dem Weg nach Hause und knetete ihre Mütze in den Händen. Sie hatte sich noch nicht getraut, ihrer Familie etwas von ihren neuen Plänen zu erzählen. Verdrängen, Problemen aus dem Weg gehen, verschweigen und hoffen, dass sie damit durchkam. Das war seit Jahren ihre Taktik, auch wenn sie sich für diesen Charakterzug schämte. Ein sanfter Nieselregen fiel und die Weihnachtsbeleuchtung an den Häusern wirkte in Anbetracht des Wetters unpassend und übertrieben.

Lukas brummte anstelle einer Antwort. Er ärgerte sich noch immer über den Strafzettel.

»Meinst du, Papa ist sehr sauer, wenn ich ein neues Studium anfange, etwas, das mir mehr Spaß machen wird und in dem ich besser sein kann?«

Lukas blickte überrascht zu ihr herüber, sah dann aber gleich wieder konzentriert auf die Straße und hielt das Lenkrad fahrschulgerecht mit beiden Händen fest umklammert.

»Kommt darauf an, was du stattdessen machen willst.«

»Kunst.«

»Oh.«

Lotte

Das Erste, was ihre Mutter bemerkte, als das Taxi am Mittag des 25. Dezembers auf den Hof rollte, war die Brosche, die Lotte an Sinterklaas geschenkt bekommen hatte.

Sie drückte ihre Tochter an sich und die zarten Silberblüten blieben an ihrer eigenen Bluse hängen.

»Wo hast du die denn her?«, fragte Karin und Lotte bemerkte die Spannung in ihrer Stimme. Das Deutsch klang ungewohnt in ihren Ohren.

»Hat Jan mir geschenkt. Gehörte meiner Großmutter.« Sie sah, wie Karin schluckte. Ihre Mutter war fast einen ganzen Kopf kleiner als Lotte und sah auf dem winterlich kahlen Hof, der mit einer dünnen weißen Schicht bedeckt war, ein wenig verloren und deplatziert aus.

Der Taxifahrer holte die Reisetasche aus dem Kofferraum und dann rollte das Auto langsam vom Hof. Karin sah ihm nach, fast ein wenig sehnsüchtig. Dann wandte sie sich wieder ihrer Tochter zu.

»Wie schön, dich zu sehen, wie geht es dir? Du lässt ja so wenig von dir hören.«

Lottes Miene versteinerte. War das schon der erste Vorwurf?

»Komm doch erst mal rein.« Der Schnee fiel in feinen Flocken und verfing sich in Lottes Haar, an Karins glatten Strähnen glitt er herab.

Coosje und Jan waren so taktvoll gewesen, Lotte zunächst mit ihrer Mutter allein zu lassen. Die Situation war befremdlich genug. Wie oft hatten Karin und Jan sich in den vergangenen fünfzehn Jahren gesehen? Vielleicht drei Mal einen kurzen Moment, in dem die kleine Lotte von einem zum anderen gereicht wurde? Und jetzt direkt Weihnachten. Luuk und Roos kannte sie noch gar nicht.

Als sie gemeinsam das Haus betraten, war die Begrüßung herzlich. Das lag an Coosje. Sie reichte Karin sofort die Hand und bat sie fröhlich lächelnd in die Wohnung. Während Jan etwas unbeholfen die Reisetasche in das Gästezimmer neben dem Treppenaufgang brachte, führte Coosje Karin in das mit der Küche verbundene Wohnzimmer, sodass der Duft des frischen Hühnchens aus dem Backofen bereits verlockend durchs ganze Haus zog. Für Lotte würde es einen gebackenen Schafskäse geben.

Karin ließ sich unsicher lächelnd auf dem großen Sofa nieder, das vom Bezug nicht ganz zu den beiden Sesseln passte. Sie legte ihre Handtasche auf dem Couchtisch ab und Coosje griff sofort nach ihrem Mantel, um ihn an der Garderobe aufzuhängen.

Etwas schüchtern saßen Luuk und Roos an dem Esstisch, der neben der Sofaecke vor den großen Fenstern stand. Sie sprangen auf und Roos reichte der fremden Frau die Hand, während Luuk sich hinter seiner Schwester versteckte.

»War die Reise gut?«, fragte Coosje in etwas holprigem Deutsch, denn Karin selbst sprach kaum Niederländisch. Verwundert schaute Roos ihre Mutter an. Karin gab sich Mühe, deutlich zu reden und erzählte von einer angenehmen, fast ereignislosen Reise. Nach einigen Minuten eher belanglosen Gespräches, musste Coosje in die Küche, um das Huhn aus dem Ofen zu holen.

Ob es Emma war, wusste Lotte nicht und sie fragte auch nicht danach.

Dann trat Jan ein.

Die Spannung, die zwischen ihren Eltern bestand, war fast greifbar, als Jan sich sehr langsam, wie es Lotte vorkam, auf das Sofa setzte. Sie hatten sich nicht im Guten getrennt, damals, vor so vielen Jahren.

»Karin. Wir haben uns lange nicht gesehen.« Wie selbstverständlich sprach Jan Deutsch und Lotte fand, dass es noch immer gut klang.

Karin räusperte sich verlegen und verschränkte die Hände im Schoß. »Ja«, sagte sie und brachte ein kleines Lächeln zustande. »Danke, dass ich herkommen durfte.«

Lotte drückte sich eng ins Polster und betrachtete ihre Knie.

»Ich dachte …«

»Übrigens …«

Ihre Eltern brachen in angespanntes Lachen aus und entschuldigten sich beide.

»Du zuerst.«

»Nein, lass doch, was wolltest du sagen?«

Dann schwiegen wieder beide und Lotte hatte das seltsame Gefühl, etwas erwidern zu müssen. Aber was?

»Ich dachte, es ist doch ganz schön, jetzt, wo Lotte bei dir lebt, das Weihnachtsfest zusammen zu feiern.«

Weil du es alleine nicht aushältst, Weihnachten ohne mich, dachte Lotte, aber sie sagte nichts.

»Und Weihnachten ist für euch ja nicht so ein großes Fest wie für uns in Deutschland, deshalb verstehst du vermutlich nicht, dass es für Lotte sehr wichtig ist, es auch zusammen zu feiern.«

Lotte hielt den Atem an. Karin meinte es nicht böse,

sie meinte es ernst, sagte, was sie dachte. Und das war noch schlimmer.

Jan streckte den Rücken durch.

»Dafür war sie ja auch nie an Sinterklaas …«, doch er unterbrach sich und setzte wieder ein freundliches Lächeln auf.

»Wie dem auch sei, es ist auf jeden Fall mal eine Gelegenheit, sich gemeinsam über eine Tochter zu freuen, die so gut geraten ist. Lotte ist uns wirklich eine große Hilfe …«

»Ja, es war nicht leicht, das Kind alleine großzuziehen.«

Es war ein Fehler gewesen, dass Karin hergekommen war. Zu viel war in den letzten Jahren nicht gesagt worden, zu viel hatte sich angestaut, als dass sie direkt ein fröhliches Fest feiern konnten. Eine Aussprache fehlte. Und das merkten alle drei.

»Ich arbeite im Moment viel im Hofcafé«, begann Lotte das Gespräch in einen ungefährlichen Bereich zu lenken, »backen, kochen, aufräumen und Gäste bedienen.« Sie nahm sich einen der Kekse, die Coosje vorsorglich in einer Schüssel auf dem Couchtisch platziert hatte.

»Probier mal«, sagte sie und reichte ihrer Mutter einen Zimtstern. »Die habe ich gebacken und wir verkaufen sie im Hofladen.«

Karin biss vorsichtig einen Zacken ab.

»Du bist auf den Bauernhof gegangen, um als Kellnerin zu arbeiten und Plätzchen zu backen? Bei aller Liebe, aber das hättest du auch zu Hause haben können. Dafür musstest du nicht extra auf einen Bauernhof im Ausland ziehen.«

Mit einer schnellen Handbewegung fegte Lotte die Schale vom Tisch und sprang auf. Klirrend zersplitterte das Glas am Boden und ihre Eltern fuhren zusammen.

»Wenn ich aber wegwollte, weg von zu Hause, weg von dir?!«, schrie Lotte und ihr wurde bewusst, dass sie schon viel früher ehrlich hätte sein sollen.

»Wenn ich einfach keine Lust mehr darauf hatte, das Einzige in deinem kleinen Leben zu sein, kein Mann, kein Hobby, sondern nur eine Tochter?! Ich bin kein Kind mehr, das du an die Hand nehmen und in die Richtung zerren kannst, die dir gerade passt!«

Wenn sie jetzt blieb, dann würde sie noch mehr von ihrer Wut rauslassen, würde noch mehr in Worte fassen und an den Tränen in den Augen ihrer Mutter sah sie, wie verletzt Karin war.

»Lotte …«, murmelte sie und schlug sich eine Hand vor den Mund.

»Entschuldigung, Entschuldigung …«, murmelte Lotte zerstreut und betrachtete die Scherben am Boden. »Entschuldigung, aber ich muss hier raus!« Fahrig strich sie sich die wilden Locken zurück und kletterte über die Sofalehne.

Fluchtartig verließ sie die Wohnung und donnerte die Tür zu.

Als Coosje das dampfende Huhn, das sie liebevoll mit Orangen garniert hatte, auf dem Esstisch abstellte, war Lotte bereits draußen im Schnee. In Socken rannte sie über die weißen Obstwiesen, bis ihre Füße eiskalt und die ersten Spuren bereits zugeschneit waren.

»Was machst du denn hier?«

Lotte fuhr auf und stieß sich vor Schreck den Kopf an einer der Hühnerstangen.

»Au«, murmelte sie und wischte sich die triefende Nase am Pullover ab.

»Ich …« Sie sah auf und erkannte unter der dicken Mütze Martens freundliches Gesicht. Er blickte sie aus braunen Augen aufmerksam an und reichte ihr eine Hand, um sie aus dem Stroh auf die Beine zu ziehen.

»Ich weine«, brach es aus Lotte hervor und dann schluchzte sie beinahe hemmungslos in seine Winterjacke, wollte aufhören, und fing wieder an.

Er strich ihr sanft über den Rücken und ließ ihr einen Augenblick Zeit, ehe er fragte: »Und wieso im Hühnerstall?«

Da musste Lotte lachen. »Weil es draußen noch kälter ist als hier drinnen.«

Die Erklärung schien ihm zu reichen. Eine Weile blieben sie so stehen, Arm in Arm im Hühnerstall. Ihr Haar voll Stroh, das seine unter der Mütze versteckt. Die Hühner waren jetzt in einem Verschlag neben den Kühen untergebracht. Nachts war es einfach zu kalt hier draußen.

»Eigentlich«, sagte er und fasste sie sanft an den Schultern, um in ihr Gesicht blicken zu können, »wollte ich dir frohe Weihnachten wünschen. Und dir das hier geben.«

Er hielt ihr ein buntes Päckchen hin, dann meinte er etwas unsicher: »In Deutschland schenkt man sich doch am 25. Dezember etwas zu Weihnachten, oder?«

Sie lächelte und nahm das Geschenk. »Am 24.«

Sie drückte dankbar seine Hand. »Soll ich es jetzt öffnen?«, fragte sie.

»Lieber später«, entgegnete er grinsend. »Ist ein wenig peinlich.«

Sie umarmte ihn, die Augen verquollen und müde vom Schluchzen, aber froh, irgendwie. Instinktiv küsste er sie auf die Stirn. Sie meinte, seine Lippen noch zu fühlen, als er sie schon längst wieder losgelassen hatte.

»Und was machst du an Silvester? Mein Bruder und ich feiern eine kleine Party. Hast du Lust zu kommen?«

Clara

Um die Weihnachtstage herum ging Clara zum ersten Mal mit Raphael zum freien Malen. Er studierte Kunst im ersten Semester und als er Clara durch die Ateliers der Studenten geführt hatte, war sie mehr als beeindruckt von den verschiedensten Werken und Arbeiten gewesen. Auch Raphael verbrachte hier, genau wie die anderen, einen großen Teil seiner Freizeit, um zu malen, zu bauen und um die riesige Wand hinter seinem Arbeitsplatz zu gestalten.

»Das erste Jahr dient erst mal nur der Entfaltung«, erklärte er ihr. Erst danach würden sie sich spezialisieren.

Nach ihrem ersten Besuch an diesem vor Kreativität sprühenden Raum lud Clara ein Foto von Raphaels letzter Skulptur hoch: ein fast mannshohes Gebilde aus Stahlfedern, Draht und Gips, aus dem er eine menschliche Figur geformt hatte.

Kunststück, schrieb sie darunter. **Erstes Semester. Wer braucht da noch die Documenta?**

Das Basteln und Bauen mit den Kindern machte zwar Spaß, aber als Clara die Projekte der Gleichaltrigen sah, bekam sie Lust, endlich mal wieder etwas nur für sich zu malen. Nicht für Miri, nicht für Bine, nicht für das FSJ. Einfach nur für sich selbst.

Aus dem Studentenkreis hatte sich ein fester Kern herausgebildet, der sich regelmäßig spät im Atelier zum Malen traf, und irgendwann nahm Raphael Clara einfach mit. Und an dem Abend kam ihr auch die Idee für ihr eigenverantwortliches Projekt.

»Ich möchte einen Kunstgarten anlegen. Einen kleinen Weg mit bunten Bodenplatten, an dem Kräuterspiralen und Blumentöpfe stehen, die ich mit den Kindern zusammen bemale, mit Mosaik beklebe. Und getöpferte Schilder aus Ton oder Scherben soll es geben.«

Bine nickte und pustete auf ihren Löffel mit heißem Gemüseeintopf. Die Tage waren nun schon ziemlich kalt und ihr Atem bildete weiße Wölkchen, die sich mit dem Dampf des Essens mischten. Trotzdem saßen sie in der

Mittagspause weiterhin vor dem Caféwagen und genossen die letzten Sonnenstrahlen des milden Winters. »Gute Idee«, meinte sie, »was steckt dahinter?«

Clara kaute und verbrannte sich den Rachen, so hastig schluckte sie. Schnell trank sie einen Schluck kaltes Wasser hinterher.

»Ich wollte zwei wichtige Dinge verbinden, die mich hier in Berlin besonders beschäftigen: Kunst und Essen.«

Bine klopfte mit dem Löffel auf den Holztisch und musste aufstoßen.

»Das sind gute Sachen, mit denen du dich da beschäftigst.«

»Ja, ich meine, ich mache hier mit den Kindern den ganzen Tag eine Art Kunst und durch dich und Raphael und all die Treffen, auf die er mich mitnimmt, lerne ich plötzlich eine ganz neue Form des Essens kennen. Bevor ich herkam, habe ich Fleisch geliebt. Und jetzt kann ich mir nicht mehr vorstellen, es zu essen.«

»Weil du jetzt so viele Alternativen kennst?«

»Ja. Und weil ich kein totes Tier essen möchte, wenn ich so lebendige Mahlzeiten aus dem Garten haben kann.«

Clara war immer noch ein wenig überrascht von sich selbst, aber jedes Mal, wenn sie in der WG Fleisch gekocht hatten, war ein Widerwille in ihr hochgekommen. Sie hatte an all die vegetarischen und veganen Speisen gedacht, die sie am Wochenende oft mit Raphael, Felix und Niko zubereitete, bevor sie gemeinsam tanzen gingen. Und Bratwurst, Hawaii-Toast und sogar das Chili con

Carne, früher ihr Leibgericht, hatte sie an WG-Abenden nur mit großer Überwindung schlucken können.

»Schmeckt es dir nicht?«, hatte Daniel sie besorgt gefragt. »Ist dir das Chili zu scharf, möchtest du Schmand oder Sahne dazu?«

Sie hatte einen Moment überlegt und den Kopf geschüttelt. »Es schmeckt super. Aber es fühlt sich für mich im Moment nicht richtig an.«

Da hatte sie beschlossen, sich vegetarisch zu ernähren. Und seitdem ging es ihr deutlich besser damit. Es war definiert. Sie musste sich nicht entschuldigen, wenn sie etwas nicht aß, oder statt Bolognese Spinat auf ihre Spaghetti gab.

Ein Satz reichte. *Nein danke, ich esse kein Fleisch.*

Bine stellte ihre beiden Teller ineinander und brachte sie zurück zum Bauwagen.

»Ich verstehe, was du meinst.«

Sie betrachtete Clara einen Moment. »Dein Haar ist lang geworden«, wechselte sie plötzlich das Thema und dann: »Bring Raphael doch mal wieder hierher. Ich habe das Gefühl, ich habe ihn ewig nicht mehr gesehen. Jedes Mal, wenn ich bei Evita bin, sagt sie mir, dass er mit dir unterwegs ist.«

Die Weihnachtstage kamen schneller als gedacht und plötzlich waren sie da. In dem Moment, als sie im Zug saß und die große Stadt mit ihren hohen Häusern, dem Fernsehturm und all den geraden Straßen an sich vorüberziehen sah, wünschte sie sich schon fast wieder zurück.

Sie mochte ihre Familie, sehr gerne sogar, aber eine ganze Woche in Marburg? Unvorstellbar!

Ihre Familie holte sie vom Bahnhof ab und sie freute sich wirklich, sie zu sehen.

»Meine Große!«, rief ihr Vater und schlang seine Arme um sie. Ihre Mutter drückte ihr einen Kuss auf die Wange und auch ihre Schwester hatte leuchtende Augen, als sie sich begrüßten.

»Ich habe dich vermisst«, sagte sie und verdrehte die Augen. »Es ist so ätzend, das zurückbleibende Kind zu sein. Alles fokussiert sich auf mich, mich, mich, meine Ausbildung, meine Fehler und wieder mich.«

Bei diesem Satz sank Claras Wiedersehensfreude ein wenig und die Hoffnung, dass sich die Probleme während ihrer Abwesenheit von selbst gelöst hatten, schwand. Offenbar hatte sich ihr Leben deutlich schneller in eine neue Richtung bewegt als das ihrer Restfamilie.

Als sie aus dem winzigen Bahnhof nach draußen traten, fühlte sich Clara wie in einem Schuhkarton. Die Menschen trugen graue Jacken und Birkenstocksandalen, die Häuser waren niedrig, der graue Schnee matschig und ein einsamer Hund schnüffelte an dem Mülleimer des halbleeren Parkplatzes.

»Los, los, wir sind spät dran!«, rief ihr Vater und lotste seine Familie zum Auto.

»Wenn wir zum Weihnachtsessen bei Oma und Opa in Kassel sein wollen, dann müssen wir uns sputen!«

Als sie alle in dem Familienkombi saßen und aus

der Stadt hinaus auf die Autobahn fuhren, vibrierte ihr Handy.

Ich wünsche dir schöne Begegnungen mit deiner Familie und ungeplante Begegnungen mit Menschen, bis wir uns wiedersehen. Ich freue mich schon darauf!

Sie lächelte und ihr Herz schlug ein wenig höher. Raphael. Und da vermisste sie Berlin noch ein bisschen mehr.

Marlene

Wie erwartet war ihr Vater nicht gerade begeistert, als Marlene kurz nach ihrer Ankunft bei Kaffee und Stollen erzählte, was sie im nächsten Jahr vorhatte.

Er warf seine zusammengeknüllte Serviette auf den leeren Teller und schnaubte laut. Seine Frau legte ihm beruhigend die Hand auf den Arm.

»Richard, bitte.«

»Kunst«, klagte er und hob die Hände Richtung Decke, »wieso denn ausgerechnet Kunst?«

Er blickte seine Frau an. »Haben wir nicht versucht, sie zu einer reifen, emanzipierten Frau zu erziehen? Denk doch mal, Marlene, was du als Frau im technischen Bereich für Vorteile haben wirst. Als erfolgreiches weibliches Mitglied einer Männerdomäne!«

»Ich weiß ja, dass du recht hast«, gab Marlene zu und

pickte die letzten Kuchenkrümel auf, ehe sie die Gabel beiseitelegte, »aber es macht mir einfach keinen Spaß.«

»Spaß, Spaß, ich arbeite auch nicht zum Spaß, sondern um euch alle durchzubringen.«

»Na, na«, schaltete sich ihre Mutter ein. »Jetzt halte deinen Chauvinismus mal ein wenig zurück. Schließlich arbeite ich auch halbtags.«

Ihr Mann seufzte. »Ist ja gut. *Wir* arbeiten bestimmt nicht aus Spaß an der Freude.«

Marlene lehnte sich zurück und verschränkte die Hände über dem Bauch.

»Ich bin auch nicht gut darin«, gab sie dann zu. »Die Klausuren waren schlecht, ich habe wirklich nur knapp bestanden und wenn der Stoff noch schwerer wird, dann *kann* ich die drei Jahre bis zum Bachelor nicht bewältigen.«

Jetzt winkte Richard ab. »Ach«, meinte er, »das ist dein innerliches Bild von dir selbst, seitdem du damals eine Klasse wiederholen musstest.«

»Nein«, gab Marlene zurück, »ich kann es dir schwarz auf weiß zeigen: Ich bin nicht gut!«

Nach diesen Worten fiel ihrem Vater außer einem weiteren Stöhnen erst mal nichts ein.

Im Hintergrund erklangen die leisen Töne von *Jingle Bells*. Marlene erkannte die Lieblings-CD ihrer Mutter in der Adventszeit: amerikanische Weihnachtslieder, kitschige und herrlich alte Aufnahmen.

»Aber muss es denn ausgerechnet Kunst sein?«, hakte nun auch ihre Mutter nach. »Das ist einfach nichts …

Bodenständiges. Wir haben versucht euch beizubringen, dass ihr letztendlich euer eigenes Geld verdienen müsst, und zwar so bald und so sicher wie möglich. Wir können es uns einfach nicht leisten, zwei Kinder durchzufüttern, bis sie mit Mitte dreißig dann endlich den ersten Job in irgendeiner Kunstausstellung für vier Wochen haben.«

»He«, rief jetzt Lukas, der bereits das dritte Stück Kuchen verschlang. »Ich halte an meinem BWL-Plan fest!«

»Ist ja gut«, meinte ihre Mutter genervt. »Jedenfalls werden wir dich nicht länger unterstützen, als wir es besprochen haben, nur weil du plötzlich auf die Idee gekommen bist, Kunst zu studieren.«

»Ich zahl dir keinen Cent mehr! Keinen Cent!«

Ihr Vater nahm die Serviette von seinem Teller und griff frustriert nach einem weiteren Stück Torte. Marlene kannte diese Eigenschaft von sich selbst.

»Wer sagt denn, dass du für ein Kunststudium überhaupt geeignet bist? Kann das nicht jeder dahergelaufene Museumsgänger studieren?«

»Eben nicht!«, entrüstete sich Marlene. »Ich muss natürlich eine Eignungsprüfung bestehen und eine Mappe zusammenstellen!«

»Dann ist gar nicht gesagt, dass du zugelassen wirst?« Der hoffnungsvolle Tonfall ihres Vaters machte sie traurig. Inzwischen lief *Santa Claus is coming to town.*

»Nein.«

»Willst du Elektrotechnik nicht doch noch eine Chance geben?«, fragte ihre Mutter bittend.

»Nein.«

Missbilligend betrachtete Richard seinen Sohn, der sich die zwei letzten Gebäckstücke auf den Teller lud.

»Und wenn es nicht klappt, was dann?«

Marlene schüttelte den Kopf. »Ich weiß nicht. Ich dachte, dann werde ich es mit einer Ausbildung versuchen. Ergotherapie vielleicht.« Diese Alternative hatte sie sich auf der Zugfahrt überlegt, eigentlich eher, um ihren Vater zu beruhigen.

»Das finde ich gut!«, rief ihre Mutter. »Ergotherapie klingt gut!«

»Fang doch gleich die Ausbildung an, da kannst du auch basteln und findest später wenigstens einen Job«, maulte Richard und langte mit seiner Gabel nach dem Kuchen auf Lukas' Teller. Der zog ihn schnell zurück und aß den Rest mit der Platte auf dem Schoß.

»Dann schließen wir doch einen Kompromiss«, schlug jetzt ihre Mutter vor. Lukas rülpste geräuschvoll und schmatzte.

»Du arbeitest bis zur Aufnahmeprüfung an deiner Mappe und hängst dich richtig rein, und wenn du die Prüfung nicht bestehst, dann machst du eine Ausbildung zur Ergotherapeutin, ohne dich zu beschweren.«

Ihr Vater brummte, nickte dann aber. »Wenn's sein muss«, murmelte er.

Jetzt wandte sich seine Frau wieder Marlene zu. »Kannst du auch damit leben?«

Marlene schluckte. Sie hätte am liebsten den Kopf geschüttelt, wollte sich nicht festlegen, aber auch nicht auf die Unterstützung ihrer Familie verzichten: weder auf die finanzielle, noch auf den elterlichen Rückhalt.

Sie atmete tief ein. Schluckte noch einmal.

»Gut, machen wir so«, sagte sie leise. »Hand drauf.«

Sie hielt ihre Hand über die Tischmitte und ihre Eltern schlugen ein.

Have yourself a merry little Christmas …

Lotte

Als sie am Nachmittag zurück zum Hof gekommen war, saßen die drei Erwachsenen schweigsam am Esstisch. Das Huhn war kalt, die Kartoffeln matschig und der Vanillevla, ein niederländischer Pudding, stand warm neben den Kinderplätzen. Bis auf Roos und Luuk hatte niemand etwas gegessen.

Alle waren erleichtert gewesen, als Lotte wieder da war. Sie entschuldigte sich und auch Karin meinte, es täte ihr leid. »Du bist ja jetzt erwachsen und kannst dein Leben selbst bestimmen.«

Aber Lotte sah, dass Karin nicht genau wusste, wofür sie um Verzeihung bitten sollte.

Nachdem alle früh zu Bett gegangen waren, war Lotte froh, als ihre Mutter am nächsten Morgen wieder zum Bahnhof fuhr. Sie würde das Ticket, das eigentlich erst in drei Tagen gelten sollte, wohl umbuchen müssen.

Am Abend kam Jan zu ihr nach oben ins Zimmer, während Lotte ein Bild von dem neuen Waffeleisen postete, mit dem sie Waffeln in Kirschform backen konnte.

Von Marten, schrieb sie darunter und freute sich insgeheim über die Spekulationen, die ihre Freundinnen jetzt anstellen würden.

Geheimnisvoll sein tat irgendwie gut. Wahrscheinlich vermuteten sie viel mehr, als Lotte ihnen hätte erzählen können, aber irgendwie fand sie diese Anonymität des Blogs gerade gar nicht so verkehrt. Dann konnte sie sich ihre eigenen Gedanken dazu machen.

»Was schreibst du da?«, fragte Jan und blickte ihr interessiert über die Schulter.

»Einen Blog«, meinte Lotte und scrollte nach oben, um ihm zu zeigen, wie viele Einträge die vier bereits gepostet hatten.

»Ah«, meinte Jan, »von so etwas habe ich schon mal was gehört. Und was schreibst du genau?«

»Meine Freundinnen und ich können Fotos und Texte hochladen und gegenseitig sehen, was wir im Moment so machen. Weil wir das ganze Jahr doch alle an verschiedenen Orten der Welt verbringen.«

Jan hockte sich neben Lottes Stuhl. »Wie spannend!«, meinte er und betrachtete das Gruppenfoto, das den Anfang des Blogs darstellte. »Sind das Annika, Marlene und Cora?«

»Clara«, korrigierte Lotte. »Aber ja, das sind sie.«

Jan stand wieder auf und seine Knie knackten.

»Ich wollte mich auch noch mal bei dir entschuldigen«,

sagte er dann und ließ sich auf ihrem zerwühlten Bett nieder. »Das Weihnachtsfest gestern muss schrecklich für dich gewesen sein und ich habe meinen Teil dazu beigetragen. Du hättest einen schönen Tag mit deiner Mutter haben sollen. Das war nicht fair.«

Lotte stutzte. »Einen schönen Tag?«, fragte sie.

»Ja«, entgegnete Jan. »Karin hat mir erzählt, dass Weihnachten immer euer ganz besonderes Fest war. Nur ihr zwei und sonst nichts.«

Lotte seufzte und drehte sich auf dem Schreibtischstuhl hin und her. »Ja, es war immer für *sie* ein ganz besonderer Tag, weil sie sich ganz auf mich konzentrieren konnte, ohne Angst haben zu müssen, dass ich gehe.«

Jetzt sah Jan überrascht aus. »Hast du das, was du gestern gesagt hast, denn ernst gemeint?«

»Ja.«

Jan kratzte sich am Kopf und lehnte sich gegen die Wand.

»Ich dachte, du hast das nur gesagt, weil du wütend warst. Auf die Situation. Auf den Druck, dem wir dich mit diesem Treffen ausgesetzt haben.«

Lotte verschränkte ihre Arme. »Nein, es stimmt schon, dass ich von zu Hause wegwollte. Ich habe Karin sehr, sehr lieb. Sie ist meine Mutter und sie war immer für mich da, aber es ist für sie genauso wichtig wie für mich, mal ohneeinander zu leben.«

»Ich verstehe, was du meinst«, sagte Jan und nickte. »War wohl auch nicht immer einfach, die einzige Tochter zu sein, was?«

»Oh nein!«, gab Lotte laut von sich und lachte bitter. »Nein, nicht wirklich.« Und sie war von ihrer eigenen Heftigkeit überrascht.

»Ich dachte, du wolltest nur wegen des Vorpraktikums fürs Studium auf den Hof kommen. Weil es bei uns am leichtesten ist, einen Platz zu finden.«

»Wegen Agrarwissenschaften?«

»Ja.«

Lotte dachte nach. »Ja«, sagte sie dann, »auch.« Sie begann wieder, sich auf dem Stuhl zu drehen. »Aber ich wollte auf *diesen* Hof. Ich will nicht irgendwann sagen müssen, ich habe meinen Vater nie erlebt und meine Geschwister sind aufgewachsen, ohne mich zu kennen, meine Haare, meine Stimme, meinen Geruch.«

»Das wusste ich nicht«, sagte Jan und Lotte spürte einen Stich bei dem Gedanken daran, dass er tatsächlich gedacht hatte, sie käme ausschließlich wegen des Studiums. Vielleicht hätte sie mehr zeigen müssen, dass sie ihn mochte. Auch wenn das neue Leben nicht leicht war, die neue Familie, der neue Anfang, die neue Arbeit.

»Ich dachte …« Jan knetete seine Hände und unterbrach sich.

»Ja?«

»Ach …«

»Jetzt musst du es auch sagen!«

Jan sah sie kurz an, dann richtete er seine Augen zu Boden. »Na ja, ich dachte, du willst eigentlich nicht herkommen. Dass es die beste Möglichkeit ist, ja, aber dass du es hasst, hier zu sein.«

Erschüttert starrte Lotte ihn an. »Ja, ich hab mich nicht immer wohlgefühlt, besonders am Anfang. Und ja, natürlich ist es komisch zu sehen, wie du mit Luuk und Roos spielst, weil du so nie mit mir gespielt hast. Und ein bisschen, dass Coosje deine Frau ist, aber nicht meine Mutter.« Sie holte tief Luft. »Aber es geht mir … gut.« Sie sprach die Worte zum ersten Mal aus und freute sich, dass sie nicht log. Erst jetzt bemerkte sie, dass sie tatsächlich gerne hier war. Inzwischen. Verblüffend.

Sie sah, wie sich auf Jans Gesicht ein Lächeln ausbreitete.

»Das ist schön«, sagte er und stand dann auf. Er strich Lotte über den Kopf. Wie Roos.

»Deine Mutter und ich haben heute Nacht geredet, viel geredet. Und ich glaube, wir haben endlich Dinge ausgesprochen, die schon so lange hätten gesagt werden sollen. Es ist jetzt in Ordnung.«

Lotte blinzelte. »Ihr habt geredet?«

»Ja. Es gab in den letzten Jahren wirklich einige Missverständnisse und es ist schade, dass wir das jetzt erst klären konnten. Jetzt, wo wir eine erwachsene Tochter haben.«

Lotte berührte seinen Arm. »Besser spät als nie.«

Jan nickte, und als er durch die Luke nach unten kletterte, blickte er sie über den Rand des Dachbodens noch einmal an.

»Ich bin froh, dass du hier bist. Wirklich.«

Anni

Zusammenzuwachsen begann die WG mit Rike und Silva erst, nachdem Silva ihre Louis-Vuitton-Handtasche und Anni ihre Sorglosigkeit verloren hatten. Sie wollten gemeinsam auf den Nachtmarkt, um sich etwas zu essen zu kaufen. Denn auch wenn Anni sich das vorher nicht vorstellen konnte, war einer der absoluten Höhepunkte das Essen hier.

Siti, ihre malaysische Betreuerin, hatte zwar versprochen, dass die Organisation ihnen so schnell wie möglich einen funktionierenden Gasherd in die Küche einbaute, doch obwohl inzwischen einige Wochen vergangen waren und jetzt bald die Regenzeit begann, war nichts geschehen. Kochen konnten sie in der Wohnung nicht, sodass sie morgens weiter Müsli aßen und am Abend ausgingen.

Spätestens seitdem sie den Nachtmarkt entdeckt hatten, war das meist sogar günstiger, als wenn sie zu Hause frisch kochten. Paradox. Sogar essen gehen kostete sie hier in etwa so viel, wie früher das Mensamenü in der Schule.

Auf dem Markt drängte sich ein Stand hinter dem anderen die Straße entlang. Die Menschen waren laut und Worte wurden zwischen ihnen umhergeschleudert, Hühner gackerten und es roch nach heißem Fett. Gemüse briet in riesigen Woks, Nudeln wurden angepriesen, Fleisch geschnitten und Reis zum Probieren dargeboten. Die prallen Früchte der Obststände verschluckten ihre dünnen Besitzer. Es fiel Anni jedes Mal schwer, sich für ein Gericht zu entscheiden, so sehr überfluteten sie die Gerüche, Farben und der Lärm der Stände. Seitdem sie es sich zur Aufgabe gemacht hatte, nie das Gleiche zu bestellen, war es etwas besser geworden. Und was auch vollkommen neu war: Sie aß meistens vegetarisch. Unvorstellbar, dass es ihr schmeckte.

Sie stellte sich neben eine Straßenecke, an der ein Mann Reis mit verschiedenen Soßen und Gemüse verkaufte. Rike deutete zu einem Ort ein paar Meter weiter, wo sie und Silva sich einen Fladen kaufen wollten, und Anni nickte.

Das Spannendste an der malaysischen, indischen und chinesischen Küche auf dem Markt war der Reis. In Deutschland hatte Anni sich mit der Entscheidung gequält, Basmati- oder Vollkornreis einzukaufen, um dann jedes Mal enttäuscht zu dem Ergebnis zu kommen, dass Reis langweilig war. Hier wiederum wurden die Körner auf so unterschiedliche Arten zubereitet, gewürzt und mit Bananenblättern gekocht, dass die Schüssel Reis jedes Mal eine Überraschung war.

Anni entschied sich für eine gelbe Sorte mit Gemüse in einer Packung zum Mitnehmen. Rike und Silva warteten bereits mit ihren hellen Fladen und gemeinsam schlugen sie sich durch das Gedränge, ehe sie endlich die ruhige Seitenstraße erreichten, die sie nach Hause führen würde.

Sie schlenderten ein wenig an den Häusern entlang und hingen ihren Gedanken nach. Wie viel Uhr es jetzt bei Lotte war? Bei Marlene und bei Clara? Sie konnte es ausrechnen, aber Anni war zu müde dafür. Es wurde bereits dunkel und die Temperaturen waren so weit gesunken, dass Anni seufzend ihr Haar öffnete und über die Schultern fallen ließ. Es war ein ganzes Stück länger als noch auf dem Abschiedsbild mit ihren Freundinnen.

Der Reis schmeckte köstlich und obwohl sie hier fast täglich fünf Mahlzeiten zu sich nahmen, hatte sie auch schon wieder Hunger. Während sie aßen, entfernten sie sich immer weiter vom Markt und der Lärmpegel sank, ehe der Abend jedes Geräusch, bis auf ihre eigenen Schritte verschluckte.

»Lecker!«, sagte Anni und packte die leere Packung ein. Ein wenig Soße klebte ihr am Kinn und sie leckte mit der Zunge darüber. Scharf.

Rike rülpste und Silva hielt ihr ihren Rest Fladen hin. Rike zuckte mit den Schultern und schob sich das Stück Teig gierig in den Mund.

Im Hintergrund ertönte ein leises Motorengeräusch, das immer näher kam. Die drei drängten sich an den Straßenrand, um nicht im Weg zu stehen. Das Geräusch wurde lauter und der Lärm ohrenbetäubend, als das schwarze Motorrad an ihnen vorbeischoss. Im gleichen Augenblick kreischte Silva gellend auf und Anni blickte erschrocken zu ihr hinüber. Der Fahrer entfernte sich in einem Tempo, das in Deutschland mehr als ordnungswidrig war.

Silva blickte sich hastig um, sah auf den staubigen Boden, neben sich, hinter sich, rieb sich das Handgelenk und brach dann in wütendes Geheul aus.

»Meine Tasche! Meine Louis-Vuitton-Handtasche! Mein Geld! Mein Tagebuch!« Sie ließ sich auf den Boden sacken und vergrub das Gesicht in beiden Händen. Anni bemerkte, dass nichts mehr an Silvas Arm baumelte und realisierte es erst, als Rike dem Motorradfahrer hinterherrannte. Er hatte dem Mädchen alles entrissen. Einfach so.

Sie sah gerade noch, wie der Fahrer um die Ecke bog und in der Dunkelheit einer Seitenstraße verschwand.

Silva heulte und schlug mit der Faust neben sich.

Anni rief nach Rike, die noch einige Meter weiterrannte, bevor auch sie aufgab. Sie joggte mit hochrotem Kopf zurück und das kurze Haar klebte ihr an der Stirn. Schnaufend stützte sie ihre Hände auf die Knie.

»Da war mein Geld drin«, jaulte Silva und Anni versuchte ihr tröstend eine Hand auf die Schulter zu legen. Sie konnte es noch immer nicht fassen. Natürlich hatte sie über Straßenraub in Malaysia gelesen, hatte in den Seminaren etwas von Überfällen gehört. Und doch war sie zu naiv gewesen, zu glauben, dass sie es selbst miterleben konnte.

»Geld ist ersetzbar«, murmelte sie. »Hast du deinen Pass?«

Silva zog die Nase hoch. »Der ist in der Wohnung.«

»Na also«, sagte Anni und versuchte sie an den Händen sanft nach oben zu ziehen. »Das ist das Wichtigste. Und Geld können wir dir leihen.«

»Aber meine Tasche …«

Rike fluchte und richtete sich auf.

»Die Tasche kriegst du nicht zurück.«

»Und mein Tagebuch?« Tränen schwemmten hinter ihrer Brille hervor.

»Vergiss dein Tagebuch.«

Da begann Silva erneut zu heulen und klammerte sich mit den Händen an ihrem kurzen Rock fest.

In dem Moment wurde Anni blass und starrte Silva an. Siedend heiß durchfuhr sie ein Stoß und ihre Lippe begann zu beben.

»Da ist noch ein ganz anderes Problem.« Ihre Stimme war tonlos, sie schluckte. »Wir hatten nur einen Haustürschlüssel mit. Und der ist in Silvas Tasche.«

Anni wusste, wo Eric wohnte. Zumindest glaubte sie es zu wissen. Bisher war sie nur nicht da gewesen. Das konnte sie doch nicht aufhalten!

Zugegeben, Anni ärgerte sich. Sie hatte letzte Woche seine vorweihnachtliche Einladung zu neuseeländischen Fleischpasteten ausgeschlagen, die er schmerzlich zu vermissen schien. Jedenfalls erwähnte er sie jeden Tag mit der Hoffnung, eines Tages auf dem Markt hier alle Zutaten zu finden.

Welche Entschuldigung hatte sie noch mal vorgebracht? Ach ja. Sich im Internet über Unis zu informieren, was sie tatsächlich auch in dieser Nacht lang getan hatte. Das musste Anni ja auch von hier aus tun, so absurd ihr das vorkam. Am Tag brachte sie Waisenkindern das Zähneputzen bei und sortierte mit ehemaligen Kinderprostituierten Reis und nächstes Jahr würde sie in irgendeiner Vorlesung zusammen mit einem Haufen eifriger und weniger eifriger Neustudenten und -studentinnen sitzen. Und darum musste sie sich jetzt kümmern, falls sie zum Wintersemester beginnen wollte. Was auch immer sie für einen Studiengang wählte.

Sie stolperten durch die Straßen, die schluchzende Silva in der Mitte, und Anni versuchte sich zu erinnern, wie Eric ihr den Weg beschrieben hatte.

»Ist ganz nah bei euch«, behauptete er jedes Mal, wenn er sie wieder einmal einlud. *»Mit dem Fahrrad fünf Minuten, zu Fuß vielleicht fünfzehn.«* Aber als Anni an diesem Abend die beschriebene Straße finden wollte, scheiterte sie kläglich. Sie waren extra zurück zu ihrer Wohnung gegangen, um zu versuchen das Gittertor zu öffnen. Irgendwann war Rike über den Zaun geklettert und hatte ein offenes Fenster entdeckt. Doch reinklettern konnte sie nicht. Sie rüttelte an der Tür, wollte über die Terrasse einbrechen und als bereits mehrere Leute ihnen im Vorübergehen argwöhnische Blicke zuwarfen, beschlossen sie, das Vorhaben für heute Abend aufzugeben. Im Office ihrer Organisation erreichten sie niemanden mehr. Natürlich nicht. Schließlich war es dunkel.

Seitdem irrten sie durch das Viertel und verglichen die Schriftzeichen der Straßennamen, die Eric in Annis Notizbuch gekritzelt hatte. Bisher gab es keine Übereinstimmung.

»Verdammt, das muss doch hier sein!«, fluchte Anni laut und Silva stieß wieder ein gurgelndes Weinen aus. Die Worte hallten zwischen den Hauswänden und Anni fühlte sich einsamer als je zuvor seit dem Beginn des Freiwilligendienstes.

»Ich schlafe nicht auf der Straße«, meckerte Silva und

offenbar wurden ihr die eigenen Worte erst bewusst, denn wie in Zeitlupe verzog sich ihr Gesicht erneut zu einem Schluchzen.

»Jetzt reicht's aber langsam!«, herrschte Rike sie an und blieb an einer Straßenkreuzung stehen. Das Licht malte lange Schatten in ihr Gesicht, was beängstigend wirkte. Sie entriss Anni das Notizbuch, die zwar protestieren wollte, aber Rike kniff die Augen zusammen, warf einen Blick auf den Straßennamen und meinte: »Da ist sie doch.«

Anni fuhr herum. Rikes Zeigefinger deutete in eine kleine Sackgasse. Die vielen Kabel, die anders als in Deutschland in dicken Strängen unordentlich über die Straße gespannt waren, hatten den Namen verdeckt.

Die Erleichterung lockerte ihre verkrampften Hände und sie bemerkte ihre schmerzhaft ineinander verschränkten Finger.

»Na dann los!«

Erics Gesicht war überrascht, aber nicht unfreundlich, als er zu dieser späten Stunde Besuch bekam.

»Was machst du denn hier?«, fragte er. Er bemerkte erst eine Sekunde später die beiden anderen Mädchen und korrigierte seine Worte: »Was macht ihr denn hier? Ausnahmsweise Sehnsucht nach warmem Essen?«

»An deiner legendären Fleischpastete liegt es jedenfalls nicht«, konterte Anni und entlockte ihm ein schräges Lächeln. Rike und Silva traten ein wenig unbehaglich hin und her, während Silva versuchte, sich die letzten Tränen vom Gesicht zu wischen und ihren Rock zu glätten.

»Können wir reinkommen?«, wimmerte sie und Eric machte sofort den Eingang des Gittertores frei. Er führte sie durch den kleinen Vorgarten zur Tür, neben der drei Fahrräder lehnten.

Der Flur war dunkel, aber in der geräumigen Küche, in die sie ihm folgten, brannten mehrere helle Lichter und tauchten die spartanischen Terrassenstühle und den Plastiktisch in weißen Glanz.

»Wollt ihr etwas trinken?«, fragte Eric und füllte drei IKEA-Becher mit Wasser, ohne auf die Antwort zu warten.

»Danke«, meinte Anni und Silva klammerte sich an ihrem Getränk fest.

»Setzt euch doch.«

Die angelehnte Küchentür wurde mit leisem Quietschen aufgedrückt und ein dunkelhäutiger Junge nur mit Boxershorts bekleidet trat ins Licht. Er rieb sich das verschlafene Gesicht und zwinkerte dann.

»Nette Überraschung«, meinte er. »Ich bin Colin.«

Er reichte ihnen allen förmlich die Hand und blickte die drei erwartungsvoll an.

»Na ja …«, begann Anni und schaute in ihren Becher. Endlich erzählte sie, was ihnen vor weniger als einer Stunde widerfahren war. Unvorstellbar, dass sie eben noch beinahe unbekümmert ihren Reis genossen hatte.

Nachdem sie geendet hatte, nickte Eric. »Kein Problem, ihr könnt natürlich hier schlafen. Sam, unser dritter Freiwilliger in der WG, ist im Moment auf Reisen, wir haben dadurch ein Bett frei.«

Silva richtete sich kerzengerade auf.

»Das nehm ich!«, rief sie und Rike warf Anni einen genervten Blick zu.

»Na dann«, murmelte Rike und sah sich um. »Ich schlaf auf der Couch da.« Sie deutete auf ein Ungetüm in der Ecke, das eher an eine breite Küchenbank mit dünnem Polster erinnerte.

»In Ordnung«, sagte Eric und Colin verabschiedete sich ins Bett.

»Amerikaner sind immer so müde! Ihr vertragt einfach keine Arbeit«, stichelte Eric, woraufhin Colin ein schmutziges Küchentuch nach ihm warf und aus der Küche flüchtete.

Nach wenigen Sekunden streckte er noch einmal sein Gesicht durch den Türspalt: »Ach ja«, meinte er, »morgen schleicht ihr euch am besten früh aus dem Haus. Die Leute hier sehen das mit den weiblichen Gästen über Nacht etwas enger als wir in Amerika. Oder dort, wo ihr herkommt.«

Anni nickte. Darüber hatte sie bisher nicht nachgedacht, aber er hatte recht: Wenn sie in dem Dorf für den Rest des Jahres nicht als Huren geächtet sein wollten, dann würden sie morgen früh unauffällig verschwinden müssen.

»Keine Sorge«, erwiderte Rike, »ich steh eh nicht auf Jungs.«

Silva blickte sie entsetzt an und rückte ein Stück von

ihr ab. »Nicht?«, fragte sie perplex, doch dann fragte sie nicht weiter und Rike beließ es dabei.

»Das wissen die Nachbarn aber nicht«, entgegnete Colin, wünschte ihnen eine gute Nacht und schloss die Tür hinter sich.

»Vielen Dank«, wandte sich Anni an Eric. »Fühlt euch nächste Woche zum deutschen Festbankett in unserer WG eingeladen, du und Colin. Und Sam natürlich, falls er zurück ist.«

Eric deutete eine Verbeugung an. »Die Einladung ist dankend angenommen.«

»Habt ihr denn noch Platz zum Schlafen?«, brachte Anni das Gespräch auf das ursprüngliche Problem zurück.

»Du kannst mein Bett haben, das ist wirklich groß und bequem.«

»Und du?«

»Wir haben im Flur einen dicken Teppich.«

Anni schluckte.

»Keine Umstände bitte. Wenn das Bett groß ist, passen wir sicher zusammen rein, oder?«

Clara

»Weißt du, wonach das für mich klingt?«

»Sag.«

»Als seist du verliebt.«

»Verliebt? Ich?!«

»Ja, ziemlich sogar. In jeder SMS erwähnst du ihn, in fast jedem Post auf dem Blog, in jeder E-Mail.«

»Meinst du echt?«

»Ja.«

Clara schluckte. Natürlich hatte sie selbst schon darüber nachgedacht, aber es lieber weit von sich gewiesen. Sie wollte sich nicht verlieben, nicht jetzt, nicht in Raphael, mit dem sie so viele tolle Sachen machte: Kochen, Tanzen, Malen, auf Veganertreffen gehen, nachts vor den vereinzelten Touristen einen Wettlauf um das Brandenburger Tor machen, morgens nach einer WG-Party auf dem Sofa neben ihm aufwachen, gemeinsam mit Felix und Niko Spieleabende veranstalten, zusammen Demoschilder basteln und dann in der Masse laufen, rufen und klatschen. Wenn sie sich jetzt in ihn verliebte, war das alles dann noch möglich?

»Du, Clara, ich muss Schluss machen. Die Anrufe von Holland nach Deutschland sind doch noch relativ teuer.«

»Na klar, ich wünsche dir ein spektakuläres Silvesterfest, Lotte.«

»Dir auch! Auf ein gutes neues Jahr!«

Es klickte in der Leitung. Jetzt war sie alleine mit ihren Worten.

Verliebt? Sie musste darüber nachdenken. Und zwar sehr gründlich.

Es klopfte an der Tür ihres Zimmers.

Marcello streckte seinen dunklen Lockenkopf herein.

»Ciao«, sagte er und klopfte an den Rahmen. »Thea und ich sind vom Einkaufen zurück. Hast du Lust, beim Gemüseschnippeln fürs Raclette zu helfen?«

»Na klar!«

Clara legte ihr Handy zur Seite und stand vom Bett auf. In der Küche saßen schon die beiden anderen und begannen Paprika, Tomaten, Pilze und Schinken zu schneiden und Dosenmais in Schüsseln zu füllen.

»Hier, wir haben dir sogar Tofu mitgebracht«, rief Daniel und warf ihr den abgepackten Klotz zu. Geistesgegenwärtig hob Clara die Hand und fing das weiche Quadrat aus der Luft.

»Klasse, danke!«

Sie nahm sich ein Holzbrettchen und suchte das schärfste der stumpfen Messer aus.

Thea rümpfte die Nase. »Tofu«, sagte sie, »wie kannst du nur.« Clara wusste, dass sie es nicht böse meinte, aber im Moment hatte sie keine Lust auf das Thema. Es war Heiligabend schon so überpräsent gewesen. Ihre Oma war fast sauer geworden, als sie den Schweinebraten dankend abgelehnt und sich stattdessen nur Rotkohl mit Klößen auf den Teller geladen hatte.

»Aber wieso denn nicht?«

»Ich esse kein Fleisch mehr.«

»Bist du etwa eine von diesen Leuten, die nur Gemüse essen?«

»Nein, ich bin Vegetarierin.«

»Aber Fisch isst du doch, oder?«

»Nein.«

»Und Huhn?«

»Nein.«

»Herrgott, Kind, was isst du denn dann überhaupt noch?!« Sie hatte die Hände auf die feisten Hüften gestützt und auf Claras Haar gedeutet.

»Und was ist das für Filz auf deinem Kopf? Wäschst du dich nicht?«

Sie meinte die drei Dreads, die Bine ihr nach Feierabend in ihr immer länger werdendes Haar gehäkelt hatte. Schutz suchend strich Clara über die bunten Wollfäden, die sich um die Mitte des längsten Dreads wanden.

Danach hatte betretenes Schweigen um den Tisch geherrscht. Die Weihnachtsmusik klimperte leise im Hintergrund und Claras Appetit hatte sich verflüchtigt. Als sie ihre selbst gemachte Nachspeise nach einem Rezept von Raphael auftischte, war ihre Großmutter wieder versöhnt gewesen. Dass die Hirsecreme mit Erdbeersoße vegan war, erwähnte sie an diesem Abend lieber nicht.

Und jetzt fing auch noch Thea damit an.

»Du musst es nur richtig würzen«, gab Clara knapp zurück und legte die einzelnen Tofuscheiben in eine Lake aus Olivenöl und Kräutern. Dicht gedrängt standen die vier in der kleinen Küche und lauschten leise den Nachrichten aus dem Radio.

Irgendwann bemerkte Thea, dass sie offenbar einen wunden Punkt getroffen hatte. Sie berührte Clara kurz am Arm und lächelte sie an. »Hast du Lust, nachher die Musikliste für heute Abend zusammenzustellen? Die Jungs hier haben von guter Musik keine Ahnung.«

Daniel protestierte lautstark und hob drohend ein Metallpfännchen, das er nach einem Jahr Herumstehen im Keller erst mal abstaubte.

»Na ja«, grinste Marcello und wandte sich an Daniel. »In deinem Fall muss man sagen: Wo sie recht hat, hat sie recht.«

Er stimmte eine italienische Ballade an und Thea versuchte ihm die Hand vor den Mund zu halten.

»Schrecklich!«, meinte sie augenrollend zu Clara. »Wenn er einmal damit anfängt, wird es die ganze Nacht kein Ende finden.«

Clara grinste, sie kannte das Lied. Dann fiel sie sehr laut, sehr schief und mit sehr falscher Aussprache mit ein.

Anni

Anfangs hatte Anni sich Sorgen gemacht, ob das ganze Jahr Malaysia mit Rike und Silva zu lang werden würde. Doch seit dem Vorfall mit Silvas gestohlener Tasche begann die Zeit zu rasen und manchmal hatte sie das Gefühl, hier so intensiv zu leben, dass es unmöglich war, die Gegenwart festzuhalten. Denn sie erlebte jeden Tag etwas Neues. Eindrücke, Worte, Bilder und Farben, die sie in Deutschland nicht erleben konnte. Und auch hier hatte sie ihre Zeit gebraucht, ehe sie all das wahrnahm.

Jetzt lag schon fast der Jahreswechsel hinter ihnen und die Hälfte des FSJs war beinahe um.

Ihre Betreuerin Siti tat nichts wegen des Straßenüberfalls. »Sinnlos«, meinte sie durchs Telefon. Dafür nahm sie den Vorfall zum Anlass, endlich für Gas in der Freiwilligen-WG zu sorgen. Aber da war es schon zu spät und die drei hatten den Nachtmarkt und die anderen kleinen Essensstände so sehr in ihr Herz geschlossen, dass sie die eigenen Töpfe selten schmutzig machten. Sie versuchten sich ein paarmal an Nudeln und Reis, aber es schmeckte nicht.

Anni dachte lange darüber nach, wo der Fehler lag, als Rike es auf den Punkt brachte: »Ganz einfach: Die Gewürze sind komisch. Wir können mit ihnen nicht umgehen. Die Einheimischen schon.« Seitdem aßen sie abends wieder außer Haus.

Außerdem war neu, dass sie anfingen, sich mit Erics WG zu treffen. Meistens luden die Jungs sie zum Essen ein, denn komischerweise bereitete ihnen das Würzen keine Probleme und sie schafften es, passable Mahlzeiten zuzubereiten. Bei dem groß angekündigten deutschen Menü, das Anni zum Dank nach dem Überfall versprochen hatte, lächelten sie höflich. Um Nachschlag baten sie nicht.

Wenn sie es schaffte, dann versuchte Anni die Blog-Einträge ihrer Freundinnen zu lesen. Das klappte besser, als eigene Posts zu veröffentlichen. Zumindest von der Zahnputz-Aktion schaffte sie es, den anderen etwas zu zeigen.

Eine der Ideen, die Eric und sie gemeinsam angingen, war die, den Kindern das Zähneputzen näherzubringen. Sister Carla war von dem Vorschlag sofort begeistert und sorgte dafür, dass jedes der Kinder eine billige Plastikzahnbürste in die Hand gedrückt bekam. Dann versammelten sich alle in dem größten der Klassenräume. Die Ventilatorenblätter schnitten durch die warme Luft und verteilten die schwüle Hitze mehr, als dass sie für Abkühlung sorgten. Anni stellte sich zwischen Sister Carla und Eric und stützte die freie Hand über dem langen Rock auf die Hüfte. Erstaunt stellte sie fest, dass sie den Knochen durch den Stoff hindurch deutlich fühlte.

»Was machen wir?«

»Warum hältst du einen Becher in der Hand?«

»Wieso hat Sister Carla so viele Zahnbürsten?«

Die Kinder stürmten mit lauten Fragen auf sie ein und Eric hob beschwichtigend die Hände, während gleichzeitig zwei Jungen auf seinen Rücken sprangen.

»Du bist ganz schön neugierig!«, meinte er zu ihm und deutete auf die Uhr, die kurz vor drei zeigte. »Es geht doch gleich los!«

Der wöchentliche Nachmittag, den Anni und Eric für ihre eigenen Ideen zur Verfügung hatten, war inzwischen Annis persönlicher Höhepunkt geworden. Und sie hatte das Gefühl, auch die Kinder mochten die Zeit, in der sie nicht lernten, Hausaufgaben machten oder ihren alltäglichen Spielen nachgingen. Dieser Nachmittag bedeutete jedes Mal eine Überraschung, etwas Neues, etwas Spannendes und Anni ging es genauso. Ein Stück andere Welt.

Der Zeiger rückte vor und Anni stellte sich vor die Tafel. »Es geht los!«, rief sie und Sister Carla zog sich zurück. Die Stunde gehörte ihnen. Die Kinder stellten sich ordentlich in einer Reihe auf und Anni hielt sich die Zahnbürsten wie einen bunten Blumenstrauß vor den Bauch.

»Augen zu«, verlangte sie, »jeder zieht jetzt eine Zahnbürste.« Alle Kinder schlossen die Augen. Anni lief durch die Reihen und führte die Finger jedes Einzelnen zu den Bürsten, sodass am Ende die kleinen Hände jeweils eine Zahnbürste umklammerten.

»Alle bereit?« Aus großen dunklen Augen starrten sie Anni an und nickten.

»Dann geht's los. Eben hat Eric uns so leckere Pavlova-Torte gebacken und deshalb müssen wir uns jetzt die Zähne putzen. Kennt ihr Irma, die Zahnputzhexe? Von der will ich euch jetzt nämlich erzählen.«

Die Zahnputzaktion dauerte nicht lange und Sister Carla ging mit den Kindern danach in den Hof. Anni und Eric begannen die Plastikbecher wegzuräumen, die auf den Schultischen stehen geblieben waren.

»Schon komisch, dass es hier nicht normal ist, abends mit geputzten Zähnen ins Bett zu gehen«, bemerkte Anni und wischte über eine Tischplatte. Ihr weiter Rock flatterte ihr um die Beine. Sie war ganz froh, dass sie nicht mit den anderen rausgegangen waren, sosehr sie die meisten auch schon in ihr Herz geschlossen hatte.

»Viele Sachen sind hier anders. Und wir sind hier auch nicht wie zu Hause«, war Erics Antwort. Er griff nach einem Besen. Niemand hatte sie gebeten, den Raum zu putzen, doch Anni nahm direkt den Tafelschwamm und begann die Kreide fortzuwischen. Eine selbst geschaffene Gelegenheit.

»Dinge, die hier passieren, bleiben hier. Und sind doch geheim, weil niemand davon erfahren darf.«

Anni war froh, dass sie bei seinen Worten das Gesicht der Tafel zugewandt hatte, sodass er nicht sah, wie ihre Wangen rot wurden. Hektisch wischte sie über die Kreideschlieren und ihr Atem beschleunigte sich ein wenig. Seitdem sie in der Jungen-WG übernachtet hatten, waren sie nicht mehr zu zweit gewesen. Nicht dass in dieser Nacht viel passiert war. Er hatte ihre Hand genommen und trotz des schmalen Bettes hatten sie zu zweit nur etwa auf der Hälfte des Platzes gelegen. Danach war diese leichte Spannung da gewesen, vielleicht bildete Anni sich die auch nur ein. Vielleicht aber auch nicht.

Sie räusperte sich. »Ja …«, meinte sie, »ja.« Mehr fiel ihr nicht ein.

Eric stellte den Besen in die Ecke und trat langsam zur Tafel. Er legte ihr vorsichtig die Hände auf die Schultern.

»Ich weiß, das ist hier nicht üblich. Und ich weiß, wir sind hier Fremde. Sind hier Gäste.«

Er umfasste sanft ihre Taille und hauchte ihr einen Kuss auf den Hals. Sie wagte kaum, sich zu bewegen. »Vergiss nicht den Vertrag zu erwähnen, auf dem wir unterschrieben haben, weder schwanger zu werden, noch jemanden zu schwängern«, zog sie die Situation ins Scherzhafte. Er lachte und ließ sie wieder los.

»Du hast recht«, meinte er und strubbelte ihr freundschaftlich übers Haar. Und Anni hätte sich ohrfeigen können. Wieso konnte sie ihren Mund nie halten, wenn es ernst wurde?!

Plötzlich stand Sister Carla in der Tür und sah sie mit seltsam wissendem Blick an. Sie kam mit vor ihrem Nonnengewand verschränkten Händen zu ihnen herüber und Eric wich von Anni zurück.

»Eric, die Kinder wollen draußen mit dir Fußball spielen«, sagte sie freundlich, doch ihre dunklen Augen ruhten auf Anni.

»Na klar«, beeilte sich Eric zu sagen und verschwand durch die Tür, nicht ohne einen besorgten Blick über die Schulter zu werfen.

Die Ventilatoren peitschten durch die Luft und Anni war nie aufgefallen, wie laut dieses Geräusch sein konnte. Normalerweise erfüllten Kinderstimmen den Raum. Jetzt waren sie weit weg, nicht mehr als ein leises Nebengeräusch.

Sister Carla strich Anni über die Wange. Ihre Augen ruhten weich, aber bestimmt auf ihr. Anni hielt den Atem an.

»Liebe Anni, pass auf«, meinte Sister Carla nur. »Du bist eine Frau. Und eine Frau in Malaysia folgt anderen Sitten als in dem Land, aus dem du kommst.«

Marlene

Während der Weihnachtstage hatte Marlene begonnen, ihr Zimmer, den Keller sowie den Dachboden nach ihren alten Kunstprojekten zu durchforsten und war überrascht, wie viel sie noch hatte. Bei genauerer Betrachtung merkte sie aber schnell, dass sie sich mit den wenigsten Arbeiten vertraut genug fühlte, um sie in der Kunsthochschule zu präsentieren. Es kam noch ein ganzes Stück Arbeit auf sie zu, aber der Gedanke daran beflügelte sie.

Auf der Fahrt zurück nach Kassel dachte sie darüber nach, wie sie am besten mit ihren Professoren über den Studienabbruch reden sollte. Schließlich musste sie es ihnen mitteilen und einiges Organisatorisches in die Wege leiten, auch wenn sie den Gedanken an diesen unangenehmen Teil des Vorhabens bereits fast wieder verdrängt hatte.

Nein, diesmal nicht!

Ihre Weihnachtsgeschenke, ein Buch über Physikgrundlagen, eines mit dem Titel *Wunder der Technik* und eine umfassende Formelsammlung ließ sie zu Hause. Lediglich den neuen Mantel und die DVD nahm sie mit in ihr Studentenwohnheim. Natürlich war ihr die Tatsache peinlich gewesen, dass ihre Eltern sich mit ihren Geschenken die Mühe gemacht hatten, ihr eigenes Budget, das ins Studienmaterial floss, zu schonen und sie diese nun von sich wies. Aber ihre Mutter hatte nur etwas säuerlich bemerkt, dass sie die Sachen nun zum halben Preis irgendwo anders anbieten müsste, dann war darüber nicht weiter geredet worden.

Schade war, dass Christian am Abend des 24. Dezembers nicht im Gottesdienst gewesen war. Seine Eltern hatten ihm einen Skiurlaub mit der Familie geschenkt und deswegen war er nun irgendwo in Österreich.

Wenn alles gut ging, dann würden sie sich Silvester sehen und gemeinsam in Frankfurt feiern.

Sie sahen sich Silvester nicht. Aufgrund eines heftigen Unwetters waren auf Christians Zugstrecke Bäume auf die Gleise gefallen und der Ersatzverkehr würde ihn nicht rechtzeitig nach Frankfurt bringen, sodass es sich für Marlene nicht lohnen würde, zu kommen. Sooree war noch immer bei Mike und jetzt noch zu ihrer Familie zu fahren, erschien Marlene auch nicht besonders attraktiv. Lukas feierte sicherlich mit Freunden und Silvester mit den Freunden ihrer Eltern bei Raclette und Schnittchen zu verbringen, danach stand ihr auch nicht der Sinn.

Frustriert aß sie die Krapfen, die sie Christian hatte mitbringen wollen, allein und sah sich mindestens zehn Mal *Diner for One* an, während sie eine Flasche Sekt trank.

Gegen zwölf war sie zu betrunken, um sich die Raketen draußen anzusehen, und um eins war sie so müde, dass sie sich ins Bett legte. In ihrem Kopf drehte sich alles, doch als sie sich nach wenigen Minuten auf die Seite rollte, nickte sie sofort ein.

Den Neujahrstag verschlief sie halb, und erst als nach drei Tagen Sooree wieder zurück nach Kassel kam und kurz darauf das Lacrosse-Training begann, fühlte Marlene sich wieder wohler. Die Hose saß nach den einsamen Tagen etwas zu eng und sie rannte etwas zu langsam, aber das Training tat gut und sie hatte das Gefühl, sich jetzt intensiver mit ihrer Kunstmappe beschäftigen zu können.

Zwei Mal brachte sie ihre Projekte zur Lerngruppe mit. Sie hatte vorher nicht gewusst, wie hilfreich es für die eigenen Gedanken war, mit anderen über die Werke zu reden, und mit nicht wenigen konnte sie sich nach längerem Nachdenken nun doch wieder identifizieren. Ihr Kopf begann sich zu ordnen.

»Ich mag deine Art zu zeichnen«, sagte Linda zu mehreren ihrer Skizzen.

»Es sieht aus, als ob du einer Szene mit einem einzigen Stift, einer einzigen Farbe mehr Leben verleihen kannst, als andere mit einem ganzen Farbkasten.«

Zwei Mal lud Linda Marlene zu sich ein, um die besten Projekte rauszusuchen und sie redeten bei grünem Tee und Mandelkeksen lange über die Auswahl.

Doch das reichte nicht.

An einem Nachmittag im Februar klingelte Marlene an Tanjas Tür.

Es ertönte lautes Kläffen und als Tanja ihr mit einer Pommes in der einen und einer fettigen Serviette in der anderen Hand die Tür mit dem Fuß aufstieß, zweifelte Marlene daran, ob sie sich richtig entschieden hatte.

»Marlene!«, rief Tanja und machte umständlich den Weg frei. »Komm rein! Du warst schon so lange nicht mehr im Hundeverein, ist alles gut bei dir?«

Marlene betrat die kleine Wohnung, bisher war sie lediglich zum Grillen im Garten gewesen. Bereits im Flur hingen zwei kitschige Fotografien von Kolja, der schwanzwedelnd um ihre Beine sprang, und im Wohnzimmer hing ein gerahmtes Gemälde von dem Hund.

Tanja ließ sich auf dem billigen Sofa nieder und klopfte neben sich.

»Setz dich, Marlene, setz dich. Hast du Hunger?«

Marlene ignorierte die vielen schwarzen Haare auf dem Polster und ließ sich auf der Sofakante nieder.

»Ich … ähm … nein danke«, haspelte sie und legte ihre Tasche auf dem Boden ab.

»Na, wie geht's dir denn so?«, fragte Tanja und tätschelte ihr mit der fettigen Hand den Rücken.

Marlene zuckte ein wenig zusammen.

»Ganz gut. Danke für eure Postkarten.« Drei Mal hatte sie aufmunternde Worte des Hundeklubs in ihrem Briefkasten gefunden, jedes Motiv scheußlicher als das vorige und Marlene hätte jedes Mal wegen ihres schlechten Gewissens heulen können.

Tanja sah sie mitfühlend an. »Wir wissen doch, wie du dich fühlen musst.« Sie senkte ihr dickes Gesicht betreten zu Boden. »Wir haben uns schon gedacht, dass es zu schwer für dich ist, weiter zu kommen, wenn du uns mit den kleinen Rackern siehst.«

»Ja …«, gab Marlene von sich. Sie war verwirrt. Für diese Art von Gespräch war sie nicht gekommen.

»Ich glaube, besonders der Johann vermisst dich«, wisperte Tanja verschwörerisch und stopfte sich die letzten Pommes in den Mund, die in der Tüte eines Dönerimbisses auf dem Couchtisch standen.

Marlene straffte die Schultern. »Du hattest doch gesagt, ich könne mir Kolja mal ausleihen, oder?«

Tanjas Blick wurde weich. »Aber ja doch, nur zu!«, rief sie und sprang sofort auf, um die Leine zu suchen.

»Darf ich ihn malen?«

Als Marlene Kolja am Abend zurückbrachte und Tanja die Skizzen und die zwei Aquarelle zeigte, die sie am Nachmittag von dem Hund gefertigt hatte, stiegen Tanja Tränen in die Augen.

»Die sind wunderschön«, hauchte sie und umarmte Marlene überschwänglich. »Du musst sie mir kopieren, hörst du? Du musst!«

Lotte

Als Lotte am Silvesterabend an der Haustür klingelte, vergewisserte sie sich drei Mal, dass es die richtige Adresse war. Der Schnee fiel an diesem Abend sanft, aber besonders kalt war es nicht.

Sie hatte eine Weile nach dem Eingang suchen müssen, war ums Haus gegangen, doch schließlich hatte sie ihn gefunden. Marten wohnte mit seinem Bruder und zwei

Freunden in einem kleinen Haus in Bedum, einem Dorf nahe Groningen. Das rote Gemäuer stand in einer Reihe mit vielen anderen Gebäuden gleichen Alters an einem Kanal und Lotte hatte schon bemerkt, dass zu dem Haus auch ein kleiner Steg gehörte. Hier im Sommer schwimmen zu können, musste herrlich sein.

Die Tür wurde so schwungvoll geöffnet, dass Lotte beinahe ins Haus stolperte. »Du musst Lotte sein!«, rief der Junge, der Marten wie aus dem Gesicht geschnitten war. Er bemerkte ihre Verwirrung und hielt ihr die Hand hin. »Ich bin Floris, Martens Bruder.«

Er führte sie direkt durch einen kurzen Flur in eine geräumige Wohnküche, wo sie ihre Jacke über einen Stuhl legte.

Marten drehte ihr den Rücken zu. Er stand am Herd und um ihn herum türmten sich Geschirr, Töpfe, eine Packung Mehl und jede Menge Rosinen lagen verstreut auf der Ablage und dem Holzboden. Neben ihm stand ein Mädchen mit blondem kurzem Haar und half ihm, kleine Teigbällchen zu formen, die er in einen großen Topf warf. Dem Zischen nach zu urteilen, war der mit heißem Fett gefüllt.

Kurz versetzte es Lotte einen Stich zu sehen, wie selbstverständlich das fremde Mädchen ihm die Teigbällchen reichte. Wenn sie sich zu ihm beugte, berührten sich ihre Hüften und ihr kurzes Haar streifte seine Schulter.

»Marten, du hast Besuch!«, rief Floris über die Musik eines Radios hinweg und Marten ließ ein Bällchen ins heiße Fett fallen, sodass das Öl spritzte und er zurückfuhr. Dann drehte er sich um. Sein braunes Haar war unordentlich und mit Mehl bestäubt und er hatte sich ein paar Tage nicht rasiert, was ihm gut stand.

»Hallo«, sagte er und lächelte. Er trat zu ihr an die Küchentür, wollte sie umarmen, doch dann hielt er den Finger in die Luft. »Ich rieche nach Fett«, sagte er dann, »ich sollte wohl erst duschen.«

Floris lachte und trat zu dem Mädchen, das Lotte ihre teigverklebten Hände entgegenhielt. »Ich würde dich ja begrüßen«, sagte sie, »aber ich glaube nicht, dass du *die* wirklich anfassen willst.«

»Ich schon«, rief Floris und sprang über die Küchentheke zu dem Mädchen. Er schlang seinen Arm um ihre Taille und drückte ihr einen Kuss auf den Mund.

»Mehl«, meinte er nur und sie zwickte ihn trotz ihrer Teighände in die Seite.

»Ich bin Anouk«, sagte sie und deutete dann entschuldigend auf den hohen Topf. »Tut mir leid, wir müssen grade noch die Oliebollen fertig frittieren.«

Floris ließ sie los und griff nach einer Küchenschürze. »Ich helfe dir«, meinte er, »dann kann Marten sich endlich richten.« Sofort machte er sich daran, die Hefebällchen mit Anouk zu formen.

Ein wenig verlegen stand Marten vor Lotte. »Kennst du Oliebollen?«, fragte er dann.

Lotte nickte. »Coosje macht sie ganz selten, wenn die Kinder es sich wünschen«, sagte sie.

Marten verzog das Gesicht. »Ich mag sie nicht so gerne«, erklärte er dann. »Zu viele Rosinen und zu viel Fett.

Aber die anderen können Silvester ohne Oliebollen nicht feiern.« Lotte lächelte und hob die Tüte in ihrer Hand auf Augenhöhe.

»Ich hab das Waffeleisen mitgebracht. Vielen Dank noch mal!«

Marten lachte herzlich. »Dann ist mein Dessert ja doch gerettet!«, meinte er. »Komm, ich bringe dich zu den anderen ins Wohnzimmer.«

Das Wohnzimmer grenzte direkt an die Küche und hinter einer Ecke stand ein blaues Sofa, auf das Floris einen bunten Bezug gelegt hatte, um das herausquellende Polster zu verstecken. »Die Katze wetzt hier ihre Krallen«, meinte Marten entschuldigend. Dann stellte er Lotte seinen beiden Mitbewohnern und einer weiteren Freundin vor, die alle drei eine Flasche Grolsch in der Hand hielten und auch Lotte ein Bier reichten. Sie mochte kein Bier, traute sich aber nicht, nach etwas anderem zu fragen.

»Ich bin in fünf Minuten wieder da!«, rief Marten und sprang eine Wendeltreppe hoch, die in der Zimmerecke nach oben führte.

Nach vier Minuten kam er wieder herunter, mit nassem Haar und frischem T-Shirt. Er setzte sich neben Lotte aufs Sofa und drückte wie selbstverständlich ihre Hand, ehe er eine Flasche des niederländischen Bieres in die Höhe hielt. »Auf einen schönen Abend.«

Später kamen noch zwei Mädchen dazu, offensichtlich Schwestern, dann war die Runde komplett. »Mann, unsere Eltern bestehen Silvester immer darauf, dass wir gemeinsam essen gehen«, stöhnte die eine und griff nach zwei Oliebollen, die Anouk mit Puderzucker bestreut auf den Tisch gestellt hatte. Gegessen hatten sie bereits.

»Möchte jemand eine Waffel?«, fragte Marten und einer der Mitbewohner meldete sich.

»Ich auch«, sagte Lotte. Marten nahm ihre Hand und zog sie nach oben. »Machen wir den Teig zusammen?«

Sie liefen rüber in die Küche und suchten in dem Chaos, das Anouk und Floris mit ihrem Versuch aufzuräumen nur noch verschlimmert hatten, nach Mehl, Milch, Eiern und Butter. Und während Lotte den Teig zusammenrührte und den ersten Löffel auf ihr neues Waffeleisen gab, kochte Marten in einem Topf Kirschen.

»Ohne geht's nicht«, meinte er grinsend. Er drehte sich zu Lotte um. Jetzt berührte seine Hüfte ihre, als er ihr eine Kirsche zum Probieren gab, jetzt berührte ihr Haar seine Schulter. »Es ist wirklich schön, dass du gekommen bist«, meinte er dann etwas leiser, sodass die anderen im Wohnzimmer ihn nicht hören konnten.

Lotte kratzte all ihren Mut zusammen und trat einen Schritt auf ihn zu, sodass sie nun wenige Zentimeter vor ihm stand. Er strich mit seiner Hand über ihre Wange, sie war trocken vom Mehl und warm von der Hitze der Küche. Er blickte sie an und senkte sein Gesicht zu ihrem herab.

»Riecht ihr das denn nicht?!«, riss Anouks laute Stimme sie aus dem Moment. Anouk rannte zu ihnen herüber und öffnete das Waffeleisen mit lautem Zischen. Eine schwarze Waffel fiel von der oberen Hälfte herab und blieb zusammengefallen neben dem Gerät liegen. Der stinkende Rauch füllte die Küche und Anouk öffnete, sich mit der Hand vor der Nase wedelnd, ein Fenster.

»Die kann man wohl nicht mehr essen.«

Einen Augenblick wartete sie, dann spülte sie das heiße Eisen ab und machte aus dem restlichen Teig drei perfekte Waffeln in Kirschform. Lotte streute braunen Zucker darüber und Marten verteilte großzügig Kirschen auf dem Teig.

Dann liefen sie zu dritt zurück ins Wohnzimmer. Anouk verließ die Küche als Erste und Marten berührte kurz Lottes Hand, ehe er die beiden übrigen Teller nahm und sie gemeinsam zu den anderen schlenderten.

Zunächst saßen sie noch eine Weile beieinander, bis Floris vorschlug, etwas zu spielen. Im Laufe des Abends wurde immer mehr getrunken, mehr gelacht und es wurden mehr Oliebollen gegessen. Lotte hoffte, am nächsten Morgen daran zu denken, das Rezept, das Anouk ihr kichernd auf den Arm kritzelte, auf den Blog zu stellen.

Um kurz vor zwölf war Lotte mehr als angeheitert und klammerte sich an Marten fest, um vom Sofa aufzustehen. In ihrer trunkenen Kühnheit drückte sie sich eng an ihn, obwohl sie eigentlich selbst noch ganz gut stehen konnte.

Anouk und eines der Mädchen holten die Raketen, Floris griff sich eine Flasche Sekt und dann liefen, stolperten, rannten sie lachend vors Haus. Es hatte aufgehört zu schneien, aber Lotte hatte sich keine Jacke mitgenommen. Marten legte ihr seine eigene um die Schultern und hielt sie fest. Einige Nachbarn hatten sich ebenfalls am Kanal versammelt und sahen auf ihre Armbanduhren.

»Gleich ist es so weit!«, rief Floris und sein Freund steckte die erste Rakete in eine leere Weinflasche.

Anouk griff nach dem Sekt und füllte für alle die Gläser, die sie in der Runde verteilte.

Und dann war Silvester. Lotte hatte verpasst, den Countdown mitzuzählen, aber in dem Moment, als die Raketen in den Himmel schossen und Floris jubelnd seiner eigenen nachblickte, wusste sie, dass das neue Jahr begonnen hatte. Die Gläser klirrten, als sie miteinander anstießen und sich ein frohes neues Jahr wünschten. Lottes Augen glänzten vor Freude, vor Alkohol, vor Glück, als ihr Glas mit feinem Geräusch nachklang.

Marten sah sie an, genauso wie vorhin in der Küche. Ein leichtes Lächeln umspielte seine Züge, er beugte sich zu ihr herab und dieses Mal kam weder Anouk noch irgendwer sonst, um sie von dem abzuhalten, was schon vor einigen Stunden zwischen verbranntem Teig und weißem Mehl hätte geschehen sollen.

Clara

Es dauerte noch fast einen Monat und viele gemeinsame Abende, ehe sich Clara sicher fühlte. Sie war wirklich in Raphael verliebt und jedes Mal, wenn er sie berührte, wenn sie gemeinsam herumalberten oder zusammen tanzten, spürte sie die Hitze auf ihrer Haut und sie musste sich zusammenreißen, ihre Arme nicht um ihn zu schlingen. Trotzdem wusste sie nicht, ob sie ihm davon erzählen sollte, wollte nicht riskieren, dass es ihre Freundschaft beendete.

An einem Abend saß sie gemeinsam mit Thea in der Küche und las eine von Daniels Hausarbeiten. Irgendwann legte sie den roten Stift zur Seite und lehnte sich auf dem Holzstuhl zurück.

Thea blickte auf.

»Sag es ihm.«

»Was?!« Vollkommen perplex starrte Clara sie an. »Seit Wochen geisterst du durch die Gegend und jedes Mal, wenn Raphael durch die Tür kommt, blühst du auf und hast rote Wangen. Und er kapiert es offenbar nicht.« Sie schnippte einen Brotkrümel vom Esstisch. »Sag's ihm.«

Clara raufte sich die Haare und drehte sie zu einem Zopf an ihrem Hinterkopf zusammen. Sie wickelte sich einen Schal darum und stützte ihre Hand auf. Sie seufzte und schlang den freien Arm um ihre angewinkelten Knie, die in einer weiten Stoffhose steckten. Bine hatte sie ihr geschenkt.

»Vielleicht hast du recht.«

»Ganz sicher habe ich recht.«

»Sieht ja schon wunderbar aus!«, rief Raphael, als er mit weit ausgebreiteten Armen in die Bastelwerkstatt eintrat.

Die Kinder kicherten und betrachteten die beiden verstohlen.

»Ist das dein Mann?«, quietschte Miri und ließ den Pinsel sinken, sodass sie einen blauen Klecks auf der Werkbank hinterließ.

Clara zwickte sie nur spielerisch in die Seite und die anderen Kinder lachten.

»Ja, sie machen es toll!«, sagte Clara und wischte sich über die Stirn. Die Heizung in der Hütte war zu hoch gedreht, aber im Winter war es nötig, um Wärme in die Werkstatt zu bringen. »Die Mosaike nehmen schon richtig Gestalt an und schau mal!« Sie führte Raphael neben die Waschbecken, wo bereits eine bunt bemalte Kräuterspirale stand.

»Die haben die Kinder gestern angemalt. Und ich bin jetzt dabei, einen kleinen Kräuterführer zu schreiben. Es wird genial!«

»Es *ist* schon genial. Allein dass du und die Kinder Spaß daran habt, reicht doch schon.«

Er lächelte sein sanftes Lächeln und Claras Herz begann schon wieder zu klopfen.

Bine kam zur Tür herein und schüttelte sich den Schnee von der Wollmütze.

»Raphael«, rief sie und entblößte beim Lächeln ihre leicht schiefen Zähne, »dich habe ich ja auch lange nicht gesehen. Offenbar fliegst du im Moment durch andere Sphären.«

Raphael kam zu ihr und umarmte sie, wie er Clara umarmt hatte.

»Ist er auch *dein* Mann?!«, fragte Miri empört, doch Bine hörte die Frage nicht.

Clara sah auf die Uhr. Es war erst kurz nach drei, aber sie hatte mit Bine verabredet, heute früher Schluss zu machen.

Bine trat zu ihnen und nickte anerkennend. »Dein Gartenprojekt nimmt ja Gestalt an«, sagte sie und klopfte sanft gegen eine bunt bemalte Mosaikscherbe.

»Ich freu mich auf den Frühling, wenn es endlich richtig erblüht.«

»Ich mich auch.« Clara wickelte sich das warme Tuch um den Kopf und griff nach ihrer Jacke, die auf einem der Holzschemel lag. »Ich gehe jetzt, in Ordnung?«

»Na klar, wie abgesprochen.«

Zusammen mit Raphael verließ sie die Werkstatt, das protestierende Geschrei der Kinder im Rücken. Sie winkte ihnen zu und schloss dann die Holztür hinter sich.

Sie liefen den ausgetrampelten Weg am Caféwaggon vorbei, der trotz der eiskalten Temperaturen Essen und Kaffee verkaufte.

»Das ist ein ganz besonderer Ort«, sagte Raphael und hielt sein Gesicht in den grauen Himmel, als wolle er die spärlichen Sonnenstrahlen, die durch die Wolkendecke krochen, absorbieren.

»Ja«, sagte Clara nur und schlug den Weg zum Gemüsegarten ein. Jetzt im Winter lagen die Beete brach und lediglich in dem kleinen Gewächshaus waren die Gärtner manchmal beschäftigt. Doch das war gut so. Hier würden sie ungestört bleiben.

»Du willst etwas sagen, oder?«, fragte Raphael und zog sie an der Hand zu einer hohen Birke, unter der eine bunt bemalte Bank stand. »Du klangst am Telefon so, als ob du etwas Wichtiges zu bereden hättest.«

»Habe ich doch immer«, versuchte Clara zu scherzen und ließ sich zur Bank führen.

»Wollen wir uns setzen oder ist es dir zu kalt?«

Clara schüttelte den Kopf und Raphael wischte mit seinem Handschuh die dünne Schneeschicht von den Brettern. Er ließ sich nieder und Clara tat es ihm gleich. Sie spielte mit den Fingern an den Bändern ihrer Stoffhose und fröstelte ein wenig. Ihre Lippen brannten in der Winterkälte, ihre Nase lief und ihre Augenlider zitterten.

Raphael sah sie an und lächelte.

»Ich …«, begann Clara und brach ab. Sie schüttelte ihre Hände aus und ließ die eisige Luft in ihre Lungen strömen.

»Ich …«

Beruhigend legte Raphael seine Hände auf ihre Schultern. Das Gewicht tat gut, drückte sie auf ihren inneren Boden zurück und sie schloss kurz die Augen, um sich zu besinnen.

»Fang noch mal von vorne an.«

Clara ließ sich noch einen Moment Zeit, dann setzte sie ein weiteres Mal an.

»Ich mag dich sehr gerne, Raphael.«

»Ich dich auch, Clara.«

»Ich bin so froh, dich hier in Berlin kennengelernt zu

haben. Ich bin so froh über das, was du mir zeigst, über all das Neue, das ich durch dich kennenlernen darf. All das, worüber ich auch mich neu entdecke. Das ist mehr, als ich mir von meinem Jahr hier erwartet hätte.«

Raphael hob die Augenbrauen.

»Du gibst aber mindestens genauso viel zurück. Ich lerne durch dich so sehr wie du durch mich.«

»Ja?«

»Ja.«

»Okay, zurück zum ersten Punkt«, lenkte Clara das Gespräch wieder in eine andere Richtung und überschlug die Beine. Langsam kroch die Kälte ihre Knöchel hinauf.

»Ich mag dich wirklich *sehr* gerne.«

»Meinst du so verliebt gerne?«

Er war sehr direkt. Clara schwieg. Aber nur kurz.

»Ja, ich glaube schon.«

»Du glaubst es?«

»Nein, es ist so.«

Raphael fuhr sich durch die schwarzen Locken, zog die Handschuhe aus und griff nach ihren Händen, zog sie in die seinen und wärmte sie.

Claras Herz klopfte, sie wagte kaum, ihn anzusehen, tat es dann aber doch.

»Ich liebe dich auch, Clara. Aber ich meine das etwas anders. Ich empfinde eine sehr große Liebe allen Menschen gegenüber, zu dir besonders, denn ich verspüre zu dir eine ganz große Verbindung. Unsere Seelen passen zueinander.«

Clara verzog verwirrt die Stirn. »Entschuldigung, das ist mir gerade etwas zu schwammig.«

»Okay. Ich bin nicht in dich verliebt. Ich bin in Felix verliebt und ich glaube, er auch in mich.«

»In Felix?!«

Clara musste schlucken.

So viele Abende hatten sie zusammen verbracht und sie hatte es nicht bemerkt. Sie hatte überhaupt nicht gewusst, dass er schwul war.

»Bist du überrascht?« Raphael sah beinahe ein wenig schuldbewusst aus. »Ich weiß, ich hätte es dir sagen sollen.«

»Dass du schwul bist?«

»Ich war schon in Mädchen und in Jungs verliebt. Nein, dass ich mir eine Beziehung mit Felix wünsche. Es war unfair, dir nicht davon zu erzählen, denn du bist eine so enge und gute Freundin.« Er fuhr sich über das leicht unrasierte Kinn. »Aber ich war mir selber unsicher und wollte erst mit Felix darüber reden.«

Clara zog die Nase hoch. Die Kälte biss schärfer in ihre Wangen.

»Und, hast du?«

»Ja.« Raphaels Augen leuchteten kurz auf und Clara sah, dass er sich ein Lächeln verkniff. »Und er kann sich das offenbar auch vorstellen.«

In ihrem Bauch zog sich ein Knoten zusammen. Scham und Angst und das Gefühl der Nacktheit. Sie hatte sich offenbart und jetzt wusste er, was sie fühlte. Die Tränen in ihren Augen kamen von Trauer und Enttäuschung und auch von verletztem Stolz. Ab sofort war die gute Zeit mit ihm vorbei, es musste so sein.

»Und jetzt?«, fragte Raphael. Er hielt noch immer ihre Hand und strich ihr über die Finger.

»Jetzt …«, Clara blickte in den Himmel, der nun von dunklen Wolken überzogen wurde, »jetzt muss ich gehen. Ganz schnell, ich muss noch … weg.«

Sie sprang auf und stopfte ihre Hände in die Jackentaschen. Ihr Hals war eng, ihr Bauch schmerzte, ihr Herz war wie zusammengefroren.

»Wir telefonieren, wir sehen uns bald, oder?«, rief Raphael ihr hinterher, als sie herumwirbelte und den Weg zur Werkstatt zurückhastete.

»Jaja!« Ihre Stimme zitterte genau wie ihre Hände, als sie versuchte, eilig ihr Fahrradschloss zu öffnen. Sie sprang auf ihr Rad und fuhr über den glatten Boden aus dem Garten. Die erste heiße Träne rollte über ihr Gesicht, als sie noch keine zehn Meter zurückgelegt hatte.

Anni

Nach dem kurzen Zwischenfall mit Eric, den Sister Carla offenbar mitbekommen hatte, hütete Anni sich, ihm bei der Arbeit zu nahe zu kommen. Was nicht hieß, dass sich nicht andere Gelegenheiten boten. Diese waren rar und immer nur dann möglich, wenn sich Annis und

Erics WG gegenseitig besuchten, aber sie existierten. Alleine treffen, das ging nicht. Und das wussten sie.

Irgendwann fragte Silva auch ganz unvermittelt, was das denn sei mit Eric und ihr. Doch darauf wusste Anni selbst keine Antwort. Sie wusste nur, dass es gut war. Aufregend, etwas Neues zu entdecken, etwas Neues zu erleben, etwas Neues zu tun. Auch wenn sie enorm aufpassen mussten, dass niemand sie gemeinsam sah. Zum Glück konnte man in beiden Wohnungen die Fenster vor Blicken von draußen mit Vorhängen und Rollos verschließen. Was es auf jeden Fall nicht zu sein schien, war etwas Festes. So wie Eric gesagt hatte: Sie waren hier anders als zu Hause. Das war das Einzige, dessen Anni sich sicher fühlte. Glaubte sie. Im Moment.

»Habt ihr eigentlich Lust, während unserer freien Wochen zu reisen?«, fragte Anni an einem Abend im Februar, während sie eine Paprika in schmale Streifen schnitt. Es war einer der seltenen Tage, an denen sie beschlossen hatten, zu Hause zu kochen, und Silva kreischte auf, als das heiße Wasser gegen ihre Stirn spritze, während die Reiskörner darin landeten.

»Reisen?«, fragte sie und wischte sich übers Gesicht. »Wie meinst du das?«

»Na ja«, Anni legte das Messer beiseite und reichte Rike das Gemüse, die es mit konzentrierter Miene zu würzen begann, »wir haben doch alle von unserer Einsatzstelle aus die freien Wochen zur Verfügung. Ich dachte, wir könnten noch einmal ein wenig rumkommen. Vietnam,

Kambodscha … das sind doch alles Länder, die nicht sehr weit weg sind. Wann werden wir jemals wieder die Gelegenheit dazu bekommen?!«

Anni merkte, wie sie bei dem Gedanken euphorisch wurde. All die Länder um sie herum, all die Kulturen, die sie entdecken konnte.

Silva legte provisorisch einen Teller anstelle eines Deckels auf den Kochtopf und ließ sich auf einen der Plastikstühle plumpsen. Sie zog die Knie an und zupfte an ihrem kurzen Rock. Bis heute hatte sie nicht versucht, ihre Kleidung den Gepflogenheiten anzupassen. Doch Anni glaubte nicht, dass sie das nach den vergangenen zwei Dritteln des Dienstes noch ändern würde.

»Ich weiß nicht …«, meinte sie gedehnt und gähnte. »Ich dachte eher daran, in der Zeit so richtig auszuspannen. Einfach mal nichts tun.«

Rike lachte. »Du tust doch hier schon nichts«, meinte sie und Silva verzog entrüstet das Gesicht.

»Wer hat denn letzte Woche die Kakerlaken erledigt?!«

Rike nickte anerkennend und streute skeptisch ein gelbes Gewürz über das Gemüse. »Stimmt, das hättest du vor einem Dreivierteljahr noch nicht gemacht. Punkt für dich.«

Anni grinste und griff nach der nächsten Paprika. Der Tonfall in der WG hatte sich verändert. Besonders Silva und Rike gerieten zwar weiterhin aneinander, aber meist endete es in einer Kabbelei, einem Witz und nicht mehr in einem ausgemachten Streit.

»Noch mal zurück zum Reisen: Die Flüge innerhalb Asiens sind wirklich nicht teuer und die Hostels sowieso nicht. Wieso lassen wir die Wohnung nicht einfach mal ein paar Wochen Wohnung sein und nehmen unsere Auszeit?«

Rike stand auf und griff sich die Pfanne. »Wer hat schon wieder nicht gespült?«, fragte sie und Silva zog den Kopf ein.

»Ich finde die Idee gut«, sagte Rike, während sie mit einem Tuch die Pfanne auswischte. »Dann müssen wir uns zumindest nicht weiter über nicht geputztes Geschirr streiten.« Sie drehte das Gas auf und verteilte Annis Paprika auf dem heiß werdenden Metall.

»Ich finde das zu weit. Vietnam … wir haben doch hier schon so vieles noch nicht gesehen«, warf Silva ein und knabberte an einem Stück Pilz, das sich auf die Tischplatte verirrt hatte.

Anni schlang ein Haargummi um ihr blondes Haar. Lang war es geworden, länger, als sie es seit Jahren getragen hatte. Und irgendwann hatte sie in den Spiegel geblickt und sich erschrocken, wie dünn sie geworden war. Sie aß hier nicht wenig, besonders an den Festtagen in den Gastfamilien hätte es üppiger nicht sein können, doch offenbar zehrten die Arbeit mit den Kindern und das Klima mehr an ihrem Körper, als sie erwartet hatte.

»Wir können auch einen Mittelweg finden: Hättet ihr Lust, auf diese Insel zum Tauchen zu fahren, auf der Eric und Sam waren? Wir könnten nur eine Woche dorthin. Dann habe ich genug meiner freien Tage übrig, um später noch mal weiter zu verreisen. Vielleicht hat Eric ja Lust, mich dann zu begleiten.«

Silva riss die Augen auf. »Insel? Meer? Strand? Bikini? Ich bin dabei!«

Rike entlockte dieser Satz nur ein Augenrollen, doch in dem Moment klingelte es an der Tür und sie sprang auf, um zu öffnen.

Kurz darauf kam sie zurück, gefolgt von Eric, Sam und Colin. Erics Haar stand zerzaust von seinem Kopf ab und Anni versuchte, ihr leichtes Herzklopfen zu unterdrücken, als er zu ihr trat und ihr kurz die Hände auf die Hüften legte.

»Ihr versucht immer wieder, uns mit euren Kochkünsten zu überzeugen, oder?«, fragte er und Anni hob scherzhaft das Messer.

»Wart's nur ab! Irgendwann schmeckt euch das, was wir euch vorsetzen, und dann werdet ihr vor lauter Genuss nie mehr woanders essen wollen!«

Marlene

Je weiter der Frühling fortschritt, je mehr Blüten, Knospen und Blumen zu sprießen begannen, je mehr Vögel zwitscherten und je öfter die Sonne schien, desto häufiger malte, zeichnete und fotografierte Marlene. Sie setzte sich draußen hin, in Cafés, zu Sooree ins Zimmer, in den Flur des Studentenwohnheims, mitten auf den Uni-Campus, in die Mensa, an den Fluss oder sagte Christian eine spätere Uhrzeit, wenn er sie in Frankfurt abholte, um noch ein oder zwei Stunden am Bahnhof arbeiten zu können. Sie stellte einige ihrer Bilder auf den Blog, aber die Einzige, die ab und zu antwortete, war Lotte. Anni war weiterhin selten im Internet und was mit Clara los war, wusste sie selber nicht so genau. Offenbar hatte es ein Problem mit Raphael gegeben. Jedenfalls schien sich Clara zurückzuziehen. Auch aus dem Internet. Auch vor ihren Freundinnen. Aber Marlene kannte diese Eigenart und hoffte darauf, dass sie den Kontakt von sich aus suchte, wenn sie sich bereit fühlte.

Das Schöne an ihrer eigenen momentanen Situation war, dass sie jetzt nur noch sehr sporadisch zu den Vorlesungen ging, um weiterhin als Studentin zu gelten und sich auch so zu fühlen. Trotzdem blieb genug Zeit zum Malen, aber auch für Christian. Sie fuhr nun am Wochenende häufiger zu ihm und verbrachte die Zeit dort, bis sie sich am Sonntag mit der Kunstlerngruppe traf. Es tat ihr gut, ihn doch wieder öfter zu sehen. Und trotzdem spürte sie deutlich, wie viel unabhängiger sie im Gegensatz zum Anfang des ersten Semesters war.

Besonders viel Freude fand sie daran, den Blog mitzuverfolgen. Was innerhalb des letzten Dreivierteljahres nur sporadisch geschehen war und sie manchmal sogar als lästig empfunden hatte, tat sie nun intensiv, auch wenn die Einträge der anderen selten waren. Dann scrollte sie einfach nach unten und las die alten Sätze.

Lotte schien tatsächlich einen Freund zu haben, wer hätte gedacht, dass sie auf einem Bauernhof weit weg von einer großen Stadt jemanden finden würde, in den sie sich verlieben konnte. Clara postete nichts. Aber laut der alten Bilder und Texte schien sie ihre Fleischesserkarriere für ein Dasein mit Tofu aufzugeben und Anni ging in ihrer Arbeit mit den Kindern vollends auf. Das war zumindest das, was Marlene auf dem Blog lesen konnte.

Auch das inspirierte sie zu neuen Bildern und einer Skulptur, bei der sie versuchte, ein Foto von Anni, auf dem sie zwei Kinder in den Armen trug und zwei auf ihrem Rücken saßen, zu formen. Zuerst stand das Tongebilde nicht richtig und fiel bei jedem Windhauch um, doch nach einigen Korrekturen und einer Nacht voller Flüche war Marlene zufrieden. Linda hatte ihr geraten, möglichst viele verschiedene Werke und Techniken zu zeigen, um die Vielfalt zu unterstreichen, die sie mitbrachte. Es entstanden einige Drucke, eine architektonische Zeichnung und eine Leinwand bemalte sie mit Ölfarbe. Das würde sie in Zukunft aber lassen, denn das Trocknen des Gemäldes dauerte ihr doch zu lange.

Am meisten Freude bereitete ihr weiterhin das Zeichnen. Als sie den anderen der Kunstlerngruppe kurz vor der Eignungsprüfung die fertige Mappe zeigte, nickten einige anerkennend, andere blätterten eher kritisch durch. Marlene schlug das Herz bis zum Hals, während sie gespannt die Mienen der Kunststudenten beobachtete.

»Und?«

Sie hielt bestimmt seit fünf Minuten ihre Kakaotasse

in den Händen und hatte bis auf ein kurzes Nippen das süße Getränk nicht angerührt. Die Sahne sank langsam ein, aber Marlene bemerkte das kaum.

»Nicht schlecht«, meinte Linda. »Wir sind natürlich auch keine Experten und wissen nicht, was die Professoren genau suchen oder was die anderen Bewerber mitbringen«, sie tippte auf das Aquarell von Kolja, das ihr besonders gut gefiel, »aber ich finde, dass du hier etwas wirklich Gutes ablieferst. Und vor allem bist das du, ausschließlich du. Und zwar voll und ganz.«

Lotte

Die ersten Wochen nach Silvester bis in den frühen Frühling hinein war Lotte nicht ganz sicher, wie Marten die Sache zwischen ihnen beiden sah. Sie trafen sich oft. Allein.

Anni kommentierte das Bild, das Lotte am frühen Neujahrsmorgen von sich und Marten gemacht hatte, mit den Worten **Lottes Bauernhofaffäre,** während Clara, die fast nie schrieb, sich zu einem **Abwarten** durchrang, und Marlene, die romantische Seele, für **Die ganz große Liebe, das spüre ich!** plädierte.

Doch erst als Marten sie bei einem gemeinsamen Kinobesuch in Groningen einigen zufällig getroffenen Bekannten als seine Freundin vorstellte, war sie sich sicher, dass sie genau das war. Seine Freundin. Und das löste ein warmes Gefühl in ihr aus. Sooft es der Weg und ihre Zeit zuließen, war sie bei Marten in der WG, wo neben den vier jungen Männern auch Anouk schon fast bei Floris eingezogen war.

Aber noch häufiger kam Marten auf den Hof. Er nahm sich Lernsachen für die Uni mit und setzte sich ins Hofcafé, und als die Tage wieder frühlingshaft und warm wurden, draußen auf die Obstwiese. Und abends, wenn auch Lotte endlich Zeit hatte, blieb er bis tief in die Nacht und fuhr früh morgens vom Hof aus an die Uni.

Roos und Luuk waren begeistert, ihren Cousin jetzt so oft zu sehen. Und Jan und Coosje waren anfangs zwar ein wenig irritiert, gewöhnten sich aber schnell an die neue Situation.

Ihrer Mutter schrieb sie einen kurzen Brief, in dem sie Marten erwähnte. Aber irgendwie hatte sie nicht das Bedürfnis, ihr die ganze Geschichte ausführlich zu erzählen.

Clara

Der Frühling kam auch nach Berlin und spannte seinen blauen Himmel über der großen Stadt aus. Claras Gartenprojekt nahm immer mehr Gestalt an und Bine half ihr, den Bereich abzustecken und die richtigen Kräuter auszusuchen. Mit vielen bunten Tonscherben pflasterten sie die einzelnen Wege und die Kinder freuten sich, als endlich grüne Pflanzen in ihre Blumentöpfe gesetzt wurden. An ihrem Geburtstag brachte Bine ihr veganen Apfel-Haferkuchen mit.

»Feierst du?«

»Nein.«

Stattdessen ging sie abends spontan in ein Piercingstudio und kam mit einem Ring durch den Nasenflügel wieder heraus.

Ihre Freundinnen posteten Bilder mit erhobenen Daumen und Glückwünschen auf dem Blog, als Clara sich am Abend gelangweilt durchs Internet klickte. Sie vermisste Raphael. Seit ihrem Geständnis hatten sie sich nur noch zwei Mal gesehen. Das erste Mal, als er wenige Tage später in den Garten kam. Zuvor hatte sie auf seine Anrufe und SMS nicht reagiert. Das zweite Mal bei einem Spieleabend mit Niko und Felix. Sie war früh gegangen und hatte im Rausgehen gesehen, wie Raphael einen Arm um Felix' Schultern legte.

Seitdem vermisste sie ihn. Vermisste sein Lachen, seine Ideen, vermisste ihn als Freund.

Thea brachte ihr manchmal nette Kleinigkeiten ins Zimmer, wenn sie die Abende alleine zu Hause verbrachte. Eine Tafel Schokolade, eine DVD aus der Videothek, eine Tasse heiße Milch mit Honig. Mit Raphael hatte es keinen Tag am Wochenende gegeben, an dem sie nicht irgendetwas unternommen und erlebt hatten.

Clara war gerührt. Und trotzdem traurig. Irgendwann

nahmen Raphaels Anrufe ab und hörten dann ganz auf. Das machte sie noch trauriger.

Es klopfte an der Tür. Daniel drückte vorsichtig die Klinke herunter.

»Clara? Du hast Besuch.«

Überrascht stand Clara auf. Ihr Haar war fettig, ihr Nasenpiercing noch rot vom Stechen und ihren bodenlangen Rock zierte ein Schokoladenfleck. Wenigstens Fair-Trade-Schokolade.

»Wer ist …« Doch weiter kam sie nicht, denn Raphael betrat den Raum.

Daniel senkte bedeutungsvoll den Kopf und schloss die Tür langsam hinter sich.

Eine Weile wartete er einfach nur in der Mitte des Raumes. Sein lockiges Haar stand vom Fahrtwind zerzaust ab und seine dünne Frühlingsjacke rutschte ihm von der einen Schulter.

Er hielt ihr ein kleines Päckchen entgegen.

»Alles Gute zum Geburtstag.«

Clara trat vorsichtig näher und nahm das Geschenk mit ausgestrecktem Arm entgegen. Sie zog das rote Band herunter und zerriss das Zeitungspapier. Darin fand sie ein kleines Schächtelchen.

»Es ist leer.«

»Du brauchst nichts, denn du bist ein so vollkommener Mensch, dadurch dass du alles in dir selbst besitzt.«

Sie blickte ihn an.

»Und du kannst es selber füllen.«

»Ich weiß nicht so richtig, was du meinst.«

Raphael zog jetzt die Jacke aus und ließ sich auf ihr Bett sinken.

»Es ist meine Art zu zeigen, dass ich mich ohne dich leer fühle. Dass ich dich vermisse. Und dass ich nicht möchte, dass wir die wenigen Wochen zusammen verpassen, die dein FSJ noch geht. Wer weiß, wohin es dich danach treibt.«

Clara legte das Schächtelchen auf ihr Bett.

»Ich möchte keine leere Schachtel. Ich möchte eine volle.«

Raphael lächelte sie an und zum ersten Mal hatte sie das Gefühl, dass er unsicher war. Dass er auch nicht genau wusste, wie er mit Clara umgehen sollte. Dass ihm die Freundschaft offenbar wichtig war, dass er Angst hatte, einen Fehler zu machen.

»Ich gebe es zu, ich habe auch noch etwas zum Reinlegen.«

Er holte aus seiner Hosentasche ein kleines Seidenbeutelchen und ließ es vor Claras Augen baumeln.

»Mach es auf.«

»Ich weiß nicht, ob ich das kann.«

»Soll ich es tun?«

»Das meine ich nicht.«

Clara schloss die Augen, und als Raphael zu sprechen begann, hob sie die Hand. Sie brauchte einen Moment. Fühlte tief in sich hinein. Sie hatte sich die letzten Wochen erfolgreich versteckt, war ihm aus dem Weg gegangen, vor allem aber wollte sie sich selbst nicht begegnen. Sie schämte sich. Es war peinlich. So peinlich. Aber warum?

Ihr Atem strömte ein und aus. Bine hatte ihr gezeigt, wie sie alleine durch ihre Atmung in einen für sie ganz neuen Entspannungszustand gelangte, und das tat sie nun.

Warum schämte sie sich?

»Warum schäme ich mich?«, fragte sie laut in den Raum.

»Wofür schämst du dich?«

»Dass ich dir offenbart habe, wie sehr ich dich mag, ohne zu bemerken, dass ich nicht auf das gleiche Gefühl bei dir stoße.«

»Sogar wenn du es gewusst hättest: Warum ist es dir peinlich?«

»Na, weil … schließlich …«

»Du bist nur ehrlich. Ganz egal ob ich in dich verliebt gewesen bin oder nicht. In jedem Fall war es richtig, ehrlich zu sein. Deine Gefühle nach außen zu tragen. Denn Freunde teilen ihre Wahrheit miteinander.«

Clara öffnete die Augen. So hatte sie die Situation noch nicht betrachtet. Bisher hatte sie immer nur ihren Misserfolg gesehen, ihre Fehleinschätzung, ihre Schwäche, ihre Nacktheit.

»Hm.«

»Hm?«

»Was wolltest du denn in die Schachtel legen?«

Raphael zog an den Bändern des Säckchens und ließ den Inhalt in seine geöffnete Handfläche gleiten. Es war ein silbernes Kettchen, an dem eine Art Medaillon hing.

Er reichte es ihr.

»Mach es auf.«

Clara schob ihre Fingernägel zwischen den schmalen Spalt des Medaillondeckels. Sie musste sie wirklich mal wieder schneiden! Vorsichtig, um die eingravierten Blumen auf dem Schmuck nicht zu zerkratzen, klappte sie ihn auf. Darin lagen einige Sonnenblumensamen.

»Für dein Gartenprojekt. Jeder sollte eine strahlende Sonne haben.«

Er machte eine kurze Pause, als sei er nicht sicher, ob er schon wieder mit Clara reden konnte wie früher. Doch dann setzte er verschmitzt hinzu: »Ich habe ja schließlich auch dich«, und strubbelte ihr durchs braune Haar.

Anni

Das Reisen in Malaysia war abenteuerlich.

Es begann am frühen Morgen, als Rike und Anni mit gepackten Rucksäcken und jeder Menge Erwartungen am Busterminal ankamen. Silva hatte sich dagegen entschieden, sie zu begleiten, als sie erfuhr, dass sie in Neoprenanzügen tauchen wollten, anstatt sich im knappen Bikini bräunen.

Zum Glück brachte der Zug sie fast direkt hierher, denn alleine dieser Weg hatte sie schon fast zwei Stunden von ihrer eigenen Stadt aus gekostet. Sie legten ihr Gepäck auf dem Boden ab und Anni musste sich zusammenreißen, nicht unablässig auf und ab zu springen. Sie hatten absichtlich mehr als genug Zeit eingeplant und standen nun eine halbe Stunde zu früh an der Busstation. Ein Mann am Schalter hatte ihnen erklärt, dass der Bus in genau diesem Bereich halten würde, sodass sie ihn nicht verfehlen konnten. Nachdem eine Dreiviertelstunde vergangen war und Anni nicht mehr das Bedürfnis verspürte, weiter herumzuhüpfen, raffte sich Rike vom Boden auf und ging zurück zum Schalter. Anni setzte sich zwischen die beiden großen Rucksäcke und wartete, bis Rike mit hängenden Mundwinkeln zurückkam. Sie schüttelte den Kopf und stöhnte auf. »Also, der eine meinte, der Bus sei schon weg, und der andere behauptet steif und fest, dass der Bus noch kommt.«

»Aber wir hätten doch gemerkt, wenn ein Bus an uns vorbeigefahren wäre!«

Rike zuckte mit den breiten Schultern. »Nicht, wenn wir im falschen Bereich stehen.«

Da sie nicht wussten, wie es weitergehen sollte, beschlossen sie, vorerst zu warten. Nach einer weiteren Stunde gesellte sich eine malaysische Dame zu ihnen und erklärte in brüchigem Englisch, dass der Bus tatsächlich schon vor langer Zeit woanders abgefahren war.

Rike klatschte sich die Hand gegen die Stirn. Die Hitze des Tages kroch langsam über den Boden und Anni merkte, wie ihre Arme und Beine klebrig wurden.

»Zwölf Uhr Bus. Zwölf Uhr neuer Bus«, sagte die Frau, drückte den beiden die Hände und ging.

»Na denn«, murmelte Rike und packte ihr Buch aus.

»Dann warten wir eben bis zum Mittag. Das geht ja«, entgegnete Anni und bemühte sich um einen positiven Tonfall. Als sich aber irgendwann herausstellte, dass die Frau zwölf Uhr nachts meinte, war die Laune der beiden auf den Tiefpunkt gesunken.

Anni begann Fäden aus ihrem Sarongstoff zu ziehen und Rike versuchte die meiste Zeit, auf dem harten Boden zu dösen. Irgendwann war ihr iPod-Akku leer, sie fluchte und legte sich ihren Sonnenhut übers Gesicht. Der Zug zurück in ihre Stadt fuhr ebenfalls nur zwei Mal täglich, das Hostel war gebucht und Anni nicht gewillt, den Trip abzubrechen. Demnach blieb ihnen nichts anderes übrig, als bis Mitternacht zu warten.

Es war Nacht, als endlich der Bus kam. Und kaum hatten sie sich auf dem schlecht gepolsterten Sitz niedergelassen, war Anni auch schon eingeschlafen.

An diese Nacht wollte Anni sich später lieber nicht mehr erinnern. Als sie nach einer Ewigkeit nachts um drei ihr Hostel in Kuala Besut erreichten und feststellen mussten, dass es keinen Nachtschalter gab, suchten sie sich den gemütlichsten Bürgersteig aus und warteten, bis die Sonne endlich aufging. Schlafen taten sie bis zum späten Nachmittag und als sie am Abend das Schiff hinüber auf die Perhentian Inseln nahmen, hatte Anni die letzte Nacht schon beinahe hinter sich gelassen.

Das Meer war bilderbuchblau. Die Palmen am Strand sahen aus wie in der Fernsehwerbung und sie bemerkte, dass auch Rike ihre Nase in den Wind hielt, der endlich ihre Gesichtszüge glättete. Die Entspannung, die beide Mädchen überkam, war fast greifbar.

Einige Backpacker auf dem Schiff begannen sich auf Englisch zu unterhalten und Anni wurde neugierig. Sie drehte den Kopf und sah eine Gruppe Anfang 20-Jähriger, die offensichtlich aus verschiedenen Ländern kamen. Eine junge Frau mit dunkelrotem Haar winkte ihr zu.

»Geht ihr auch tauchen?«, fragte sie auf Englisch, doch der französische Akzent war nicht zu überhören.

Anni wollte zu ihr rübergehen, doch eine hohe Welle schlug gegen das Schiff und nur der Griff nach Rikes T-Shirt rettete sie. Rike packte sie reflexartig am Arm und half ihr schnell auf die Füße. Sie zupfte ihr Shirt wieder über die Schulter und grinste breit. »Jetzt fühlt es sich an wie Urlaub!«

Die Insel war nicht nur so wunderschön, dass hier mit Abstand Annis beeindruckendsten Fotos entstanden, sondern besonders die Nächte wurden aufregend.

Gleich am ersten Abend, nachdem Anni und Rike von einem kompletten Tag Tauchtheorie vollkommen erledigt waren und in ihrer Hütte auf die Matten fallen wollten, klopfte es an der Tür. Es war Aurélie, die Französin vom Schiff.

»Habt ihr Lust, noch mal in eine Bar zu gehen?«, fragte sie und deutete auf eine kleine Gruppe, die hinter ihr wartete.

»Eigentlich sind wir alle todmüde vom Tauchen, aber die Nacht ist noch jung!«

Anni drehte sich zu Rike, die es sich bereits mit einem Comic in der Hand bequem gemacht hatte. Sie gähnte ausgiebig und rieb sich die Stirn. »Ich weiß nicht …«, murmelte sie auf Deutsch. »Ich fand die Theorie heute echt anstrengend.«

Anni zuckte mit den Schultern. Bis eben hatte sie nichts lieber gewollt, als zu schlafen und den wirren Kopf ins Kissen zu betten, aber die Aussicht auf Spaß und neue Leute reizte sie.

»Wie du meinst«, sagte sie, »ich gehe mit.«

Spät in der Nacht taumelte sie gut angetrunken zurück in die Hütte und sang noch immer eines der Piratenlieder, die Aurélie im Laufe des Abends passend zum Rum angestimmt hatte.

Marlene

Die Nacht vor der Prüfung schlief Marlene nicht. Sie wälzte sich von einer Seite zur anderen, hörte alte Kassetten, kochte sich eine heiße Milch nach der anderen, musste deswegen ständig auf die Toilette und schlief dann doch nicht. Dementsprechend froh war sie, als die Nacht endlich vorbei war.

Viel zu früh brach sie zur Kunsthochschule auf, doch das machte nichts. Sie nahm sich die Zeit, ausgiebig durch den Park zu spazieren und setzte sich auf eine Bank, um noch ein letztes Mal ihre Mappe durchzusehen. Nicht dass sie doch etwas vergessen hatte.

Marlene bemerkte erst nach einer Weile, dass der Junge, der die Bank neben ihrer besetzt hatte, eine ähnliche Mappe auf dem Schoß liegen hatte wie sie selbst. Ein paar Minuten beobachtete sie ihn.

Das halblange Haar fiel auf die hochgezogenen Schultern. Er trug einen Hut und nippte immer wieder an einem Kaffee. Schmächtig wie er war, wirkte er fast zu klein für die Bank.

»Hallo«, sagte Marlene und er zuckte zusammen. Marlene lächelte. »Bewirbst du dich auch an der Kunsthochschule?«

Sie sah ihm an, dass er einen Moment brauchte, um seine Gedanken zu sortieren.

»Ja«, sagte er dann zerstreut, »tut mir leid, ich hab dich gar nicht gesehen.«

Marlene hob ihre eigene Mappe hoch. »Warst ja auch beschäftigt!«

Der Junge nickte und kramte in seinem Rucksack nach einem Päckchen Zigaretten. Mit etwas zittrigen Fingern zündete er sich eine an und inhalierte den Rauch tief in die Lunge. Ein Jogger lief vorbei und hustete demonstrativ.

»Möchtest du?«, fragte der Junge, doch Marlene lehnte dankend ab.

»Ich bin Lorenz«, meinte er dann und schnippte die Asche auf den Weg.

»Marlene.«

»Hi, Marlene.«

Sie ordnete ihre Bilder, es waren natürlich alle da, und schloss die Mappe wieder.

»Aufgeregt?«, fragte sie.

»Dermaßen aufgeregt«, entgegnete er und lächelte ein wenig schüchtern. »Ich war schon zwei Mal da, wenn es diesmal nicht klappt, muss ich mir etwas anderes suchen.«

Marlene lachte. »Wenn's bei mir nicht klappt, werde ich Ergotherapeutin.«

»Auch nicht schlecht.«

»Meine Eltern wären erleichtert.«

Da lachte er laut auf. »Du glaubst nicht, wie erleichtert meine Eltern wären, wenn ich *irgendetwas* anderes als Kunst machen würde!«

Marlene sah auf die Uhr. Sie musste bald los, zurück zu dem Glasgebäude der Kunsthochschule, in der die Prüfung stattfinden würde. Hoffentlich konnte niemand währenddessen hineinsehen!

»Was hast du das letzte Jahr stattdessen gemacht?«

»Ich hab gejobbt, bin gereist und als das Geld aus war, habe ich wieder gejobbt.«

Er rückte seinen Hut gerade. »Ich bin auch eigentlich noch nicht dran. Aber ich konnte nicht mehr schlafen.«

Marlene stand auf und tippte sich bedauernd aufs Handgelenk.

»Ich muss jetzt los, nicht dass ich auch noch zu spät komme.«

Lorenz lächelte und hielt seine gedrückten Daumen hoch. »Viel Erfolg wünsche ich dir!«

»Danke, dir auch!«

Als sie den Prüfungsraum betrat, saßen die Professoren an einem kleinen Tisch und begrüßten sie lächelnd.

»Guten Morgen«, sagte ein älterer Mann. »Verraten Sie mir Ihren Namen?«

»Ich … äh … Marlene.«

Lotte

An einem der ersten sommerlich heißen Tage kam Roos zu Lotte ins Hofcafé gestolpert.

»Ich hab mir wehgetan«, maulte sie und zeigte auf eine kleine Schürfwunde am Knie. Lotte stellte das Glas in ihren Händen zur Seite und hockte sich vor ihr auf den Boden.

»Soll ich pusten?« Roos nickte kläglich und als Lotte ihr ein Pflaster auf die Wunde klebte, grinste sie schon fast wieder.

»Das zeig ich später Luuk und Mama«, sagte sie. Dann trat sie zu Lotte hinter die Theke und betrachtete die Torten.

Coosje war am Morgen mit Luuk zum Kinderarzt gefahren, denn er hatte seit einigen Tagen einen Schnupfen, der einfach nicht verschwinden wollte, weswegen Roos den Vormittag größtenteils bei Lotte im Hofcafé verbracht hatte. Da morgens meist nicht viel Kundschaft kam, war das unproblematisch.

Lotte begann, die polierten Gläser in das Regal zu räumen und lief dann zu einem Tisch hinüber, dessen Gäste, eine Seniorenwandergruppe, Kaffee bestellten.

»Ich hab Hunger«, sagte Roos und rieb sich über den Bauch. Coosje musste bald zurück sein, sie hatte Lotte versichert, bis zum Mittag wiederzukommen.

»Deine Mama ist gleich wieder da«, entgegnete Lotte, wischte sich die feuchten Hände an der Schürze ab und begann, den Kaffee zu kochen.

Roos wartete geduldig, bis Lotte das Tablett gefüllt und den Kaffee serviert hatte, dann sagte sie mit Nachdruck: »Entschuldigung, Lotte, aber ich habe *jetzt* Hunger. Ganz viel.«

Lotte seufzte und hob sie auf den Arm. »Dann such dir ein Stück Kuchen aus.«

Roos betrachtete die Auslagen. Dann sah sie ihre Schwester bittend an. »Kann ich bitte mein Lieblingsessen bekommen?«

Lotte ließ sie runter. Sie merkte, dass sie selbst hungrig wurde, aber der Kuchen reizte sie heute nicht. Sie zählte die Gäste im Café.

»Das dauert aber einen Moment«, meinte sie und griff bereits nach Mehl und Eiern.

»Das macht nichts«, sagte Roos und setzte sich auf einen kleinen Trethocker. Geduldig verschränkte sie die Hände im Schoß und wartete, bis Lotte ihr einen Teller mit Pfannkuchen und dem Birne-Apfel-Mus, das Lotte im Herbst eingekocht und in großen Gläsern gelagert hatte, servierte.

»Setz dich aber an einen Tisch«, meinte Lotte und aß ihre eigene Portion hinter der Theke. Sie sah selbst, dass sie zu viel gemacht hatte.

Wenige Minuten später winkte sie ein Herr von der Wandergruppe mit grauem Schnurrbart heran.

»Entschuldigung«, meinte er, als Lotte lächelnd mit gezücktem Block zu ihm trat. »Was isst denn das kleine Mädchen dort drüben?« Er deutete auf Roos, die sich einen Tisch auf der Terrasse unter dem Sonnenschirm gesucht hatte und mit baumelnden Beinen ihren Pfannkuchen aß.

»Das hätte ich auch gerne.« Die anderen warfen nun ebenfalls einen Blick nach draußen und sahen, wie Roos herzhaft in die vor Fruchtmus triefende Rolle biss.

»Oh ja!«, rief eine weitere Frau und klatschte in die Hände. »Ich auch! Wenn ein Kind so genussvoll isst, dann muss es sehr lecker sein!«

Letztlich schloss sich die ganze Wandergruppe an und Lotte, die überrascht in die Küche des Cafés lief, um Teig anzurühren, war sich erst nicht ganz sicher, ob sie dieses Gericht, ihr liebstes Essen, mit dem sie so viel verband, wirklich dieser Wandergruppe offenbaren wollte.

Doch die schwärmerischen Gesichter der Gäste, die hingebungsvoll in die Speise bissen und besonders den Hauch Zitrone in dem Mus lobten, freute Lotte. Sie konnte das gute Gefühl teilen.

Kurz darauf fuhr Coosje mit dem Wagen auf den Hof und kam neben dem Traktor zum Stehen. Sie hob Luuk aus seinem Kindersitz und lief zum Hofcafé herüber. Auf der Terrasse streichelte sie Roos über den Kopf, ehe sie eintrat. Sie blickte auf die halb gefüllten Teller der Gäste.

Lotte zuckte entschuldigend mit den Schultern. »Sie wollten unbedingt die gleichen Pfannkuchen wie Roos essen.«

Coosje lachte. »Vermutlich mit deinem Spezialmus?« Zur Erklärung hob Lotte zwei der leeren Einmachgläser hinter der Theke in die Luft.

»Ich würde sagen, wir sollten Pannenkoeken à la Lotte auf die Speisekarte nehmen.«

Wenn sich das Jahr auch langsam, aber sicher dem Ende näherte, sosehr Lotte den Gedanken auch noch verdrängte: Ein Teil von ihr würde tatsächlich hierbleiben.

Clara

Der Sommer wurde immer heißer, in Claras Kräutergarten spross das Grün und es gab fast keinen Tag, an dem sie nicht hier arbeitete: Ein neues Beet anlegen, ein Mosaik hinzufügen, Tonschilder mit Namen und Bildern aufstellen, den Kindern erklären, welche Kräuter in der Erde schlummerten. Der Garten beschäftigte sie auf vielfältige Weise und sie genoss es. Gleichzeitig begann sie sich mit der Zukunft auseinanderzusetzen. Sie hatte mit Raphael viel darüber geredet, denn auch er wollte sich dieses Jahr entscheiden, was für eine Ausbildung er anfangen oder welches Studium er beginnen konnte. Sie trafen sich nun wieder öfter und Clara merkte, dass es für sie in Ordnung war, auch Felix und Raphael miteinander zu sehen. Das erleichterte sie und war ein Grund mehr, warum sie am liebsten verdrängte, dass sie die Stadt möglicherweise nach ihrem FSJ verließ. Und obwohl Clara versuchte, so sehr im Moment zu leben, wie es ihr möglich war, kam sie um diese Entscheidungen nicht herum.

Vor einem Jahr war sie sich sicher gewesen, nach dem FSJ zu studieren. Jetzt war sie überzeugt, dass sie ihre nächsten Jahre damit füllen wollte, draußen zu sein. Ein Stück Natur zu errichten. Die Welt ein wenig grüner zu machen. Als sie am Telefon ihrer Mutter davon erzählte, war ihre Reaktion so, wie sie es erwartet hatte.

»Eine Ausbildung?! Garten- und Landschaftsbau? Oder Floristin? Bei deinem guten Abitur?!«

»Ich möchte meine Hände benutzen. Meinen Kopf spüre ich oft genug und das ist nicht immer schön.«

»Die eine Ausbildung ruiniert dir den Rücken, bei der anderen bindest du den ganzen Tag Totenkränze. Ist das deine Zukunft?!«

»Das weiß ich nicht. Aber genau das könnte meine nächsten Jahre gestalten.«

Am anderen Ende schwieg ihre Mutter. Claras Hals war eng und sie spielte an den Tasten ihres Laptops herum, auf dem noch die Anschreiben für die verschiedenen Ausbildungsbetriebe geöffnet waren. Sie wollte nicht weinen, nicht am Telefon.

»Warum gibst du mir nie Rückhalt?«

»Denk mal darüber nach, was du sagst!«

Clara schniefte. Jetzt sprang sie vom Schreibtisch auf und klappte den Computer zu. Die erste Träne rollte ihre Wange hinunter. Zum Glück konnte ihre Mutter Anne sie nicht sehen. Sie blickte aus dem Fenster, hinaus in die Dunkelheit. Ihr Gesicht spiegelte sich in dem Glas und sie legte den Finger auf die Lippen ihres Spiegelbildes.

»Ich habe darüber nachgedacht. Du warst gegen das FSJ und jetzt bist du gegen eine Ausbildung.«

»Weil ich deine Mutter bin. Ich will doch nur das Beste für dich und du hast so viel mehr Potenzial, Clara. Du hast doch viel im Kopf. Es wäre schade, wenn du das wegwirfst.«

»Aber vielleicht habe ich auch ganz viel in den Händen und du weißt es nur nicht. Schließlich hast du meinen Garten nie gesehen.«

»Deinen Garten?«

»Siehst du.«

Auf der Fensterbank lagen vereinzelte Haselnüsse herum. Mit einem knackenden Geräusch biss Clara darauf. Anne am anderen Ende räusperte sich.

»Wir reden demnächst noch mal darüber.«

Clara antwortete nicht, sondern schob sich eine weitere Nuss zwischen die Lippen.

»Paula möchte dich sprechen.«

Clara hörte, wie das Telefon weitergereicht wurde, und dann ertönte die Stimme ihrer Schwester an ihrem Ohr.

»Clara, wie schön, dich zu hören! Du rufst einfach viel zu selten an, ich vermisse dich!«

Clara wischte sich über das feuchte Gesicht und bemühte sich um einen starken Tonfall.

»Paula, was gibt's?«

Am anderen Ende der Leitung brach ihre Schwester in Tränen aus. »Ich bin schon wieder durch die Prüfung gefallen. Jetzt kann ich die Ausbildung nicht mehr beenden. Und ich muss es Mama und Papa noch sagen.«

Claras Magen verhärtete sich. Sie wusste, was das bedeutete: Streit zu Hause, Tränen und Vorwürfe. Es tat ihr so leid für Paula, denn sie wusste, wie sehr sie sich wünschte, endlich etwas anderes zu tun.

»Fang was Neues an! Das ist doch deine Gelegenheit, die dir dadurch geschenkt wird!«

Paula schniefte. »Meinst du?« Ihre Stimme klang brüchig.

»Komm zu mir nach Berlin. Bleib ein paar Tage und wir denken zusammen darüber nach, was du und ich diesen Sommer ausbildungstechnisch starten, in Ordnung?«

»Na gut. Hauptsache, raus.«

Anni

Nachdem sie die Theorie bewältigt hatten, startete am nächsten Morgen endlich die Praxis.

»Bist du bereit?«, fragte der Trainer und Annis Herz

begann zu klopfen. Sie saß im Neoprenanzug auf dem kleinen Boot und lustigerweise war Aurélie heute in ihrer Tauchgruppe.

»Ich hab schon einen Teil des Tauchscheins«, erklärte sie. »Deshalb muss ich die Theorie nicht mehr machen.«

Anni hörte den Klang ihres eigenen Atems laut in den Ohren.

Aurélie hob den Daumen und lächelte. »Sieht gut aus!« Sie zückte ihre Kamera und machte ein Foto, das später auf dem Blog landen sollte.

Da die Monsunzeit in Malaysia eigentlich schon begonnen hatte, waren die meisten Unterkünfte auf den Perhentian Inseln bereits geschlossen. Die wenigen Backpacker, die sich jetzt noch hier aufhielten, waren fast ausschließlich in einer einzigen Ansammlung kleiner Hütten untergebracht.

Anni gefiel das. Denn so fand sich jeden Abend eine Gruppe von Leuten aus aller Welt, mit denen sie den Tag in einer der vielen Strandbars ausklingen ließen. Auch wenn sie sich dann manchmal sehr touristisch fühlte und deswegen ein schlechtes Gewissen hatte: Sie genoss die Auszeit von der Arbeit und der immer gleichen Stadt in vollen Zügen.

»Hast du Angst vor Geistern?«, fragte der Trainer jetzt und überprüfte noch einmal Annis Sauerstoffflasche. Sie verneinte und rückte ihre Maske zurecht.

»Dann wirst du jetzt erleben, wie es sich in einem echten Schiffswrack taucht.« Und mit diesen Worten kippte Anni ins klare Nass des unendlichen Meeres.

»Es gab Clownfische! Und Anemonen, Rochen und sogar kleine Haie! Es war der Wahnsinn! Und als wir durch das Schiffswrack getaucht sind, habe ich die Schiffsschraube gesehen.«

Anni nahm einen tiefen Zug aus ihrem Cocktail-Glas und ihre Wangen fühlten sich schon jetzt heiß an, ob die Aufregung oder der Alkohol daran schuld waren, wusste sie nicht. Im Hostel hatte sie über das WLAN direkt drei Bilder auf den Blog geladen und die anderen hatten sich vor Begeisterung über das blaue Meer, den weißen Sand und die hohen Palmen fast überschlagen. Die Einträge waren in den letzten Monaten bei allen seltener geworden. Als wären sie in ihrem eigenständigen Leben angekommen.

Aurélie lachte und warf ihr langes Haar zurück. Sie nickte mit dem Kopf im Takt der Musik und leerte ihren zweiten Rum.

»Ja, so ging es mir auch nach meinem ersten richtigen Tauchgang«, meinte sie. »Und seitdem kann ich es nicht mehr lassen.«

Anni betrachtete die Französin. Sie sah jünger aus. Tatsächlich war Aurélie schon fast dreißig. Als sie Anni ihr Alter verraten hatte, wollte die es beinahe nicht glauben.

»Meine Arbeit hält mich jung«, war alles gewesen, was Aurélie geantwortet hatte. Und damit meinte sie nicht ihre Tätigkeit in einem Straßburger Restaurant. Sie hatte Anni von einigen ihrer Erlebnisse als Greenpeace-Aktivistin erzählt und Anni hatte fasziniert zugehört.

»Wohin zieht es dich als Nächstes?«, fragte Anni und bestellte einen weiteren Cocktail. Ihr Kopf wurde bereits leicht und sie spürte, wie der Rum in der Mischung seine Wirkung tat.

»Ich weiß es nicht«, erwiderte Aurélie und malte mit den schlanken Fingern Kreise auf der runden Tischplatte. Sie hatten sich die letzte Ecke der kleinen Bar gesucht, in der sie den Monsunregen draußen durch keines der Fenster sehen konnten. Rike wollte später nachkommen, schließlich war es ihr letzter Inselabend. Die anderen Backpacker, mit denen sie die letzten Tage verbracht hatten, waren bereits am Vorabend abgereist. Auch die Gruppe, mit der Aurélie gekommen war.

»Solange ich Zeit habe, lasse ich mich treiben. Und arbeiten muss ich erst wieder in drei Monaten, wenn das Restaurant fertig renoviert ist. Ich möchte noch mehr sehen, noch mehr erleben. Weißt du, was für mich der Sinn des Reisens, nein eigentlich der Sinn des Lebens ist?«

Anni schüttelte den Kopf.

»Erfahrung. Um der Welt irgendetwas zurückzugeben, wenn die Zeit reif ist.«

Anni dachte einen Moment lang nach. »Und das, was du im Moment machst, also ohne Ziel zu reisen, Leute kennenzulernen, mit ihnen weiterzugehen und dann wieder alleine zu sein, ist das für dich Erfahrung?«

Aurélie sah sie aus tiefen Augen an und nippte an Annis Cocktail, den der freundliche Kellner vor sie stellte.

»Ja.« Sie zögerte. »Und meine Arbeit bei Greenpeace. Das sind die größten Erfahrungen, die ich machen kann.«

Die ruhige Musik wurde lauter gedreht, sodass Aurélie die Stimme anheben musste.

»Was sind deine?«

Anni spielte an ihrer blonden Haarsträhne. Überrascht bemerkte sie mal wieder, wie lang es in dem letzten Dreivierteljahr geworden war.

»Dieses Jahr ist für mich eine ziemlich große Erfahrung. Mein Leben in Malaysia, meine Rolle als Frau, als Weiße und als Gast in einem fremden Land.«

Aurélie entgegnete nichts, sondern sah sie weiter auffordernd an.

»Wie ich mich hier zu verhalten habe, ist wirklich anders.«

»Inwiefern?«

»Na ja ...« Anni machte eine kurze Pause. »Ich darf Eric auf der Straße oder gar bei der Arbeit nicht küssen. Das geht nur hinter verschlossenen Rollos. Ich bekomme als Gast immer mehr Essen auf meinen Teller, als ich schaffe, und muss aufessen, um dann sofort nachgefüllt zu bekommen. Ich trage weite Röcke und Hosen, die meine Beine bedecken. Ich esse Dinge, vor denen ich mich früher geekelt habe, und bin trotzdem dünner als je zuvor. Ich esse fast kein Fleisch mehr und dafür Gemüse. Ich lebe zum ersten Mal ohne meine Freundinnen, was teilweise gar nicht so einfach ist. Manchmal vermisse ich die Selbstverständlichkeit unserer Gespräche.«

Aurélie nickte und lächelte. »Das klingt auf jeden Fall nach Erfahrung. Und nach etwas, woraus Neues entstehen kann, was du anderen weitergeben kannst. Auch wenn es vielleicht noch ein wenig in dir wachsen muss.«

Anni wollte ihr sagen, dass sie sich genau das erhoffte, aber sie kam nicht dazu.

Rike trat durch die kleine Tür und das Prasseln des Regens füllte trotz lauter Musik für eine Sekunde die Bar. Sie blickte sich suchend um und Aurélie winkte ihr. Als Rike die beiden entdeckt hatte, schlenderte sie herüber und ließ sich auf der Bank neben der Französin nieder.

Aurélie strich Rike sanft durchs kurze Haar. Die letzten Tage waren sie nicht selten zu zweit mit dem Trainer tauchen gewesen.

»Tut mir leid«, meinte Rike ganz außer Puste und ihre großen Brüste hoben und senkten sich im Rhythmus des Atems. »Ich habe mit dem Trainer noch über Strömungen geredet. Er meinte, die unspektakulärsten Tauchorte können die tollsten sein, wenn man sich der Strömung anvertraut und plötzlich versteckte Fische entdeckt. Ich muss unbedingt noch mal wiederkommen!«

Anni legte die Finger auf den Tisch. »Hand drauf?«

Rike schlug ein.

»Also, wie sieht's aus, Aurélie?«, fragte sie dann die andere Rothaarige und strich über ihre Wange. Verwundert sah Anni zwischen den beiden hin und her. »Reist du mit uns zurück und bleibst ein paar Tage in der WG?«

Aurélie lächelte Rike an. »Gerne«, sagte sie und drückte ihr blitzschnell einen gehauchten Kuss auf die Lippen.

Marlene

»Ich … äh … Marlene«, äffte Marlene ihre eigene Stimme am Telefon nach, als sie abends mit Christian telefonierte. Sie biss in einen Schokoriegel und kaute wütend auf dem zähen Karamell herum. »Wie kann man nur so dumm sein?! So *inkompetent?!*«

»Mach dir mal keinen Kopf«, versuchte Christian sie zu beruhigen, »die wissen doch, wie aufgeregt die Bewerber sind.«

»So etwas Dämliches«, flüsterte Marlene noch immer fassungslos über sich selbst. »Die Professoren müssen doch denken, ich sei die letzte Vollidiotin, die nicht einmal ihren Namen kennt.«

Sie redeten noch eine Weile, aber Christian merkte schnell, dass er Marlenes Wut nicht dämpfen konnte, und versprach ihr, dass sie am Wochenende etwas Schönes unternehmen würden.

Als Marlene am Abend an Soorees angelehnter Tür klopfte und dann einfach eintrat, fand sie ihre Freundin zusammengesunken auf dem Bett sitzen. Um das dunkelhaarige Mädchen türmten sich mehrere leere Verpackungen Taschentücher, zwei zerrissene Fotos und die Kette, die sie sonst um ihren grazilen Hals trug, lag auf dem schmutzigen Boden.

Marlene ahnte, was geschehen sein musste.

»Sooree, was ist denn los?«

»Ich bin eine einfältige Kuh, das ist los!«, schrie Sooree und schleuderte ein vollgeweintes Taschentuch von sich.

»Am Telefon, ausgerechnet am Telefon!«

Marlene trat vorsichtig näher und setzte sich neben sie aufs Bett. Einen Moment überlegte sie, ob Sooree vielleicht allein sein wollte, doch dann strich sie ihr vorsichtig über den Rücken.

Dankbar lehnte sich Sooree an sie und sank mit dem Kopf gegen ihre Schulter.

»Fernbeziehungen sind Mist! Sie funktionieren einfach nicht!«

Wie sich herausstellte, war Mike sehr verliebt. Aber nicht mehr in Sooree, sondern in eine Kommilitonin, die Sooree zu allem Überfluss an Silvester auch noch kennengelernt hatte.

»Haare bis zum Hintern, strahlend blaue Augen, intelligent, eine Taille wie eine Wespe und das Schlimmste ist, sie ist auch noch nett!«

»Sind sie denn zusammen?«, fragte Marlene und betrachtete das Bild auf dem Kopfkissen: Mikes Gesicht, in lauter winzige Fetzen zerrissen.

»Nein«, schniefte Sooree, »sie weiß noch gar nichts, Mike will es ihr bald sagen. Aber er meint, solange er in sie *und* in mich verliebt ist, kann er nicht guten Gewissens mit mir zusammen sein.«

»Klingt logisch.«

Sooree heulte wieder auf: »Er sagt, ich sei ihm zu wichtig, als dass er mich im Ungewissen über unsere Beziehung lassen will, und deswegen musste er sie beenden.«

Jetzt schluchzte sie wieder laut und ihr sonst so seidig schwarzes Haar stand am Hinterkopf wild ab.

»Wollen wir rausgehen?«, schlug Marlene vor.

»Nein, dann sehen mich ja alle.«

»Eine DVD leihen?«

»Es gibt keine Filme ohne Liebesszenen. Das ertrage ich nicht.«

»Hast du heute schon etwas gegessen?«

»Ich esse nie wieder etwas. *Nie* wieder!«

Marlene seufzte und raffte sich auf. »Ich koche uns etwas, okay?«

Sie dachte nach.

»Es gibt da ein Gericht, das meine Freundin Lotte immer zubereitet, wenn es einer von uns schlecht geht. Es ist süß, lecker, fruchtig und wird dir guttun.«

Marlene behielt recht. Sie besorgte schnell Birnen und Äpfel für Lottes Spezialmus und als Marlene Sooree die fertigen Pfannkuchen vorsetzte, war sie überrascht, mit was für einem Appetit das Mädchen ihr Essen verschlang. Dann zeigte sie ihr den Freundinnen-Blog und klickte auf die paradiesischen Bilder, die Anni von ihrem Inseltrip veröffentlicht hatte.

»Stell dir vor, du wärst dort!«

Sooree bekam Schluckauf und wischte sich über die langsam trocknenden Augen.

»Besser«, schniefte sie.

Marlene glaubte, dass ihr Herz selten so heftig geklopft hatte wie an dem Nachmittag, an dem sie den Brief bekam.

Die ersten Küsse mit Christian vielleicht, der Tag, an dem sie ihr Meerschweinchen bekam, und vor dem Englisch-Abi, aber sonst fielen ihr keine vergleichbaren Situationen ein.

Sie rannte sofort in ihr Zimmer und schloss die Tür hinter sich, vorsichtshalber drehte sie den Schlüssel zwei Mal im Schloss. So richtig wusste sie nicht wieso, aber irgendwie gab ihr eine abgeschlossene Tür das Gefühl, wirklich allein zu sein. Dann würde sie ihren enttäuschten Tränen freien Lauf lassen können, ohne dass jemand ihre Schmach bemerkte.

Mit hektischen Fingern riss sie den weißen Umschlag auf, schleuderte den Brief dann ungelesen auf den Boden. Was, wenn ihr die Absage wie eine Faust im Magen landen würde? Sie griff nach einem Schokoriegel und biss hektisch hinein, dann warf sie ihn aufs Bett.

Trau dich!, schalt sie sich selbst.

Vorsichtig, als könne er explodieren, schlich sie an den Brief heran. Er war noch immer gefaltet. Mit spitzen Fingern hob sie ihn auf und ließ sich auf dem Bett nieder. Sie legte sich die Hand auf die Brust und zwang sich zur Ruhe.

Mit geschlossenen Augen entfaltete sie das Papier und hielt es sich vors Gesicht. Dann blinzelte sie vorsichtig. Und als ihr das Wort *bestanden* ins Auge sprang, brach sie in lautes Jubelgeheul aus. Sie griff nach ihrem Handy und war froh, dass sie Christian gleich erreichte.

»Was ist los?«, flüsterte er. »Ich sitze in einem Seminar!«

»Dann geh kurz raus!«

Es wunderte sie fast, dass Christian ohne sich zu beschweren reagierte, aber sofort erklang im Hintergrund das Geräusch eines zurückgeschobenen Stuhls und dann seine Schritte auf Holzboden, die sich von den Stimmen der anderen entfernten.

»Also?«, fragte er dann in normaler Lautstärke.

»Ob du es glaubst oder nicht«, begann Marlene und der Hörer in ihrer Hand zitterte fast vor Freude, »aber nach einem Jahr fast sinnfreiem Elektrotechnikstudium hast du ab nächstem Semester eine echte Kunststudentin als Freundin!«

Lotte

Und dann kam der Abschied. Nie hätte Lotte gedacht, dass es ihr so schwerfallen würde zu gehen, im Gegenteil. Letzten Sommer hatte sie es kaum erwarten können, endlich ihre Sachen zu packen, den Hof zu verlassen, die Familie zu verabschieden und ihre Freundinnen wiederzusehen. Hatte sich den Blog-Einträgen gewidmet und die Abende vor dem Computer verbracht, um ihnen nah zu sein. Und jetzt begleitete sie das Gefühl, dass die letzten Monate mit der Geschwindigkeit eines Fingerschnippens und der Intensität eines Tornados vergangen waren.

Coosje half ihr, ihre Sachen auf dem engen Dachboden

zu packen. Irgendwann hielt sie inne und seufzte tief. Sie legte Lotte eine Hand auf die Schulter.

»Lotte, ich weiß nicht, ob du das hören willst, und ich weiß auch, dass du eine eigene Mutter in Deutschland hast. Aber du bist für mich im letzten Jahr wie eine Tochter geworden.«

Da hatte Lotte ihre Pullover liegen lassen und ihre Stiefmutter fest umarmt. Es war komisch, denn der Abschied von Coosje fiel ihr fast schwerer als der von ihrem eigenen Vater. Vielleicht weil sie es gewohnt war, ihm auf Wiedersehen zu sagen. Weil sie es eine ganze Kindheit lang trainiert hatte. Aber als er sie mit Marten und den Kindern zum Bahnhof brachte, bemerkte sie, dass auch er tatsächlich gerührt war.

»Meine Große«, sagte er zärtlich, als sie sich unter der Bahnhofsuhr verabschiedeten. »Du bist wirklich die beste große Schwester, die ich mir für Luuk und Roos vorstellen kann.« Er drückte sie an sich und sie konnte das frische Stroh riechen, das er am Morgen im Kuhstall verteilt hatte.

»Es war wirklich schön bei euch.« Lotte lächelte. »Danke, dass ich kommen durfte.«

Zu weinen begann sie aber erst, als Roos und Luuk sich an ihre Beine klammerten.

»Nicht gehen!«, jammerte ihr kleiner Bruder und Roos fragte mit zusammengekniffenen Augen: »Und wer macht uns jetzt Pannenkoeken?«

Lotte lachte laut und wischte sich eine Träne aus den Augenwinkeln. »Das ist alles, was du vermissen wirst?

Mein Spezialessen?« Sie kniff der Kleinen in die Wange und Roos griff noch fester in ihre Hosenbeine.

Jetzt blickte Jan auf die große Uhr. Die Menschen hasteten an ihnen vorbei und die Luft war erfüllt von den Geräuschen rollender Kofferräder, hektischer Schritte, von Abschiedsworten und dichtem Stimmengewirr.

Marten drückte ihre Hand und streichelte sanft ihre Finger. Lotte erwiderte den Druck zärtlich.

»Kommt, Kinder«, sagte Jan dann. »Lottes Zug fährt gleich los.« Er strich seiner Tochter noch einmal über die braunen Locken und wandte sich dann zum Gehen. »Wir warten am Auto«, sagte er leise zu Marten, schnappte sich seine schreienden Kinder, Roos auf den Rücken und Luuk auf den Arm, und schlenderte gemächlich Richtung Ausgang. Zurück blieb ein schwerer Koffer. Ein Paar, das sich fest an den Händen hielt. Und Lottes traurige Augen, die die Tränen jetzt beim besten Willen nicht mehr zurückhalten konnten. Sie klammerte sich an Marten fest, schlang die Arme um ihn und spürte, wie sich sein Herzschlag beschleunigte und seine eigenen Hände auf ihrem Rücken zitterten.

»Komm, ich bring dich zum Gleis«, raunte er und seine Stimme klang belegt. Er griff nach dem schweren Koffer und trug ihn in der einen Hand, Lottes Finger in der anderen, zum Zug, der bereits wartete.

In einer Minute würde er abfahren. Sie blieben stehen und Lotte legte erneut die Arme um seinen Nacken, bettete den Kopf an seine Schulter und wischte sich an seinem T-Shirt verstohlen eine Träne ab.

»Ich werde dich vermissen«, flüsterte sie. Marten lächelte ein wenig traurig, nahm ihr Gesicht in beide Hände und strich ihr mit dem Daumen eine Träne fort.

»Nicht weinen«, flüsterte er und fuhr sich dann selbst mit dem Ärmel über die Augen. »Ich muss mich gerade wirklich zusammenreißen.«

»Wir schreiben E-Mails, ja?«

Er nickte. »Und du kommst doch sicher nach Groningen zu Besuch!«

Die Bahnhofsdurchsage kündigte an, dass der Zug nun abfahren würde.

Marten streichelte Lotte zärtlich über ihr Haar und küsste sie.

Und Lotte hatte das Gefühl, dass Abschiedsküsse, vielleicht weil sie so rar waren, die süßesten waren. Noch einmal drückte Marten sie fest an sich, dann hob er den Koffer das kleine Treppchen hoch in den Zug. Sie stellte sich auf die unterste Stufe und griff nach seiner Hand. Er blieb auf dem Gleis stehen. Der kleine Spalt zwischen Zug und Betonboden wurde nur von ihren Armen überwunden. Ein schriller Pfiff ertönte.

»Es war so schön mit dir!«, rief Lotte unter Tränen. »Ich hätte nie gedacht, dass mir so etwas dieses Jahr passiert!«

Marten nickte und spielte mit ihren Fingern, unfähig etwas zu entgegnen. Und dann schlossen sich die Zugtüren. Lotte legte die Hand an die Scheibe und Marten drückte die seine von außen gegen das harte Glas. Langsam rollte der Zug los.

Lotte winkte, Marten winkte, Lotte winkte so lange weiter, bis ihr Waggon schon längst aus dem Bahnhof raus und das Gleis nicht mehr zu erkennen war. Und dann begann die Katastrophe erst wirklich und die nächste Stunde verbrachte sie unter Tränen auf der Zugtoilette. Nicht wenige klopften ärgerlich an die Tür, doch Lotte war zu aufgelöst, um höflich zu sein.

Als sie sich endlich auf ihrem Platz niederließ, schrieb sie eine SMS an Marten.

Ich danke dir. Was für ein Jahr.

Clara

Die Tage mit Paula wurden intensiv. Früher hatten die Schwestern nicht viel miteinander zu tun gehabt. Jetzt entwickelte Clara das schöne Gefühl, dass sie sich endlich auf einer Ebene gefunden hatten. Paula stand früh am Morgen mit Clara auf. Manchmal kam sie mit ihr in die Werkstatt, manchmal streifte sie alleine durch Berlin, besuchte Ausstellungen oder kleine Läden. Wenn Clara dann abends nach Hause kam, stand nicht selten bereits das heiße Essen auf dem Tisch. Immer vegetarisch.

Das rührte Clara. Paula war ihre ältere Schwester, und doch spürte Clara, dass sie erst während Claras Abwesenheit erwachsen geworden war. Vor weniger als einem Jahr hätte sie sich mit einem Liebesroman im Bett verkrochen und das Problem totgelesen.

Abends saßen sie meistens zu zweit vor dem Laptop und klickten sich durchs Internet, googelten Ausbildungen und Städte.

»Hauptsache, raus aus Marburg!«, war Paulas wichtigstes Kriterium und bald stand für sie fest: Sie wollte Schneiderin werden.

»Stell dir mal vor, wie es wäre, am Theater zu arbeiten: Den ganzen Tag Kleider nähen und Kostüme schneidern. Schnitte entwerfen und Farben abstimmten. Das ist etwas anderes als Physiotherapie!«

Sie riefen einige Male zu Hause an.

»Eine Floristin und eine Schneiderin? Was habe ich bloß falsch gemacht?!«, motzte ihre Mutter, doch ihr Mann gab den Töchtern Rückhalt.

»Hauptsache, ihr werdet glücklich!«

Dann kam der Tag, an dem Paula schweren Herzens abreisen musste. Doch nicht, ohne die Entscheidung mit einem großen Brunch zusammen mit Clara und Raphael zu feiern.

Inzwischen empfand Clara keine Verliebtheitsgefühle mehr für ihn und ihre Freundschaft war noch tiefer als zuvor. Als Felix Hals über Kopf die Beziehung mit Raphael beendete, klingelte Raphael nachts um drei bei Clara und schlief bei ihr. Als Clara ihren Garten mit den Kindern und deren Eltern in einer kleinen Zeremonie eröffnete, zerschnitt er das rote Band zwischen den Eingangskräuterspiralen. Und als Evita und Bine gemeinsam eine zweiwöchige Reise nach Südamerika antraten, hüteten sie gemeinsam Evitas Haus.

An einem Abend im späten Juli saßen sie zu zweit auf der Terrasse und tranken Rotwein. Clara hatte ihre Füße auf seinen Stuhl gelegt und er schenkte ihnen beiden noch mehr Wein in die hohen Gläser.

Der schwarze Himmel war sternenleer, wie meistens über der großen Stadt. Clara schloss die Augen und atmete die Nachtluft ein. Kühl durchfloss sie der Sommerduft und sie nippte an ihrem Wein. Ihr Haar hatte sie mit einem Seidenschal nach hinten gebunden und ihre Fußsohlen waren dunkel, denn sie lief schon fast den ganzen Sommer barfuß. Das FSJ war in ein paar Wochen zu Ende und noch immer war nicht ganz klar, wie es danach weitergehen würde. Inzwischen war sie sich sicher, Floristin werden zu wollen. Sie fühlte sich regelrecht dazu berufen. Gärtnerin schien ihr doch eine zu körperliche Arbeit, denn allein der kleine Garten hatte eine Menge Kraft erfordert.

Raphael rieb sanft über ihre kalt werdenden Füße. Clara legte den Kopf in den Nacken und genoss die Berührung.

»Was machst du, wenn dein Zwischenmietvertrag Ende August ausläuft?«

Clara lächelte.

»Ich weiß nicht. Ich werde mich treiben lassen.«

Raphael hielt in der Massagebewegung inne.

»Den Ausbildungsplatz hast du jetzt aber sicher hier in Berlin, oder?«

»Jep.«

»Und in deiner WG kannst du nicht bleiben?«

»Nein, leider nicht. Wobei es im Moment eh so ein paar kleine Putzkonflikte gibt, aber ich würde trotzdem gerne weiterhin dort wohnen.«

Clara öffnete die Augen und in dem Moment schoss eine helle Sternschnuppe durch die Schwärze der Nacht.

»Guck mal!«, rief sie und deutete mit ausgestrecktem Finger nach oben, wo der Schweif verglühte. Und das über Berlin!

Raphael hatte den Kopf blitzschnell gedreht.

»Wir dürfen uns etwas wünschen.« Clara lächelte und kniff die Lider zusammen, sodass Raphael laut lachte.

»Was ist?«

»Deine Wimpern verschwinden beim Blinzeln.«

Clara schnaubte. »Immerhin hab ich mir ganz fest etwas gewünscht. Jetzt du!«

Raphael kniff nun ebenfalls die Augen zusammen, wie sie es vorgemacht hatte, und drückte ihren Fuß.

»Darf ich dir meinen Wunsch verraten?«

Clara schüttelte den Kopf und rückte ihr Kopftuch gerade.

»Dann geht es doch nicht in Erfüllung!«

»Na ja …« Raphael stellte ihr Bein jetzt auf den Boden, sodass er sich gerade hinsetzen konnte. »Ehrlich gesagt: Wenn ich dir nicht davon erzähle, wird er noch weniger Realität.«

Jetzt setzte sich auch Clara auf.

»Liebste Clara.« Raphael holte tief Luft und griff ironisch nach ihrer Hand. Er schlug einen schmachtvollen Tonfall an und ging vor ihr auf die Knie.

»Willst du …«, er küsste ihre Finger und Clara sah ihn irritiert an, »… mit mir eine WG gründen?«

Laut lachte sie und entzog ihm die Hand.

Raphael sprang auf die Füße und Clara fiel ihm um den Hals.

»Berlin? Ausbildung? Mein bester Freund? Eine WG zusammen? Ja, ich will!«

Anni

Die Französin kam tatsächlich mit ihnen zurück von der Insel und blieb länger, als Anni gedacht hätte. Aber Aurélie plante nicht. Sie machte. Und sogar Silva erklärte sich bereit, Aurélie und Rike das Einzelzimmer zu überlassen und für die Zeit in Rikes Bett zu schlafen. Nachdem Aurélie abgereist war und Rike kaum ein Wort von sich gab, meinte Silva allerdings: »Wer weiß, was die zwei in diesem Bett gemacht haben. Ich bleib doch lieber in dem anderen Zimmer.«

Daraufhin knallte Rike die Tür und setzte sich auf die Terrasse. Als Anni sich zu ihr gesellte und ihr schweigend den Rücken streichelte, betrachteten sie gemeinsam die langen Regentropfen, die laut auf den Asphalt klatschten. Die Wolken hingen tief und spiegelten Rikes Gesicht wider, die sich unwirsch eine einzelne Träne von der Wange wischte.

»Ich habe wirklich Liebeskummer«, meinte sie, doch später verlor sie kein Wort mehr darüber.

Das Gespräch mit Aurélie in der Bar beschäftigte Anni länger, als sie vermutet hatte. Sie ließ keine Gelegenheit aus, etwas zu entdecken, zu erleben, sei es mit den Kindern bei der Arbeit, auf dem Markt, beim Essen, mit Eric oder in ihrer WG.

Sie beschloss, die drei Monate, die ihr noch blieben, für die Erfahrung zu nutzen und machte sich eifrig daran, eine Reiseroute zu planen, sobald sie zu Hause war und ins Internetcafé konnte.

Anfangen wollte sie in Vietnam, doch die Ausarbeitung der Route gestaltete sich schwierig mit dem seltenen Internetzugriff.

An einem Abend erzählte sie Eric von ihren Plänen. Sie lagen in seinem Bett und draußen war es bereits dunkel. Rike, Silva und Sam spielten in der Küche der Jungen-WG Karten, doch Eric und Anni hatten die seltene Gelegenheit ergriffen und sich zurückgezogen.

Eric hatte den Arm um Anni gelegt und sie hatte den Kopf an seine Schulter gebettet. Er strich sanft über ihr Haar und Anni atmete tief seinen Geruch ein.

Was das mit ihnen beiden war, wusste sie immer noch nicht so richtig. Es würde jedenfalls mit Ende des FSJs vorbei sein, darüber hatten sie geredet. Sie wollte keinen Freund am anderen Ende der Welt. Und Eric wollte das auch nicht.

Sie räkelte sich und schob sich noch etwas dichter an ihn heran.

»Ich möchte nach Vietnam und dann weiter nach Kambodscha«, sagte sie und Eric hielt in der Bewegung inne.

»Wie kommst du denn jetzt darauf?«, fragte er und drückte ihr einen Kuss aufs Haar.

»Ich versuche im Moment, eine Reiseroute zu planen, aber ich hab so selten Internet, da ist das echt nicht leicht. Spätestens in vier Wochen möchte ich los. Dann ist meine Arbeitszeit im FSJ beendet.« Sie schwiegen eine Weile und hörten sich gegenseitig ihrem leisen Atem zu. In der Küche fluchte Rike laut und Silva lachte.

»Wie wäre es, wenn du nur das erste Hostel buchst und die Route von selbst entstehen lässt?«

Anni sah ihn zweifelnd an. »Denkst du, das geht? Ganz allein?«

»Sam macht das immer so.«

»Hm.« Es klang nach Abenteuer. Nach neuer Erfahrung. Es klang ganz genau richtig.

»Außerdem …«, begann Eric gedehnt und zupfte sanft an ihrem Ohr, »… musst du ja nicht zwingend allein reisen. Wie wäre es, wenn ich mitkomme?«

Anni setzte sich auf und sah ihm lange in die Augen, strich ihm übers Haar. Dann lächelte sie und küsste ihn.

Die letzten Wochen in ihrem Projekt verstrichen viel zu schnell und Anni wünschte sich manchmal, einen Moment zum Durchatmen. Was natürlich nicht gelang. Der Blog verriet ihr, dass Marlene ab dem Sommer Kunst studieren würde. Ein Zeichen dafür, dass sie alle neue Wege gingen, dass alles offen blieb.

Am Ende ihrer Zeit im Social-Center bekam sie von den Kindern ein großes selbst gemaltes Plakat überreicht und sie kämpfte mit den Tränen, als sie sich von jedem Einzelnen verabschiedete.

Sister Maria umarmte Anni und Sister Carla legte ihr die Hand auf die Wange. »Ich bin sehr froh über das, was du den Kindern beigebracht hast«, meinte sie.

»Na ja«, erwiderte Anni und verschränkte verlegen die Hände. »Ich glaube, den Unterricht können viele andere besser gestalten.«

»Das meine ich nicht. Ich meine deine Freude.«

Der Abschied von Rike und Silva fiel weniger schwer. Bei beiden wusste sie, dass sie sich in Deutschland wiedersehen konnten, wenn sie das wollten. Die Tür schloss sich und erst da wurde ihr bewusst, dass sie nie wieder zurück in ihre erste WG kehrte. Wenn sie in wenigen Wochen in die Stadt zurückkam, würden hier bereits neue Freiwillige leben, die das ganze Jahr noch vor sich hatten.

Als Eric und Anni mit gepackten Rucksäcken am Gleis standen und auf den Zug warteten, legte er sanft den Arm um ihre Hüften. Sie hatte ihr Haar kurz geschnitten, es war praktischer. Die Sonne schien hell vom Himmel und die Schwüle war drückend. Jetzt, da Anni sich an das Klima fast gewöhnt hatte, brachen ihre letzten Wochen hier in Asien an. Ausgerechnet.

Einige Leute um sie herum plauderten lautstark in der Sprache, von der Anni hier nur einige Wörter und Satzfetzen gelernt hatte.

»Es ist schön mit dir«, sagte Anni und schmiegte ihr Gesicht an Erics Arm. Er legte seinen Kopf auf ihren.

Langsam tauchte der Zug am Horizont auf, überraschend pünktlich, wie Anni fand. Sie griff nach ihrem Rucksack und wuchtete ihn sich auf den Rücken. Sie dachte an ihr Jahr, dachte an das Jahr, das kommen wird, an das bevorstehende Treffen in Lottes Garten, das sie schon im letzten Sommer vereinbart hatten.

»Fahren wir?«, fragte Eric.

»Auf geht die Reise.«

Wohin auch immer.